ÉTIQUETTE & ESPIONNAGE

DU MÊME AUTEUR

LE PROTECTORAT DE L'OMBRELLE

Sans âme

Sans forme

Sans honte

Sans cœur

Sans âge

GAIL CARRIGER

ÉTIQUETTE & ESPIONNAGE

LE PENSIONNAT DE MLLE GÉRALDINE * LIVRE PREMIER

Traduit de l'anglais (États-Unis)
par Sylvie Denis

orbit

Titre original anglais :
ETIQUETTE & ESPIONAGE
Première publication : Little, Brown and Company, 2013

COUVERTURE
Maquette : Hachette Book Group, Inc., 2013
Adaptation : Iceberg
Illustration : © Carrie Schechter

ISBN 978-2-36051-076-4

LEÇON 1

Le début de la perfection

Sophronia avait l'intention de remonter le monte-plats depuis la cuisine jusqu'au rez-de-chaussée, à l'extérieur du salon où Mme Barnaclegoose prenait le thé. Mme Barnaclegoose était arrivée en compagnie d'une étrangère. *Espèce de vieille mégère fouineuse.* Avec ses frères et sœurs et les mécaniques domestiques qui patrouillaient dans les couloirs, il n'était pas question d'écouter aux portes. Sophronia n'avait pas d'autre moyen pour surprendre la conversation entre sa mère, Mme Barnaclegoose et l'étrangère que de le faire depuis l'intérieur du monte-plats. Mme Barnaclegoose avait des opinions arrêtées sur la manière de rééduquer les filles des autres femmes. Sophronia ne voulait pas être rééduquée. Elle avait donc mis le monte-plats au service de l'espionnage.

Le monte-plats, en désaccord complet avec l'idée de s'arrêter au rez-de-chaussée, continua à monter – jusqu'au dernier des quatre étages. Sophronia examina la machinerie du treuil au-dessus de sa tête. Le mécanisme de transmission comportait plusieurs longueurs de courroie en caoutchouc. *Peut-être que si je les enlevais, le monte-plats pourrait se dégager ?*

Le dispositif n'avait pas de plafond ; c'était une simple plate-forme avec un câble de soutien à l'intérieur et un autre pour le tirer à l'extérieur. Sophronia tendit la main et libéra la courroie. Rien ne se produisit, alors elle continua à tirer.

Elle enroulait le caoutchouc autour de ses bottines pour les protéger – sa mère s'était récemment plainte de l'état des chaussures de Sophronia – quand le monte-plats s'agita.

Sophronia se tortilla jusqu'au câble de traction, mais avant qu'elle ait eu l'occasion de le saisir, le monte-plats commença à descendre – vite. Très vite. Trop vite. La porte de chargement du troisième étage passa à toute allure, suivie par celle du deuxième. *Peut-être qu'enlever le caoutchouc n'était pas une si bonne idée.*

Alors que le haut de l'ouverture suivante apparaissait, Sophronia plongea en avant, culbutant à travers et dans le grand salon de la famille. La jupe supérieure de sa robe s'accrocha au rebord de la porte et émit un bruit de déchirement de mauvais augure.

Par malheur, la grande évasion de Sophronia coïncida avec le chargement par l'une des servantes d'un *trifle* à moitié mangé dans le monte-plats.

Sophronia heurta le dessert en mettant pied à terre. La servante poussa un cri. Le trifle décrivit une courbe dans les airs, répandant de la crème anglaise, du gâteau et des fraises partout sur le brocart bleu et le mobilier crème du salon décoré avec goût.

Le bol atterrit, avec une splendide perfection, au sommet de la tête de Mme Barnaclegoose, qui n'était pas le genre de femme à apprécier le piquant d'une telle situation – être couronnée d'un trifle. Pourtant, le bol, en renversant le reste de son contenu sur le chapeau de cette bonne dame, fournit un drôle de spectacle. Jusque-là, le chapeau avait été plutôt chic – rouge avec des rubans de velours noir et des plumes d'autruche cramoisies. L'ajout du trifle, on doit l'admettre, le rendit moins chic. Sophronia, avec une grande retenue, étouffa un petit rire triomphant. *Ça lui apprendra à fourrer son nez partout.*

Mme Barnaclegoose était une femme de haute taille aux tendances progressistes – ce qui voulait dire qu'elle soutenait la réforme sociale des vampires et des loups-garous, jouait beaucoup au whist, avait un fantôme dans son cottage campagnard et portait même une robe française de temps à autre. Elle acceptait que les dirigeables soient le prochain mode de transport important et que bientôt les gens puissent voler à travers l'éther. Elle n'était toutefois pas progressiste au point de tolérer la nourriture volante. Elle poussa un cri d'horreur aigu.

L'une des grandes sœurs de Sophronia, Pétunia, jouait les hôtesses. Livide d'humiliation, elle se précipita au secours de la femme plus âgée, pour l'aider à ôter le bol de trifle de sa tête. Mère n'était nulle part en vue. Ce qui rendit Sophronia plus nerveuse que le fait d'avoir assailli une aristocrate avec un trifle.

Mme Barnaclegoose se leva, avec autant de dignité que possible étant donné les circonstances, et baissa les yeux vers Sophronia, étalée sur le luxueux tapis. La plus grande partie de la jupe de la jeune fille avait été arrachée. Mortifiée, elle se rendit compte qu'elle était en public et que son jupon était visible.

« Votre mère est occupée par un important entretien privé. J'allais attendre qu'elle soit libre. Mais, pour cela, je dois la déranger. Nous sommes en 1851 et je pensais que nous vivions dans un monde civilisé ! Vous ne valez pas mieux qu'un loup-garou déchaîné, jeune demoiselle ; quelqu'un doit y remédier. » Dans la bouche de Mme Barnaclegoose, cela sonnait comme si Sophronia était responsable à elle seule de l'état peu reluisant de l'Empire britannique tout entier. Sans autoriser Sophronia à réfuter les faits, la dame sortit de la pièce en se dandinant, une projection de crème anglaise dégoulinant le long de ses jupes bouffantes.

Sophronia s'affala sur le dos avec un soupir. Elle aurait dû s'examiner pour vérifier qu'elle n'était pas blessée, ou partir à la recherche du reste de sa robe, mais s'affaler était plus théâtral. Elle ferma les yeux et envisagea les possibles récriminations qui émaneraient bientôt de sa mère contrariée.

Ses songeries furent interrompues. « Sophronia Angelina Temminnick ! »

Oh oh. Elle entrebâilla une paupière prudente. « Oui, Pétunia ?

– Comment as-tu pu ? Pauvre Mme Barnaclegoose ! » *Faisant son entrée dans le rôle de la doublure de la mère, voici la sœur aînée. Génial.*

« Comme si je pouvais planifier ça. » Le ton irrité de sa propre voix agaçait Sophronia. Elle était incapable de la contrôler en présence de ses sœurs.

« Je t'en crois tout à fait capable. Que fabriquais-tu donc dans le monte-plats ? Et pourquoi es-tu étendue là en jupons avec du caoutchouc enroulé autour de tes pieds ? »

Sophronia se déroba. « Euh, hum, eh bien, tu vois... »

Pétunia regarda dans le monte-plats, où les restes de la jupe de sa sœur pendaient avec insouciance. « Oh, pour l'amour du ciel, Sophronia. Tu as encore fait de l'escalade ! Qu'es-tu donc, un garnement de dix ans ?

– En fait, je suis en train de me ressaisir. Alors j'apprécierais que tu te barres jusqu'à ce que j'aie fini. »

Pétunia qui, à seize ans, se considérait comme tout à fait adulte, ne l'entendait pas de cette oreille. « Regarde cette pagaille que tu as créée. Pauvre Éliza. »

Éliza, la domestique désormais dépourvue de trifle, essayait de remettre un peu d'ordre dans le chaos provoqué par une Sophronia inattendue jaillissant du monte-plats.

Sophronia rampa jusqu'à elle pour l'aider à ramasser les fraises et le gâteau qui couvraient à présent la pièce. « Désolée, Éliza. Je ne l'ai pas fait exprès.

– Vous ne le faites jamais exprès, mademoiselle. »

Pétunia n'était pas d'humeur à se laisser distraire. « Sophronia !

– Eh bien, ma sœur, pour être parfaitement exacte, je n'ai rien fait.

– Dis-le à l'adorable chapeau de cette pauvre femme.

– C'est la faute du trifle. »

La bouche de Pétunia, parfait bouton de rose, se tordit en une grimace peut-être destinée à dissimuler un sourire. « Vraiment, Sophronia, tu as quatorze ans et tu n'es tout simplement pas présentable en public. Je refuse que tu viennes à mon bal de débutante. Tu ferais quelque chose d'épouvantable, comme renverser le punch sur le seul beau garçon présent.

– Jamais de la vie !

– Oh que si !

– Oh que non ! Il se trouve que nous ne connaissons pas de beaux garçons. »

Pétunia ignora la pique. « Tu es vraiment obligée d'être si fatigante ? Il y a toujours quelque chose. » Elle prit un air suffisant. « Bien que je croie que Mumsy a finalement décidé quoi faire de toi.

– Vraiment ? Elle l'a fait ? Fait quoi ? Qu'est-ce qui se passe ?

– Mumsy est en train de conclure un contrat d'indenture avec des vampires pour que tu reçoives une éducation convenable. Tu es à présent assez âgée pour qu'ils veuillent bien de toi. Bientôt, tu relèveras tes cheveux – qu'est-ce que tu veux qu'on fasse d'autre avec toi ? Tu commences même à avoir un décolleté. »

Gênée, Sophronia rougit à la simple mention d'une telle chose, mais réussit à bafouiller une protestation : « Elle ne ferait jamais ça !

– Oh que si ! À qui crois-tu qu'elle est en train de parler *en ce moment même* ? Pourquoi crois-tu que la rencontre est aussi secrète ? Les vampires procèdent toujours ainsi. »

Mumsy avait bien entendu déjà brandi cette menace quand l'un des enfants Temminnick se montrait particulièrement rétif. Mais Sophronia n'aurait jamais cru une telle chose possible. « Mais c'est l'heure du thé ! Impossible qu'il y ait un vampire ici. Ils ne peuvent pas sortir dans la lumière du jour. Tout le monde sait ça. »

Pétunia, à sa manière pétuniesque, écarta cette défense d'un geste négligent de la main. « Tu crois qu'ils enverraient un *véritable* vampire pour quelqu'un comme toi ? Oh non, c'est avec un drone que Mumsy est en train de parler. Je parie qu'ils rédigent en ce moment les papiers de servitude.

– Mais je ne *veux pas* être le drone d'un vampire. » Sophronia fit la grimace. « Ils boiront mon sang et me feront uniquement porter les toutes dernières modes. »

Pétunia acquiesça avec cet air d'en savoir plus que tout le monde que Sophronia trouvait tout à fait exaspérant. « Si. Si, ils vont le faire. »

Frowbritcher, le majordome, apparut dans l'encadrement de la porte. Il marqua une pause sur le seuil pendant que ses roulettes se transféraient sur les rails du salon. C'était la plus récente des mécaniques domestiques, à peu près de la taille et de la forme d'un buisson de daphnés. Il s'approcha en roulant bruyamment et baissa sa protubérance nasale crochue vers Sophronia. Ses yeux étaient des cercles couleur de jais qui exprimaient une perpétuelle désapprobation.

« Mademoiselle Sophronia, votre mère désire vous voir immédiatement. » Sa voix, qui émanait d'un ustensile analogue à une boîte à musique à l'intérieur de son corps de métal, était grêle et granuleuse.

Sophronia soupira. « Elle m'envoie chez les vampires ? »

Pétunia plissa le nez. « J'imagine qu'il y a une possibilité pour qu'ils ne te prennent pas. Je veux dire, Sophronia, la manière dont tu t'habilles ! »

Le majordome répéta seulement, sans la moindre inflexion : « Immédiatement, mademoiselle.

– Faut-il que j'aille à l'étable ? demanda Sophronia.

– Oh, quand vas-tu te décider à grandir ? dit Pétunia d'un air écœuré.

– Pour devenir une hypocrite imbue d'elle-même comme toi ? » Comme si grandir était quelque chose de contagieux, qu'on attrapait en fréquentant les sœurs aînées trop zélées. Sophronia suivit Frowbritcher en essuyant nerveusement ses mains couvertes de crème sur son tablier. Elle espéra que celui-ci cacherait l'état peu reluisant – l'absence, même – de sa jupe.

Le majordome roula jusqu'au vestibule, la conduisant à la bibliothèque de son père. Un service à thé complet y était disposé, avec des napperons de dentelle, de la génoise, et la plus belle porcelaine de la famille. On n'en avait jamais fait autant pour Mme Barnaclegoose.

En face de la mère de Sophronia, sirotant du thé, une dame élégante était assise, arborant une expression revêche et un grand chapeau. Elle avait précisément l'allure qu'on s'attendait à voir chez le drone d'un vampire.

« Voici Mlle Sophronia, madame », dit Frowbritcher depuis le seuil de la porte, ne s'embêtant pas à changer de rails. Il s'éloigna en glissant, probablement pour rassembler les troupes afin de nettoyer le salon.

« Sophronia ! Qu'as-tu fait à la pauvre Mme Barnaclegoose ? Elle est partie d'ici horriblement froissée et... oh, mais *regarde-toi* ! Mademoiselle, je vous prie d'excuser l'apparence de ma fille. J'aimerais vous dire que c'est une aberration, mais ce n'est hélas que trop courant. Cette enfant est vraiment pénible. »

L'étrangère adressa à Sophronia un regard qui lui donna l'impression d'avoir à peu près six ans. Elle avait douloureusement conscience de son état crémeux. Personne n'aurait jamais décrit Sophronia comme élégante, alors que cette femme était une lady jusqu'au bout des ongles. Sophronia n'avait jamais réfléchi auparavant au pouvoir que cela conférait. L'étrange femme était aussi d'une beauté agressive, avec une peau pâle et une chevelure noire parcourue de mèches grises. Il était impossible de deviner son âge, car malgré le gris, son visage était jeune. Elle était impeccablement habillée dans un genre de robe de voyage en dentelle à pointes avec une jupe volumineuse et un galon en velours bien plus élégante que tout ce que Sophronia avait jamais vu dans sa vie. Sa mère avait plutôt tendance à suivre les modes qu'à innover en matière de bon goût. Cette femme avait vraiment de la classe.

Malgré sa beauté, pensa Sophronia, *elle a un peu l'air d'un corbeau.* Elle baissa les yeux sur ses pieds et essaya de fournir une excuse pour son comportement, autre qu'espionner les gens. « Eh bien, je voulais juste voir comment ça fonctionnait, et puis il y a eu ce... »

Sa mère l'interrompit. « Comment ça fonctionnait ? Est-ce le genre de question qu'une jeune dame se pose ? Combien de fois t'ai-je avertie ? Tu ne dois pas fraterniser avec la technologie. »

Sophronia se demanda si c'était une question rhétorique et commença à compter le nombre de fois juste au cas où. Sa mère se retourna vers leur invitée.

« Voyez-vous ce que je veux dire, mademoiselle ? C'est vraiment une enquiquineuse de première.

– Quoi ? *Mumsy !* » Sophronia était offensée. Sa mère n'avait jamais employé un tel langage en bonne compagnie auparavant.

« Silence, Sophronia.

– Mais...

– Vous voyez, mademoiselle Géraldine ? Vous voyez ce que je dois endurer ? Et tous les jours. Une enquiquineuse. C'était comme ça dès le début. Et les autres filles qui étaient de vrais amours. Eh bien, je suppose que ça nous pendait au nez. Je vous le dis en toute confiance... Je ne sais plus que faire avec celle-ci. Vraiment. Quand elle n'est pas en train de lire, elle démonte quelque chose, ou flirte avec le valet de pied, ou grimpe partout – dans des arbres, sur des meubles, et même sur d'autres gens.

– Ça remonte à des années ! » objecta Sophronia. *Est-ce qu'elle ne va jamais arrêter avec cette histoire ? J'avais huit ans !*

« Silence, jeune fille. » Mme Temminnick ne daigna même pas regarder dans sa direction. « Avez-vous déjà entendu parler d'une chose semblable avec une *fille* ? Bon, elle est un peu effrontée pour fréquenter un pensionnat, mais j'espérais que vous feriez une exception, juste cette fois. »

Pensionnat ? Alors, on ne va pas m'envoyer chez les vampires ? Le soulagement envahit Sophronia, instantanément suivi d'un sentiment d'horreur. Un pensionnat ! Il y aurait des *cours.* Sur la manière de faire une révérence. De s'habiller. Et sur la façon de manger avec le petit doigt en l'air. Sophronia frissonna. Peut-être une ruche de vampires était-elle une meilleure option.

Mme Temminnick poursuivit : « Nous sommes assurément d'accord pour fournir une compensation pourvu que vous preniez Sophronia en considération. Mme Barnaclegoose m'a confié que vous êtes magistrale avec les cas difficiles. Vous avez une excellente réputation. Rien que la semaine dernière une de vos filles a épousé un vicomte. »

Sophronia fut déconcertée. « Vraiment, Mumsy ? *Le mariage ? Déjà ?* »

Pour le moment, le corbeau n'avait rien dit. C'était courant dans l'entourage de sa mère. L'étrangère se contentait de boire son thé à petites gorgées, la majeure partie de son attention portée sur Sophronia. Ses yeux étaient durs, évaluateurs, et ses mouvements très précis et vifs.

« Et, bien entendu, il y a le bal de débutante de Pétunia à prendre en considération. Nous espérions que Sophronia serait présentable pour cet événement. En décembre prochain ? Aussi présentable que possible, étant donné ses... imperfections. »

Sophronia fit la grimace. Elle avait parfaitement conscience qu'elle n'avait pas la beauté de ses sœurs. Pour une raison quelconque, le Destin avait jugé bon de la concevoir à l'image de son père plutôt que de sa mère. Mais il n'y avait nul besoin de discuter ouvertement d'une telle chose avec une étrangère !

« Cela pourrait être arrangé. » Lorsque la femme finit par parler, ce fut avec un accent français si marqué que ses paroles étaient difficiles à comprendre. « Mademoiselle Temminnick, pourquoi du caoutchouc est-il enroulé autour de vos bottines ? »

Sophronia baissa les yeux. « Mumsy se plaignait que je ne cesse de les érafler.

– Solution intéressante. Est-ce qu'elle fonctionne ?

– Je n'ai pas eu l'occasion de la tester correctement. » Elle marqua une pause. « Pour l'instant. »

L'étrangère ne parut ni choquée ni impressionnée par cette déclaration.

Frowbritcher réapparut. Il fit un geste avec un bras mécanique semblable à une griffe. La mère de Sophronia se leva et alla s'entretenir avec le majordome. Frowbritcher avait la sinistre habitude de découvrir des secrets. C'était hautement déconcertant chez une mécanique.

Après un échange de chuchotements, Mme Temminnick rougit et se retourna vivement.

Oh, mon Dieu, songea Sophronia, *qu'est-ce que j'ai encore fait ?*

« Je vous prie de m'excuser un instant. Il semblerait qu'il y ait un problème avec notre nouveau monte-plats. » Elle lança un regard lourd de sens à sa fille. « Tiens ta langue et tiens-toi bien, jeune dame !

– Oui, Mumsy. »

Mme Temminnick quitta la pièce, fermant la porte derrière elle avec fermeté.

« Où avez-vous trouvé le caoutchouc ? » Le corbeau ignora la mère de Sophronia avec une aisance relative, toujours intriguée par la modification des chaussures. Le caoutchouc était cher et difficile à se procurer, particulièrement sous n'importe quelle forme plus complexe qu'une balle.

Sophronia hocha la tête d'une manière éloquente.

« Vous avez détruit un monte-plats pour l'obtenir ?

– Je ne dis pas que je l'ai fait. Je ne dis pas non plus que je ne l'ai pas fait. » Sophronia était prudente. *Après tout, cette femme veut m'enlever et m'emmener dans son pensionnat. J'y passerai des années et puis on me refilera à un vicomte dégarni à deux mille livres l'année.* Sophronia repensa son approche ; peut-être un peu plus de circonspection et quelque sabotage judicieux étaient-ils requis.

« Mumsy ne mentait pas, vous comprenez, quand elle parlait de ma conduite. L'escalade et tout ça. Même si ça fait un moment que je n'ai pas grimpé sur quelqu'un. Et le valet de pied et moi ne flirtions pas. Il pense que c'est Pétunia, la merveille, pas moi.

– Et au sujet du démontage ? »

Sophronia acquiesça, car c'était une meilleure excuse que l'espionnage pour avoir détruit le monte-plats. « J'adore les machines. Des choses fascinantes, les machines, vous ne trouvez pas ? »

La femme pencha la tête sur le côté. « Je préfère en général les utiliser, pas les disséquer. Pourquoi le faites-vous ? Pour mettre votre mère en colère ? »

Sophronia réfléchit. Elle aimait bien sa mère, comme tout le monde, mais elle supposait qu'une partie d'elle-même pouvait être sur le pied de guerre. « C'est possible. »

L'éclair d'un sourire apparut sur le visage de la femme. Il la fit paraître très jeune. Il disparut très vite. « Comment êtes-vous en tant que comédienne ? Douée ?

– Pour le théâtre ? » *Quel genre de professeur demande ça ?* Sophronia s'énerva. « J'ai peut-être des taches sur le visage, mais je reste une *dame* ! »

La femme regarda le jupon dévoilé de Sophronia. « Ça reste à voir. » Elle se détourna, comme si cela ne l'intéressait plus, et se servit une tranche de gâteau. « Êtes-vous forte ? »

Au bout du hall, quelque chose explosa avec un grand bruit. Sophronia crut entendre sa mère pousser un cri perçant. La visiteuse et elle ignorèrent toutes deux l'interruption.

« Forte ? » Sophronia se glissa vers le chariot du thé, lorgnant la génoise.

« À force de grimper. » Une pause. « Et de soulever les machines, j'imagine. »

Sophronia cilla. « Je ne suis pas faible.

– Vous êtes assurément bonne en faux-fuyants.

– Est-ce une mauvaise chose ?

– Ça dépend à qui vous posez la question. »

Sophronia se servit deux parts de gâteau, exactement comme si on l'y avait invitée. La visiteuse s'abstint de toute réflexion à ce sujet. Sophronia se détourna brièvement sous couvert de trouver une cuillère, pour fourrer l'un des morceaux dans la poche de son tablier. Mumsy ne lui autoriserait pas la moindre friandise pendant les prochaines semaines lorsqu'elle aurait découvert ce qui était arrivé au monte-plats.

Si la femme vit le vol, elle ne le montra pas.

« Alors, vous dirigez ce pensionnat ?

– Dirigez-vous ce pensionnat, mademoiselle Géraldine ? corrigea le corbeau.

– Dirigez-vous ce pensionnat, mademoiselle Géraldine ? » répéta consciencieusement Sophronia, bien qu'elles n'aient pas été présentées formellement. *Bizarre, chez une enseignante d'un pensionnat. Ne devrait-elle pas attendre le retour de Mumsy ?*

« Il s'appelle Le Pensionnat de Mlle Géraldine pour le perfectionnement des jeunes dames de qualité. En avez-vous entendu parler ? »

Sophronia en avait entendu parler. « Je croyais que seules les meilleures familles étaient autorisées à y entrer.

– Nous faisons parfois des exceptions.

– Êtes-vous *la* mademoiselle Géraldine ? Vous ne paraissez pas assez âgée.

– Eh bien, merci, mademoiselle Temminnick, mais vous ne devriez pas faire une telle observation à vos supérieurs.

– Désolée, madame.

– Désolée, mademoiselle Géraldine.

– Oh, oui, désolée, mademoiselle Géraldine.

– Très bien. Remarquez-vous quelque chose d'étrange à mon sujet ? »

Sophronia dit la première chose qui lui passa par la tête. « Le gris dans vos cheveux. Ça ne va pas.

– Vous êtes bel et bien une jeune dame observatrice, n'est-ce pas ? » Puis, dans un mouvement soudain, Mlle Géraldine tendit la main et retira le petit coussin qui était derrière son dos. Elle le jeta sur Sophronia.

Sophronia, à qui aucune dame n'avait jamais lancé de coussin, fut sidérée, mais elle l'attrapa.

« Réflexes adéquats », dit Mlle Géraldine, remuant les doigts pour qu'elle lui renvoie le coussin.

Perplexe, Sophronia le lui tendit. « Pourquoi ?... »

Une main gantée de noir fut levée pour parer à toute question supplémentaire.

Mme Temminnick revint sur ces entrefaites. « Veuillez m'excuser. Je suis d'une impolitesse incurable. Je n'arrive pas à comprendre ce qui est arrivé au monte-plats. Il fait un vacarme épouvantable. Mais vous n'avez pas envie d'entendre parler de problèmes *domestiques* insignifiants. » Elle mit beaucoup d'emphase sur le mot « domestique ».

Sophronia fit la grimace.

Mme Temminnick s'assit, frottant une tache de graisse sur ses gants naguère impeccables. « Comment cela se passe-t-il entre Sophronia et vous ?

– Tout à fait bien, dit Mlle Géraldine. La jeune dame était juste en train de me parler d'un livre d'histoire qu'elle a lu récemment. Quel en était le sujet ? »

Donc, elle ne veut pas que Mumsy sache qu'elle a jeté un coussin sur moi ? Sophronia n'avait jamais été du genre à laisser tomber quelqu'un quand des bobards étaient nécessaires.

« L'Égypte. Apparemment, la Monarchie primitive, qui suit directement la Période mythique, a reçu de nouvelles dates. Et... »

Sa mère la coupa : « Assez avec *ça,* Sophronia. Une directrice d'école ne s'intéresse pas à l'éducation. Vraiment, mademoiselle Géraldine, une fois que vous l'avez lancée, elle ne s'arrête plus. » Elle parut pleine d'espoir. « Je sais qu'elle est une épouvantable catastrophe, mais pouvez-vous *vraiment* faire quelque chose d'elle ? »

Mlle Géraldine lui adressa un sourire pincé. « Que diriez-vous d'une période de probation ? Nous la renverrons à temps pour ce bal de débutante dans quelques mois dont vous m'avez parlé et on verra comment elle s'en tire jusque-là.

– Oh, mademoiselle Géraldine, mais c'est absolument épatant ! » La mère de Sophronia réunit ses deux mains d'un air ravi. « N'est-ce pas exaltant, Sophronia ? Tu vas au pensionnat !

– Mais je ne *veux pas* aller au pensionnat ! » Sophronia ne pouvait contenir l'agacement dans sa voix tandis que des visions d'entraînement à tenir une ombrelle dansaient dans sa tête.

« Ne le prends pas comme ça, ma chérie. Ce sera très excitant. »

Sophronia chercha désespérément une issue de secours. « Mais elle m'a jeté un coussin !

– Oh, Sophronia, ne raconte pas de bobards, tu sais à quel point ça me fait de la peine. »

Sophronia resta bouche bée, tandis que son regard allait et venait entre sa mère désormais de bonne humeur et l'étrangère qui ressemblait à un corbeau.

« Quand peut-elle être prête à partir ? voulut savoir Mlle Géraldine.

– Vous voulez l'emmener *maintenant* ?

– Je suis là, n'est-ce pas ? Pourquoi gaspiller le voyage ?

– Je ne pensais pas que ce serait si tôt. Nous devons acheter de nouvelles robes, un manteau plus chaud. Et que faites-vous de ses livres de cours ?

– Oh, vous pouvez envoyer tout cela plus tard. Je vous fournirai une liste des articles nécessaires. Elle s'en sortira très bien comme ça pour le moment. Je la soupçonne d'être une jeune fille pleine de ressources.

– Eh bien, si vous pensez que c'est mieux ainsi.

– Je le pense. »

Sophronia n'avait pas l'habitude de voir sa mère se faire forcer la main avec autant d'efficacité. « Mais, Mumsy !

– Si Mlle Géraldine pense que c'est le mieux, alors tu ferais mieux de te dépêcher, jeune dame. Va te changer et mettre ta robe bleue neuve et ton chapeau du dimanche. Je vais demander à l'une des domestiques d'emballer quelques effets indispensables. Pouvons-nous avoir une demi-heure, mademoiselle ?

– Bien sûr. Peut-être vais-je aller faire un petit tour du propriétaire pendant que vous vous organisez. Pour me dégourdir les jambes avant le trajet.

– Je vous en prie. Viens, Sophronia, nous avons beaucoup à faire. »

Frustrée et de mauvais poil, Sophronia emboîta le pas à sa mère.

On lui donna une vieille malle du grenier, trois cartons à chapeau et un sac de voyage. Après avoir eu tout juste le temps de s'assurer qu'elle aurait de quoi grignoter pendant le trajet – vers Dieu savait où, à une distance que seul Dieu connaissait –, Sophronia se retrouva poussée en hâte dans une calèche. Sa mère l'embrassa sur le front et fit semblant d'avoir du chagrin. « Ma petite fille, déjà grande et qui part pour devenir une dame ! » Et, comme on dit, ce fut réglé.

Sophronia aurait pu espérer une grande scène d'adieu avec ses frères et sœurs et la moitié des domestiques mécaniques agitant des mouchoirs trempés de larmes. Mais ses frères cadets exploraient la ferme, ses aînés étaient partis à Eton, ses sœurs étaient occupées par des frivolités ou des mariages – les deux ne faisant peut-être qu'un – et les mécaniques vaquaient pesamment à leurs tâches quotidiennes. Elle crut apercevoir Roger, le palefrenier, qui agitait sa casquette depuis la grange, mais à part ça, sa mère elle-même se contenta de remuer sans conviction le bout des doigts à son intention avant de rentrer dans la maison.

LEÇON 2

Attention aux bandits de haut vol, ils sont mal habillés et mal éduqués

La calèche était stupéfiante, pourvue du dernier cri en matière de toit ouvrant automatisé, de marchepied rétractable et de boîte à thé escamotable. C'était un véhicule de location, mais équipé comme un véhicule privé, avec des parois capitonnées de velours bleu nuit pour réduire le bruit et des couvertures frangées d'or pour parer au froid.

Sophronia avait à peine eu le temps d'absorber tout cela avant que Mlle Géraldine ne tape au plafond de la poignée de son ombrelle et qu'ils ne démarrent avec une embardée.

Plus saisissant que la décoration était le fait que cette calèche était déjà occupée – par deux autres élèves. Ils étaient apparemment restés assis là patiemment tout le temps où Mlle Géraldine prenait le thé et où Sophronia tombait du monte-plats et empaquetait tous ses biens matériels dans une malle.

Directement en face d'elle était assise une jeune lady aux yeux brillants, à l'air plein d'allant, un peu plus jeune que

Sophronia, avec une masse de cheveux couleur de miel et un visage rond de porcelaine. Elle portait une énorme broche en verre rouge et doré épinglée sur sa robe rouge vif. La combinaison des cheveux, des bijoux et de la robe lui donnait une allure tout à fait scandaleuse, comme si elle s'entraînait pour devenir une belle de nuit. Sophronia fut dûment impressionnée.

« Oh, bonté divine ! » dit-elle à Sophronia, comme si l'apparition de celle-ci dans le véhicule était la chose la plus délicieuse qui lui était arrivée ce jour-là. Ce qui, dans la mesure où on l'avait laissée assise dans une calèche sans distraction ni divertissement, était peut-être bien le cas.

« Comment allez-vous ? dit Sophronia.

– Comment allez-vous ? N'est-ce pas une journée épatante ? Vraiment, tout à fait épatante. Moi, c'est Dimity. Comment vous appelez-vous ?

– Sophronia.

– C'est tout ?

– Quoi, ce n'est pas assez ?

– Oh, eh bien, je voulais dire, moi c'est Dimity Ann Plumleigh-Teignmott, en réalité, en entier.

– Sophronia Angelina Temminnick.

– Bon Dieu, on en a plein la bouche.

– Vraiment ? J'imagine que oui. » *Comme si Dimity Ann Plumleigh-Teignmott était un nom facile à prononcer.* Sophronia détourna le regard de la fille pour examiner le dernier occupant de la calèche. Il était difficile de discerner quelle sorte de créature se cachait derrière le chapeau melon trop grand et le pardessus huilé. Mais, si on lui avait posé la question, elle aurait dit que c'était une espèce de garçon pas très propre. Il avait des lunettes très épaisses, des sourcils très froncés, et un énorme livre couvert de poussière accaparait la totalité de ses genoux et de son attention.

« Qu'est-ce que c'est que ça ? demanda-t-elle à la fille, plissant le nez.

– Oh, ça ? C'est juste Pillover.

– Et qu'est-ce qu'un pillover, chez vous ?

– Mon petit frère.

– Ah, je compatis. J'en ai moi-même plusieurs. Un sacré problème, les frères. » Sophronia hocha la tête, comprenant parfaitement le chapeau bizarre et le manteau.

Pillover leva les yeux derrière ses lunettes et accorda un *regard* à toutes deux. Il paraissait quelques années plus jeune que sa sœur, laquelle avait, supposa Sophronia, environ treize ans.

« Il est sur la liste des candidats pour Bunson.

– Pour quoi ?

– L'École polytechnique pour garçons Bunson et Lacroix. Tu sais, l'autre école ? »

Sophronia, qui n'avait pas la moindre idée de ce dont parlait Dimity, fit mine de suivre par politesse.

La jeune fille continua à jacasser. Elle paraissait du genre à jacasser. Sophronia était à l'aise avec ça après avoir vécu dans sa propre famille. C'étaient de grands bavards, mais ils avaient beaucoup moins de choses intéressantes à dire que Dimity. « Maman et Papa veulent qu'il devienne un génie du mal, mais son cœur bat pour la versification latine. Hein, Pill ? »

Le garçon adressa un regard mauvais à sa sœur.

« Pillover est terriblement mauvais à être mauvais, si tu vois ce que je veux dire. Notre papa est un membre fondateur de la Confédération de la Fouine de la mort et maman est une chimiste amateur aux intentions discutables, mais le pauvre Pillover n'arrive même pas à tuer des fourmis avec sa Loupe dépravée d'amplification active. Hein, Pill ? »

Sophronia avait la sensation qu'elle était en train de perdre progressivement le fil de la conversation. « La Confédération de la Fouine de la mort ? »

Dimity acquiesça en agitant ses boucles. « Je sais – c'est incroyable, non ? Mais j'ai tendance à voir le bon côté des choses : au moins, papa n'est pas un Vinaigrier. »

Les yeux de Sophronia lui sortirent de la tête. « Euh, oh oui, tout à fait. » *Vinaigrier ? Par l'éther, c'est quoi, un Vinaigrier ?*

« Mais Pill est une triste déception pour notre pauvre vieux papa. »

Le garçon en question posa son livre, clairement poussé à se défendre. « J'ai fabriqué le coussin articulé qui bougeait quand quelqu'un essayait de s'asseoir dessus. Et il y a eu ce pot de crème qui ne devenait jamais assez frais pour que le pudding puisse prendre. »

Dimity fournit une information entre parenthèses en guise de contre-attaque. « Le coussin finissait toujours par s'avancer aimablement. Et la cuisinière a simplement utilisé le pot de Crème de l'iniquité pour tenir ses petits pains au chaud.

– Oh, vraiment. Ça ne se fait pas. Raconter des secrets de famille comme ça !

– Vois les choses en face, Pill, tu es désespérément *bon.*

– Oh, j'aime ça ! Et toi, tu es si mauvaise ? Quoi, tu veux te marier et être une *dame.* Qui a jamais entendu parler d'une telle chose dans notre famille ? Moi, au moins, j'essaye.

– Eh bien, le pensionnat devrait l'aider à être une dame. N'est-ce pas ? » Au moins, c'était quelque chose que Sophronia savait.

Le garçon renifla d'un air moqueur. « Pas du tout. Pas *ce* pensionnat. Pas du tout le bon enseignement. Ou devrais-je dire le bon, mais seulement en surface ? Je suis sûr que vous suivez. » Pillover adressa un drôle de petit regard à Sophronia, puis, semblant s'être mis lui-même dans l'embarras, il reprit son livre.

« Que peut-il bien sous-entendre ? » Sophronia se tourna vers Dimity pour qu'elle explique le comportement de son frère.

« Tu veux dire que tu ne sais pas ?

– Que je ne sais pas quoi ?

– Oh, mon Dieu. Tu es une recrue secrète ? Pas du tout de liens de famille ? Je savais qu'ils en prenaient, mais je ne pensais pas qu'il me serait donné d'en rencontrer une. Comme c'est charmant ! As-tu été sous surveillance ? J'ai entendu dire qu'ils faisaient ça parfois. »

Mlle Géraldine intervint à ce moment. « Ça suffit avec *ça*, mademoiselle Plumleigh-Teignmott.

– Oui, mademoiselle Géraldine. »

La directrice recommença à les ignorer.

« Alors, vers où voyageons-nous ? demanda Sophronia, imaginant qu'il s'agissait d'une question sans danger, puisqu'il était évident qu'ils n'étaient pas autorisés à parler de l'école elle-même.

– Tu ne sais même pas ça ? » Le ton de Dimity était plein de pitié. « Eh bien, au Pensionnat de Mlle Géraldine pour le perfectionnement des jeunes dames de qualité. »

Sophronia secoua la tête. « Non, je veux dire, où cette école se trouve-t-elle ?

– Personne ne le sait *exactement*, mais vers le sud. À Dartmoor, ou quelque part dans le coin.

– Pourquoi tant de mystères ? »

Dimity secoua la tête, agitant ses boucles. « Oh, non, tu vois, je n'ai pas l'intention d'en faire. Ce n'est pas, tu comprends, un endroit précis.

– Qu'est-ce qui ne l'est pas ?

– L'école. »

Sophronia imagina un immeuble rempli de filles hurlantes et filant à toute allure à travers la lande sur des rails, comme une énorme mécanique surexcitée. « L'école est mobile ? Quoi, sur des centaines de petites jambes minuscules ?

– Des jambes ? Eh bien, oui, elle se déplace, mais pas sur des jambes. Je crois que c'est, tu sais... » Dimity inclina la tête en arrière et leva les yeux vers le plafond.

Sophronia était sur le point de poser une autre question lorsqu'un cahot terrifiant les secoua ; la calèche s'arrêta si brusquement que Dimity fut projetée sur Sophronia, et Pillover sur Mlle Géraldine.

Celle-ci poussa un cri, probablement révulsée par le contact avec le manteau crasseux de Pillover, et battit des bras et des jambes pour se débarrasser du garçon.

Sophronia et Dimity se démêlèrent en gloussant.

Pillover se dégagea de la directrice avec une dignité remarquable pour un garçon de son âge vêtu comme il l'était et ramassa son chapeau melon sur le sol.

« Que diable se passe-t-il ? » Mlle Géraldine tapa au plafond de la calèche avec son ombrelle. « Cocher ! Cocher ! »

La calèche demeura immobile. Ou du moins, elle ne semblait pas vouloir *avancer.* De temps à autre, elle était agitée d'une petite secousse *vers le haut,* comme si elle flottait en pleine mer.

La porte du véhicule fut ouverte d'un coup sec pour révéler non pas le cocher, mais un gentleman à l'apparence étrange. Il était habillé pour la chasse avec des culottes de cheval en tweed, une veste rouge et une bombe, mais il portait aussi des lunettes protectrices et une longue écharpe du genre que revêtent les explorateurs de l'Arctique, enroulée autour de la partie inférieure de son visage.

La calèche fit une nouvelle embardée. L'un des chevaux hennit de frayeur.

L'homme étrange avait un oignon de cuivre massif épinglé sur sa cravate et pointait un pistolet à l'air redoutable sur les occupants de la calèche. Le regard de Sophronia, une fois captivé par l'arme, resta fixé dessus. Elle ne s'était jamais retrouvée en face d'une arme véritable. Elle était bouleversée. *Hé, ce truc pourrait partir. Quelqu'un pourrait être blessé !*

« Des bandits de grand chemin ! couina Pillover.

– Non, corrigea Mlle Géraldine. Pire : *des bandits de haut vol.* » Quelque chose dans son ton, sentit Sophronia, suggérait qu'elle n'était pas surprise. Sophronia éprouva instantanément de la suspicion aussi bien à l'égard de Mlle Géraldine que du bandit de haut vol.

La directrice battit de ses longs cils. « Eh bien, monsieur, que pourriez-vous vouloir de nous ? Je suis une simple directrice d'école emmenant ces enfants vers leur destination finale. »

Elle en fait un peu trop, non ? songea Sophronia.

« Nous n'avons rien de grande valeur. Nous... »

Le bandit de haut vol interrompit Mlle Géraldine. « Silence. Nous savons parfaitement sur quoi vous avez posé vos petites menottes. Donnez-nous le prototype.

– Je n'ai pas la moindre idée de ce dont vous parlez. » Le sourire tremblant de la directrice était bien exécuté, mais apparemment pas convaincant.

« Bien sûr que si. Où est-il ? »

Mlle Géraldine secoua la tête, ses jolis cils baissés.

« Peut-être allons-nous simplement regarder nous-mêmes. »

L'homme passa brièvement la tête par la porte et dit quelque chose d'indiscernable vers le ciel.

À cet instant, il y eut un bruit sourd en haut de la calèche. Sophronia et les autres ne purent rien faire d'autre que regarder en silence, tandis que leurs malles, sacs et cartons à chapeau étaient jetés du toit pour s'écraser au sol. Où ils s'ouvrirent, jonchant la route poussiéreuse de vêtements, de couvre-chefs et de chaussures.

Deux autres bandits de haut vol, portant à peu près la même tenue que leur chef, sautèrent ensuite à terre et commencèrent à fouiller en hâte parmi le contenu dispersé. Ce qu'ils cherchaient, quoi que ce fût, semblait être relativement petit, car chaque bagage – peu importait sa taille – devait être vidé. L'un des hommes employa même un couteau pour lacérer le fond des malles, à la recherche de poches secrètes.

Tout cela était hautement embarrassant – voir ses affaires personnelles éparpillées en public ! Sophronia était particulièrement mortifiée que Pillover puisse voir tous ses sous-vêtements – *un étranger, et un garçon !* Elle remarqua aussi que les malles de Mlle Géraldine contenaient quelques vêtements de nuit très indécents. Il y avait une chemise de nuit en flanelle violette. *Imaginez un peu !*

Les mouvements des bandits devenaient de plus en plus frénétiques. Leur chef, tout en surveillant les occupants de la calèche, lançait de fréquents coups d'œil derrière lui.

Au bout d'un quart d'heure, la main de l'homme, celle qui tenait le pistolet, commença à trembler de fatigue.

« Où est-ce ? siffla-t-il à Mlle Géraldine.

– Je vous l'ai dit, jeune homme, vous ne le trouverez pas ici. Quoi que ce soit. » Elle rejeta la tête en arrière. Pour de vrai !

« Impossible. Nous savons que vous l'avez. Vous *devez* l'avoir ! »

La directrice regarda vers l'horizon lointain, le nez levé. « On dirait que votre information est erronée.

– Venez avec moi. Vous autres, les enfants, vous restez là. » L'homme tira Mlle Géraldine hors de la calèche. La directrice lutta brièvement, mais, la force de l'homme étant supérieure à la sienne, elle se calma.

« Où est le cocher ? siffla Sophronia à Dimity et Pillover.

– Probablement maîtrisé par une agression physique, dit Dimity.

– Ou mort, ajouta Pillover.

– Comment nous ont-ils rejoints ? Je n'ai entendu ni chevaux ni rien d'autre. »

Pillover désigna le ciel. « Des bandits de grand chemin aériens. Tu n'as pas entendu parler d'eux ?

– Eh bien, si, mais je ne croyais pas qu'ils existaient *réellement.* »

Pillover haussa les épaules.

« Quelqu'un a dû les engager, dit Dimity. Tu penses que ce prototype sert à quoi ?

– C'est important ? demanda son frère.

– Tu crois qu'elle l'a vraiment ? » demanda Sophronia.

Pillover regarda Sophronia avec quelque chose qui ressemblait à de la pitié dans ses yeux noirs. « Bien sûr qu'elle l'a. La question est : l'a-t-elle assez bien caché ?

– Ou en a-t-elle fait une copie ? ajouta Dimity.

– Est-ce sans danger de les laisser penser qu'ils ont gagné ?

– Et avait-elle anticipé les choses à ce point ? »

Sophronia interrompit leurs spéculations. « Ça fait beaucoup de questions. »

Ils entendirent Mlle Géraldine parler sèchement aux hommes qui fouillaient hâtivement les bagages. Tous trois regardèrent par la porte ouverte pour voir ce qui arriverait ensuite. Le bandit de haut vol au pistolet frappa la directrice au visage de sa main libre.

« Oh mon Dieu, dit Sophronia. De la violence. » Elle réprima une bouffée de panique et une étrange envie de glousser. Elle n'avait jamais vu un homme adulte frapper une femme.

Dimity avait l'air légèrement vert.

Le visage de Pillover se crispa derrière ses lunettes rondes. « Je ne crois pas qu'elle a prévu *ça.* »

Son affirmation paraissait correcte, car Mlle Géraldine eut une crise d'hystérie dont le point culminant fut un évanouissement très théâtral au milieu de la route.

« Joli numéro. Ma sœur Pétunia a fait la même chose une fois à cause d'une souris.

– Tu crois qu'elle fait semblant ? » Dimity avait tendance à être impressionnée.

« Qu'elle fasse semblant ou non, elle semble nous avoir mis dans le pétrin. » Sophronia fit une moue désapprobatrice. *Je ne veux pas aller au pensionnat, mais je ne veux pas être kidnappée par des bandits de haut vol non plus.*

Une nouvelle embardée secoua la calèche.

Sophronia regarda le plafond. Le moyen de transport des bandits de haut vol devait être attaché aux rails de la galerie au-dessus. Elle additionna deux et deux : les lunettes protectrices du bandit de haut vol et sa broche en forme d'oignon. *Transport par ballon.* À cet instant, Sophronia décida qu'elle ferait mieux de faire quelque chose au sujet de leur situation délicate. « Il faut que nous coupions les liens qui relient le ballon à la calèche et que nous accédions au siège du cocher pour prendre le contrôle de ses chevaux. Une fois que nous serons en mouvement, pourrons-nous les distancer ? »

Pillover acquiesça. « Aucun scientifique n'a jamais trouvé comment faire se déplacer un véhicule aérien aussi rapidement qu'un véhicule terrestre. Bien qu'il y *ait eu* quelques prototypes de dirigeable intéressants dans le numéro du mois dernier de la *Jeune Revue des avancées scientifiques et de la supériorité amorale.* Quelque chose au sujet de l'emploi des courants éthériques, mais rien sur les ballons, alors... »

Dimity interrompit son frère : « Oui, merci, Pill. » À l'évidence, jacasser était un travers familial auquel Pillover lui-même était enclin à se laisser aller de temps à autre.

« Donc ? dit Sophronia. Ressources. Qu'est-ce que vous avez, tous les deux ? »

Pillover vida les poches de son pardessus trop grand : un peu de gomme à la sève de pin, un monocle sur un bâton – peut-être la Loupe dépravée d'amplification active – et un long morceau de ruban qui avait probablement commencé sa vie dans les cheveux de sa sœur. Dimity sortit une boîte de sandwiches, une cuillère en bois et une pieuvre jouet en tricot du petit panier couvert à ses pieds. Tout ce que Sophronia avait, c'était la part de génoise, à présent tristement écrasée, qu'elle avait piquée et fourrée dans son tablier.

Elle la coupa en trois et ils mangèrent le gâteau en réfléchissant dur.

Aucun de leurs ennemis ne leur prêtait la moindre attention. Les trois bandits de haut vol avaient renoncé à démolir les bagages et se disputaient. Mlle Géraldine était toujours fermement évanouie.

« Nous n'aurons pas de meilleure occasion », dit Sophronia, prenant la loupe de Pillover. Elle sortit par la petite fenêtre de la calèche du côté opposé à celui des bandits de haut vol.

Il s'avéra qu'il était beaucoup plus facile de grimper sur une calèche que dans un monte-plats. Sophronia se hissa sur le toit de la voiture, invisible pour les hommes en dessous. Elle y découvrit un grand canot aérien coloré attaché à la galerie. Il n'était pas composé d'un seul ballon mais de quatre, chacun fixé à l'angle d'une nacelle pour passagers à peu près de la taille d'un petit bateau à rames. Au centre du panier jaillissait un mât, plus haut que les ballons, avec une voile déployée. Des hélices orientables étaient suspendues dessous. Elles étaient agitées d'un léger mouvement, tournant au-dessus de la tête de Sophronia tandis qu'elle rampait sur le toit de la calèche. Elles avaient l'air tout à fait tranchantes. Gardant un œil dessus, elle poursuivit son chemin jusqu'au point d'amarrage.

La corde était solidement attachée à la galerie et impossible à dénouer.

Sophronia sortit la loupe de Pillover et, l'inclinant pour capter le soleil, elle entreprit de brûler la corde. L'odeur âcre de fibre brûlée imprégnait l'air, mais personne n'observait ses activités. Cela parut durer une éternité, mais la corde finit par être brûlée à un point où Sophronia pouvait la rompre. Le canot aérien remonta brusquement, pris dans une légère brise, et s'écarta en dérivant.

Sans s'arrêter pour considérer les conséquences de son travail, Sophronia rampa jusqu'au siège du cocher et se laissa glisser dessus. L'homme était effondré sur le côté. Une grosse marque rouge ornait son front. Elle lui prit les rênes et fit démarrer les chevaux d'un claquement de langue. Elle était parfaitement consciente du fait qu'il était tout à fait indécent qu'une jeune dame de quatorze ans conduise une calèche, mais il arrive parfois que les circonstances exigent des mesures extrêmes.

À ce moment-là, les bandits de haut vol se rendirent compte de ce qui était en train de se passer et commencèrent à crier après Sophronia. Le chef tira un coup de feu plutôt inefficace dans un arbre proche. Un autre s'élança à la poursuite du canot depuis le sol. Le troisième se mit à courir dans la direction de Sophronia.

Elle fouetta les chevaux et les lança au petit galop. La voiture oscillait de façon alarmante derrière elle. Elle était peut-être du tout dernier modèle, mais elle n'avait pas été conçue pour une allure aussi insensée. Sophronia lâcha la bride aux chevaux pendant quelques minutes avant de les ramener au trot. Quand elle arriva à un carrefour assez large, elle fit faire demi-tour à la calèche et tira sur les rênes. Elle sauta à terre et fourra la tête dans le véhicule.

Pillover et Dimity la regardèrent avec de grands yeux pleins d'effroi et d'admiration.

« Alors, ça gaze ?

– Formidable, dit Dimity.

– Quel genre de *fille* es-tu ? grogna Pillover, qui paraissait plutôt retourné.

– Je vois maintenant pourquoi on t'a recrutée, ajouta Dimity. Je suis surprise qu'ils aient attendu que tu sois si vieille. »

Sophronia rougit. Personne ne l'avait jamais félicitée pour de telles activités auparavant. Personne ne l'avait jamais non plus considérée comme *vieille.* C'était un véritable honneur.

« Comment diable sais-tu conduire une calèche ? » demanda Pillover, l'air personnellement offensé.

Sophronia eut un grand sourire. « J'ai passé pas mal de temps dans les écuries.

– De beaux palefreniers ? » suggéra Dimity.

Sophronia lui lança un regard malicieux. « Qu'est-ce qu'on fait maintenant – on retourne chercher la directrice ?

– Mais nous sommes en sécurité, n'est-ce pas ? » L'idée paraissait effrayer Pillover. « En vaut-elle vraiment la peine ?

– C'est une question d'éducation. Ce n'est pas bien de l'abandonner à des criminels, fit remarquer sa sœur.

– Et le cocher est inconscient. Et c'est la seule autre personne à savoir où nous allons. » Sophronia était autant en faveur de la logique que des bonnes manières.

« Mais ils ont des armes à feu », répliqua Pillover, tout aussi logiquement.

Sophronia y réfléchit. « Exact. » Elle regarda Dimity. « Mlle Géraldine... De quelle utilité crois-tu qu'elle puisse être ? »

Dimity fronça les sourcils. « T'a-t-elle raconté des bobards ? »

Sophronia acquiesça.

« Je ne suis pas convaincue qu'on puisse se reposer sur elle pour suivre un quelconque plan ; tu sais comment sont les adultes. Toutefois, nous devons faire quelque chose.

– Ai-je parlé des armes à feu ?

– Oh, la ferme, Pill. » Dimity ignora son frère, tournant toute son attention vers Sophronia. « Qu'est-ce que tu suggères ?

– Si je fais vite, M. Pillover et toi pourriez vous attacher et voir si vous ne pourriez pas simplement l'attraper et l'emporter ?

– Rappelez-vous, mesdames, les armes à feu », répéta Pillover.

Dimity hochait la tête. « Cela nécessitera Pill et moi. Mademoiselle est mince, mais pas *à ce point.* »

Pillover ne voulait pas laisser tomber. « Et si vous considériez l'éventualité que l'on nous tire dessus comme un terme de l'équation ? »

Sophronia et Dimity dirent ensemble : « La ferme, Pill.

– Nous n'avons pas de corde. »

Sophronia balança le long ruban sorti de la poche de Pillover. Dimity serra les lèvres, le prit, hocha vivement la tête et se mit au travail.

Sophronia referma la porte de la calèche et grimpa dans la cabine du conducteur.

Le cocher clignait des yeux troubles et se tenait la tête.

« Accrochez-vous, monsieur, suggéra Sophronia. Ça va secouer un peu.

– Quoi ? Qui êtes-vous ? » fut tout ce qu'il réussit à dire avant que la jeune dame en robe bleue ne s'empare des rênes de ses chevaux et ne les fouette jusqu'à ce qu'ils adoptent un trot rapide.

Ils revinrent en trombe vers la pile de vêtements et de bagages au milieu de la route. Mlle Géraldine était à présent debout à une courte distance du chef des bandits de haut vol, pleurant théâtralement au-dessus d'un de ses cartons à chapeau. Les deux autres hommes avaient disparu.

Voyant la calèche qui fonçait vers lui, le bandit de haut vol visa et fit feu.

La balle gémit au-dessus de la tête de Sophronia. Elle adressa mentalement de sombres insultes à l'intention de l'homme – des gros mots qu'elle avait appris de Roger, le palefrenier.

Le cocher, après un cri d'horreur, s'accroupit. Par chance, il n'essaya pas de disputer les rênes à Sophronia. Il devait penser qu'il était au milieu d'un mauvais rêve.

Elle fit tourner la calèche avec maladresse, l'amenant à côté de la directrice tout en tirant sur les rênes. À ce signal, la porte s'ouvrit brusquement et quatre petites mains tâtonnèrent sur la dentelle noire de la fabuleuse robe de Mlle Géraldine. Elles tirèrent d'un coup sec. Quelque chose se déchira. Mlle Géraldine poussa un cri perçant et bascula dans la calèche. Ses jambes pendaient à l'extérieur.

Le bandit de haut vol jeta son arme et plongea vers Mlle Géraldine. La directrice abandonna son lamentable numéro et donna des coups de pied frénétiques, perdant même en fin de compte ses chaussures, alors que le bandit de haut vol perdait sa prise. Il tomba sur la route, serrant sur sa poitrine une paire de mules de satin noir.

Sophronia tourna le visage vers l'avant, faisant claquer le fouet. Les chevaux n'avaient pas vraiment besoin de cet encouragement ; ils étaient déjà terrifiés par le coup de feu et les méthodes de conduite erratiques de leur nouveau cocher féminin. Ils partirent au galop.

LEÇON 3

Comment ne pas faire de présentations

Le cocher finit par reprendre ses esprits et se rendre compte qu'il ne s'agissait pas d'un cauchemar. Une fille de quatorze ans avec des cheveux châtain clair et une expression sérieuse conduisait son attelage. Il arracha les rênes à Sophronia et arrêta net les chevaux. Ils baissèrent la tête ; leurs flancs se soulevaient.

« Eh bien, voilà », dit Sophronia au cocher, le nez en l'air. Elle sauta à terre. Des cris et des pleurs émanaient de l'intérieur de la calèche. Elle ouvrit la porte et trouva Pillover assis qui lisait son livre, pendant que sa sœur gisait sur le sol en un tas tout chiffonné.

Le garçon eut un mouvement du menton vers Dimity. « Elle a été touchée. » Il avait l'air remarquablement peu inquiet compte tenu du fait qu'il s'agissait de sa sœur.

« Dieu tout-puissant ! » Sophronia grimpa à l'intérieur pour s'occuper de la santé de son amie. La balle avait frôlé l'épaule de Dimity. Elle avait déchiré sa robe et laissé derrière elle une entaille en partie brûlée, mais la blessure ne semblait pas bien méchante.

Sophronia s'assura que Dimity n'en avait pas d'autres. Puis elle s'assit sur ses talons. « Est-ce tout ? J'ai eu des égratignures plus vilaines en buvant du thé. Pourquoi est-elle tout effondrée ? »

Pillover roula les yeux. « Elle s'évanouit à la vue du sang, notre Dimity. Elle l'a toujours fait. Les nerfs fragiles, selon père. Il n'y a même pas besoin que ce soit *son* sang. »

Sophronia renifla.

« Exactement. Et les sels étaient dans sa valise. Laquelle est à présent à une certaine distance derrière nous. Laisse-la tranquille. Elle finira par revenir à elle. »

Sophronia tourna son attention vers la source des pleurs. « Qu'est-ce qui ne va pas avec elle, alors ? » *Mlle Géraldine est-elle également blessée ?* La directrice était roulée en boule, les mains couvrant son visage ; elle gémissait.

Pillover était aussi écœuré par la directrice que par sa sœur. « Elle est comme ça depuis que nous l'avons tirée à bord. Rien d'abîmé à part le cerveau, pour autant que je puisse en juger. »

Sophronia regarda de plus près et surprit la directrice qui l'observait sournoisement de derrière ses mains. Elle jouait la comédie. Mais pourquoi ? *Pour ne pas avoir à expliquer quoi que ce soit ? Quelle drôle de femme.*

Sophronia remarqua alors que Pillover ne paraissait pas bien malgré son air sarcastique.

Elle reporta toute son attention sur le garçon. « Et est-ce que *toi* tu te sens bien, monsieur Pillover ?

– Je ne suis pas très à l'aise en voyage, même dans les meilleures conditions, mademoiselle Sophronia. Vous auriez pu parcourir ce dernier demi-mile un peu plus doucement. »

Sophronia essaya de dissimuler un sourire. « J'aurais pu. Mais quel plaisir y aurait-il eu, alors ?

– Oh, merveilleux, dit Pillover. Vous êtes *ce* genre de fille. »

Sophronia plissa les yeux. « Tu pourrais voyager dans la cabine avec le cocher. De l'air frais te ferait un bien considérable. »

Pillover parut des plus offensés. « Dehors, comme un paysan ? Je ne pense pas. »

Sophronia haussa les épaules. « Ça me convenait. »

Pillover lui lança un regard suggérant que son vaillant sauvetage n'était pas une excuse et qu'elle était, en fait, désormais tout à fait de basse extraction à ses yeux.

Sophronia reporta son attention sur la directrice en train de pleurnicher. « Qu'allons-nous faire d'elle ? » Et puis, plus directement : « Vous ne trompez personne, vous vous en rendez compte ? »

Pillover avait été trompé. « Elle joue la comédie ? Eh bien, nous ne pouvons rien faire pour elle. Le cocher sait où aller. Il peut nous emmener jusqu'à Bunson. Quelqu'un là-bas saura quoi faire. »

Sophronia acquiesça et sortit la tête par la fenêtre du fiacre. « Cocher ?

– Oui, petite demoiselle ? » L'homme paraissait fâché avec l'existence en général.

« Vous pouvez nous emmener jusqu'à cet endroit nommé Bunson, n'est-ce pas ?

– Oui, petite demoiselle. Je connais l'école. Mais je ne suis pas convaincu d'avoir envie de continuer, à présent. J'ai jamais été attaqué par des bandits de haut vol, à c't'heure. »

Zut. Comment Mumsy le gérerait-elle ? Sophronia dévisagea le cocher et se redressa, raidissant sa colonne vertébrale autant qu'elle le pouvait. « Vous allez le faire si vous voulez être payé. Gardez une allure décente et un œil vers le ciel et cela ne devrait pas se reproduire. » À l'instant où elle disait cela, Sophronia fut totalement choquée par sa propre audace. Elle fut aussi quelque peu impressionnée par le ton impérieux de sa voix.

Il en alla de même pour le cocher, apparemment, car il reprit son poste sans ajouter un mot et lança les chevaux au petit trot.

Pillover jeta un coup d'œil par-dessus ses lunettes. « Vous faites cela plutôt bien, n'est-ce pas ?

– Quoi ?

– Donner des ordres aux gens qui vous entourent. Je n'ai pas encore trouvé le truc, en ce qui me concerne. »

Sophronia songea que Pillover était, quand même, plutôt bon quand il s'agissait de snober les gens, pour un garçon pas très propre. Elle était sur le point de dire quelque chose de ce genre lorsque les pleurnicheries de Mlle Géraldine s'intensifièrent.

« Oh, arrêtez ça et expliquez-vous », ordonna Sophronia, qui se sentait décidément d'humeur autocratique.

À sa grande surprise, la directrice obtempéra, transformant ses pleurnicheries simulées en une franche colère, dirigée vers Sophronia : « Je ne m'attendais pas à ça, vous comprenez. Une mission facile, qu'ils disaient. » Sophronia nota avec intérêt que Mlle Géraldine avait perdu son accent français. « Rien d'autre à faire que de l'improvisation théâtrale. Un peu d'évaluation de nouveaux candidats sur le terrain. Simplement me comporter comme si j'étais plus âgée. Avec un brin d'accent et une jolie robe. Un examen final si facile. Les autres n'ont pas cette chance. Vous êtes sûre de vous en tirer. Mais non. Oh, non. Il a fallu que j'aie un projet combinant récupération et recrutement avec une attaque inattendue d'éléments de contre-espionnage inconnus, et pas de partenaire. Comment ont-ils osé m'envoyer sans un second ? Moi ! Je veux dire, l'ai-je demandé ? Je ne l'ai pas demandé. Qui a besoin d'un statut actif ? Je n'ai pas besoin d'un statut actif. C'est ridicule ! » Elle paraissait s'exciter toute seule jusqu'à atteindre un état de sublime autosatisfaction.

Sophronia sentit qu'il y avait autre chose qui perçait sous le flot de paroles. « Mademoiselle la directrice, ne pouvons-nous rien pour vous ? Vous paraissez bouleversée.

– Bouleversée ? Évidemment que je suis bouleversée ! Et ne m'appelez pas mademoiselle la directrice. *Directrice,* mes fichues fesses. »

Le mot choquant coupa le souffle à Sophronia. *Là, les choses vont vraiment trop loin !*

Mlle Géraldine s'assit toute droite et lança un regard furieux à Sophronia, comme si celle-ci était responsable de tous les malheurs du monde. « Mon visage me fait mal, ma robe est en lambeaux et je n'ai pas de mules ! » Elle énonça cette dernière et ultime offense dans un véritable gémissement.

« Alors vous n'êtes pas notre directrice ?

– Comment le pourrais-je ? Je n'ai que dix-sept ans. Il est impossible que tu croies que je suis la directrice d'un pensionnat de jeunes filles. Tu n'es pas naïve à ce point.

– Mais n'est-ce pas ce que nous étions censés croire ?

– Je n'ai pas du tout pensé à vous, marmonna Pillover, retournant à son livre.

– Qui êtes-vous donc, alors ? demanda Sophronia.

– Je suis mademoiselle Monique de Pelouse ! » Elle s'interrompit, comme si elle espérait que ce nom produirait quelque signe de reconnaissance.

Sophronia se contenta de lui adresser un regard inexpressif. « Alors cela amène la question : où est la *véritable* Mlle Géraldine ?

– Oh. (Monique agita une main en l'air et renifla.) Elle ne sort plus beaucoup, et elle est nulle quand elle le fait. Ils envoient toujours des imitatrices.

– Vraiment ?

– Bien sûr, vraiment. C'est plus facile, et c'est une bonne manière de passer l'examen.

– Et qui sont ces “ils” ?

– Eh bien, les professeurs, bien entendu. Mais nous parlions de moi et de mes problèmes. »

Sophronia regarda gravement Monique des pieds à la tête. « Je ne crois pas que nous aurons le temps de les résoudre au cours d'un trajet en fiacre. »

Derrière son livre, Pillover émit un *tut-tut* à son intention – mais il était clair que la réprimande se teintait d'amusement.

Monique ricana. « Pour qui vous prenez-vous ? *Une recrue secrète.* Vous n'êtes pas si spéciale. Ni si bonne. Vous êtes fière de vous et de votre petit sauvetage de fiacre, hein ? Eh bien, je n'avais pas besoin de votre aide ! Je suis une étudiante top niveau, en mission d'examen final. Avec l'ordre de récupérer trois *enfants* inutiles. »

La voix de Pillover s'éleva derrière son volume. « J'ai du mal à croire que c'est tout.

– Bien sûr que ce n'est pas *tout*, rétorqua Monique. Je devais également récupérer le prototype, non ? »

Pillover se montra enfin intéressé. « Celui que voulaient les bandits de haut vol ? »

Sophronia demanda : « C'est un prototype de *quoi* ?

– Ne soyez pas stupide. *Ça*, je n'en sais rien.

– Croyez-vous que vous pourriez à un moment ou à un autre me dire ce qu'*examen final* signifie vraiment ? » Sophronia éprouvait de plus en plus de curiosité au sujet des particularités de ce pensionnat. Il semblait que Mumsy avait été induite en erreur quant à la nature de l'établissement.

« Non. » Monique lui adressa un regard résolument mauvais, puis dirigea son attention sur la fenêtre de la calèche.

Sophronia n'était pas sûre de ce qu'elle avait fait pour mériter une telle détestation. *J'aurais dû la laisser avec les bandits de haut vol.* Elle regarda Pillover, qui l'ignora. Alors elle soupira et se rencogna dans son siège, frustrée. Après un moment de réflexion, elle changea de place pour s'asseoir à côté de Pillover et essayer de lire par-dessus son épaule, ignorant sa légère odeur de bouc. Tous les garçons sentaient le bouc. Ils passèrent ainsi le reste du trajet, jusqu'à ce que le fiacre s'arrête dans la petite ville endormie de Swiffle-on-Exe.

Tandis qu'ils s'arrêtaient bruyamment, Dimity s'éveilla en battant des paupières. « Ouille. Quoi ? Je me suis endormie ?

– Non, tu t'es évanouie. Le sang, expliqua laconiquement son frère.

– Oh, vraiment ? Pardon. » Dimity baissa brièvement les yeux sur son épaule blessée. « Oh ! » Ses yeux commencèrent à se révulser.

Sophronia se pencha vivement en avant et plaqua la main sur la blessure. « Pas de ça maintenant ! »

Dimity se concentra à nouveau sur elle. « Ouille. Euh, peut-être pourrions-nous attacher quelque chose dessus ?

– Bonne idée. Ferme les yeux. » Sophronia défit le long ruban à cheveux de la poignée de la porte du fiacre et l'enroula autour de l'épaule de Dimity.

« Oh, j'aimerais être comme maman. Elle est terriblement intrépide. J'aimerais aussi lui ressembler davantage. Ce serait utile en tout. » Dimity se redressa pour s'asseoir.

« Pourquoi ? À quoi ressemble-t-elle ?

– Plus à Pillover qu'à moi. »

Sophronia, qui n'avait pas vu grand-chose de l'apparence de Pillover, hormis ses volumineux vêtements, put seulement dire : « Oh ?

– Tu sais, *ténébreux* et *mélancolique.* J'adorerais être *ténébreuse* et *mélancolique.* C'est si romantique et ça fait tellement diseuse de bonne aventure. Je ne pourrais pas être maussade si ma vie en dépendait.

– Eh bien, le ruban autour de ton épaule a un certain côté diseuse de bonne aventure.

– Oh, vraiment ? Génial. Tu sais, Sophronia, tu pourrais probablement le faire si tu le voulais vraiment.

– Faire quoi ?

– Être *ténébreuse* et *mélancolique.* »

Sophronia, avec ses cheveux châtains et ses yeux modérément verts dans un visage constellé de taches de rousseur, se serait difficilement décrite comme mélancolique. Ni ténébreuse, d'ailleurs.

L'attention de Dimity, à la vitesse de l'éclair, se déplaça vers un nouveau sujet. « Où sommes-nous ?

– À Bunson, enfin », dit Pillover, refermant son livre avec un claquement. Il fit semblant de s'organiser pour l'arrivée. Étant donné qu'il n'avait plus le moindre bagage, son comportement rappelait celui d'une mécanique sans instructions, roulant bruyamment et paresseusement en cercle jusqu'à être à court de vapeur.

La porte du fiacre fut ouverte par une mécanique domestique toute raide, destinée à un quelconque usage extérieur très sophistiqué.

« Qu'est-ce que c'est que ça ? » haleta Sophronia. Elle n'avait jamais vu quoi que ce soit qui ressemblât à cette monstruosité. La machine était plus grande que Frowbritcher et de forme conique, avec une brouette attachée dans le dos. Là où aurait dû se trouver un fac-similé de visage, il n'y avait qu'une confusion de mécanismes et de roues dentées, comme l'arrière d'une horloge.

« Un concierge mécanique. » Pillover se leva, empoignant son volume de littérature, et sauta à terre. « Vous venez, vous deux ? demanda-t-il sans se retourner pour regarder.

– Où sont vos bagages, jeune monsieur ? » demanda la mécanique. Sa voix était plus forte et plus cuivrée que celle de Frowbritcher. La machine portait une casquette grise, à l'envers, et une broche de cuivre en forme de pieuvre sur une cravate en tissu autour de son cou. *C'est trop bizarre.* Sophronia n'avait jamais vu une mécanique porter des vêtements.

Pillover répondit : « Oh, à une quinzaine de kilomètres en arrière au milieu de la route.

– Monsieur ? » Le concierge se balançait d'un côté sur l'autre, confus. Il roulait sur un jeu de rails, comme un tout petit train.

Sophronia sauta hors de la calèche pour y regarder de plus près, se demandant si elle pourrait démonter le concierge.

Dimity la suivit.

L'attention de la mécanique se reporta aussitôt sur elles. « Pas de femmes, jeune monsieur. » Elle émit un vrombissement chuintant et éjecta une bouffée de fumée de sous sa cravate. Celle-ci se souleva contre son visage d'horloge puis retomba.

Pillover se retourna. « Quoi ?

– Les femmes ne sont pas admises, jeune monsieur. » Le concierge émit un nouveau nuage de vapeur. *Flap, flap,* fit la cravate.

« Oh, ce ne sont pas des femmes. Ce sont juste des filles. Elles sont candidates pour le pensionnat de jeunes filles.

– Je détecte des femmes, jeune monsieur.

– Oh, bon sang. Ne faites pas de difficultés. »

Sophronia emprunta la voie diplomatique. « Nous avons besoin de parler à un responsable. Notre calèche a été attaquée et notre chaperon est bouleversé.

– Pas de femmes ! » Le concierge mécanique était tout à fait ferme sur ce point. Son panneau de poitrine glissa sur le côté pour révéler une espèce d'arme, trop grande pour être une arme à feu.

Tandis que Sophronia restait là, clouée sur place, l'arme émit des étincelles puis s'anima avec un *wouf*, lançant des flammes bleues qui arrivèrent assez près pour roussir les cheveux de Dimity.

Les filles plongèrent à l'intérieur de la calèche et le cocher, qui n'était plus d'humeur à supporter des idioties, démarra aussitôt. Le concierge qui crachait des flammes ne les suivit pas.

Le fiacre s'arrêta hors du périmètre de l'école. Sophronia pressa le nez contre la vitre au-dessus de la porte du véhicule et regarda à l'extérieur. Bunson était énorme, mais se présentait comme un bizarre fatras, pas du tout comme un complexe éducatif respectable. Plusieurs de ses tours étaient carrées, mais d'autres étaient rondes ; certaines étaient vieilles, d'autres récentes ; et certaines avaient une apparence catégoriquement *étrangère.* Des fils étaient tendus entre les tours et des bâtons faisaient saillie vers l'extérieur avec des filets suspendus à leur extrémité. Une lueur orange éclairait diverses fenêtres, çà et là des nuages de vapeur jaillissaient et une grande cheminée vomissait des panaches de fumée noire haut dans le ciel.

Sophronia regarda Dimity. « Et maintenant ?

– Eh bien, mon frère ne sert à rien. Il nous aura oubliées à l'instant où il est entré.

– Il commence à faire nuit. » Sophronia se tourna vers leur ancienne directrice. « Elle va simplement devoir faire son travail. »

Dimity prit une profonde inspiration, s'assit sur le banc près de Monique et secoua le bras de son aînée.

« Qu'est-ce que vous me voulez ?

– Nous ne connaissons pas l'emplacement exact de l'académie, et le cocher non plus. »

Monique de Pelouse ne dit rien.

Sophronia croisa les bras et lui lança un regard furibond. Les yeux de Dimity firent la navette de l'une à l'autre pendant un moment, puis elle croisa les bras et se mit elle aussi à la foudroyer du regard. Quoique peut-être pas avec autant de férocité.

Finalement, Monique se laissa fléchir. « Oh, *ça va* ! » Elle tapa au plafond avec la poignée de son ombrelle. La porte de la calèche s'ouvrit et le cocher passa la tête à l'intérieur.

Monique dit : « Prenez Shruberry Lane jusqu'au pub le *Nib and Crinkle,* tournez à gauche et suivez le sentier de chèvres derrière la haie. Au bout d'une heure, le chemin se termine dans un fourré d'arbres. Contournez-le par la droite et ensuite je vous donnerai d'autres instructions. Et dépêchez-vous. Nous devons battre de vitesse le coucher du soleil ou nous ne la verrons jamais.

– Mais, madame, c'est droit dans la direction de la lande.

– Bien entendu. Qu'est-ce qui aurait pu vous faire penser que nous nous arrêterions au bord ?

– Il y a des histoires au sujet de Dartmoor. Des gens se perdent dans le brouillard et ne reviennent jamais. Ou sont dévorés par des loups-garous. Ou enlevés par des vampires. Ou assassinés par des bandits de haut vol. »

À ce moment, Monique prouva qu'elle pouvait prendre un ton de commandement bien mieux que Sophronia. « Cessez de discuter, mon brave. Vous avez entendu ce que j'ai dit au sujet du soleil. »

L'air très mal à l'aise, le cocher maltraité reprit sa place. Les chevaux fatigués repartirent une fois de plus.

Au début, tout paraissait ordinaire, mais au bout de quelques minutes sur le sentier de chèvres, le fiacre commença à tanguer, ballotté par les rafales les plus intenses que Sophronia avait jamais senties. Elle pressa son visage contre la fenêtre. Des prairies sans fin s'étendaient autour d'eux, brunes après la chaleur de l'été, s'agitant dans le vent. Au loin, la lande était noyée dans la brume. Çà et là, un boqueteau d'arbres ou un petit ruisseau qui serpentait dérangeait la monotonie d'un brillant éclat vert.

« C'est tout ? » Sophronia était dubitative.

Dimity haussa les épaules. « Venteux.

– Ne vous laissez pas avoir, dit Monique avec un sourire sans amabilité. C'est la *seule* partie agréable. Les rochers vont surgir de terre comme des os brisés bien assez tôt, et le brouillard monte si vite qu'on ne peut pas voir où on va ni d'où on vient. »

Sophronia ne fut pas impressionnée. « Vous croyez que vous pouvez me faire peur avec des discours lugubres ? Sachez que j'ai des sœurs aînées. »

Monique lui lança un regard mauvais, puis elle tapa au plafond de la calèche et donna une nouvelle série de directives.

La voiture tourna, suivant cette fois un chemin invisible sur la lande. La brume commença à se refermer autour d'eux, ou alors c'étaient eux qui y entraient – difficile à dire.

Sophronia commençait à ressentir un tout petit peu d'effroi au creux de son estomac. *Et s'il y avait vraiment des loups-garous errant dans la lande ?*

Et puis, il fut là. La brume s'éclaircit. Les derniers rayons du soleil projetèrent la longue ombre de la calèche et illuminèrent le Pensionnat de Mlle Géraldine pour le perfectionnement des jeunes dames de qualité... Et, non, l'école ne filait pas à travers la lande sur des centaines de jambes minuscules. Elle flottait au-dessus, dodue, majestueuse et volante.

LEÇON 4

La configuration correcte d'un pensionnat de jeunes filles

« Mon Dieu, dit Sophronia. On dirait une chenille qui a trop mangé. »

Et c'était le cas. Ce n'était pas tant un dirigeable que trois engins agglutinés pour former une longue chaîne de ballons oblongs et dilatés. Sous eux pendillait une série de ponts à niveaux multiples, pour la plupart ouverts sur l'extérieur, avec des fenêtres qui reflétaient le soleil mourant. À l'arrière, de colossales hélices brassaient lentement l'air et au-dessus d'elles ondulait une immense voile – probablement destinée à la navigation plutôt qu'à la propulsion. Une grande quantité de vapeur dérivait à l'arrière des ponts inférieurs, se mêlant à la brume comme si elle était responsable de sa création. Trois grandes cheminées soufflaient paisiblement de la fumée noire.

Sophronia était ravie. C'était la chose la plus fascinante qu'elle avait jamais vue, et entièrement différente de tous les autres pensionnats de jeunes filles dont elle avait entendu parler, et qui se trouvaient pour la plupart – selon ses sœurs – dans des châteaux en Suisse. Toutefois, elle ne voulut pas admettre qu'elle était ravie, car cela lui paraissait puéril, alors à la place, elle dit avec désinvolture : « Elle est plus grande que je m'y attendais.

– Elle est très haute, hein ? » ajouta nerveusement Dimity.

Tandis que la calèche se rapprochait, Sophronia se rendit compte que l'école flottante se déplaçait bien plus vite qu'elle ne l'avait cru au départ. Elle chevauchait probablement le vent fort qui semblait souffler en permanence sur Dartmoor, faisant pousser les arbustes de guingois. Elle songeait qu'ils pouvaient en fait la rattraper quand les chevaux hennirent de terreur et le véhicule s'immobilisa avec une secousse.

La porte s'ouvrit brusquement. Un jeune homme se tenait devant elles. C'était un individu de haute taille au teint sombre, du genre devant lequel Pétunia se serait pâmée d'admiration ; d'une beauté désinvolte avec quelque chose de mou. Il était coiffé d'un haut-de-forme en soie noire et portait un pardessus qui le couvrait du cou aux chevilles. *Papa l'appellerait un « jeune bellâtre » sur un ton dégoûté.* Sophronia craignit brièvement d'avoir affaire à une nouvelle forme de bandit de haut vol – sauf qu'il ne portait pas de lunettes de protection et qu'il leur adressait un large sourire.

« Mesdames ! »

Monique rougit joliment. « Capitaine.

– Les vents sont violents ce soir. Impossible de descendre pour vous prendre. Mesdames, vous allez devoir attendre que le soleil soit couché, alors je vous ferai monter.

– Oh. » Le nez délicat de Monique se plissa. « Est-ce vraiment nécessaire ? »

L'expression enjouée du jeune homme ne vacilla pas sous le poids de l'insatisfaction de Monique. « Oui.

– Oh, très bien. » Monique donna la main à l'homme et il l'aida à descendre.

Il ne se tourna pas pour l'accompagner, regardant au lieu de cela Dimity et Sophronia d'un air interrogateur. « Mesdames. C'est maintenant ou jamais. »

Dimity rassembla son petit panier, rougissant furieusement elle aussi, et mit sa main dans celle, plus grande, de l'homme.

Il l'aida à descendre et se tourna vers Sophronia. « Mademoiselle ? »

Sophronia vérifiait que rien n'avait été oublié dans la calèche.

Le jeune homme l'observa avec un pétillement dans ses yeux noirs. « Voilà une jeune fille prudente. »

Sophronia ne l'honora pas d'une réponse. Elle n'avait pas encore mis le doigt sur les détails, mais il y avait quelque chose de bizarre au sujet de cet individu, mis à part le fait qu'il était adorable.

Dehors, le vent mordait, et le grand vaisseau aérien était encore plus impressionnant. Les chevaux étaient agités, roulant des yeux et tirant contre leur harnais ; le cocher luttait pour les retenir. Leur panique paraissait dépourvue de raison apparente. Le jeune homme s'avança à grands pas pour payer le conducteur et cela ne fit que terrifier un peu plus les animaux. Le cocher réussit à récupérer le prix de sa course tout en gardant prise sur les rênes, mais seulement grâce à son adresse. Puis il fit faire demi-tour à ses coursiers et les laissa faire ce qu'ils voulaient, fonçant à travers la lande à tombeau ouvert.

Dimity se rapprocha furtivement de Sophronia et chuchota : « N'est-il pas simplement à croquer ? »

Sophronia fit mine d'être obtuse. « Le cocher ?

– Non, idiote. Lui ! » Dimity inclina la tête vers leur nouvelle escorte.

« Tu n'as pas l'impression qu'il est un peu vieux ? »

Dimity estima l'âge du jeune homme. Il avait peut-être vingt et un ans. « Eh bien, j'imagine. Mais Monique ne le pense pas. Regarde-la flirter ! C'est indécent. »

L'homme et Monique discutaient de l'absence de bagages. Avec des gestes animés de la main, Monique décrivait leur perte, leur récente attaque et leur escale subséquente. Elle minimisa le rôle de Sophronia et accentua le sien. Sophronia se serait bien défendue, mais il y avait quelque chose dans la manière dont Monique racontait l'histoire qui allait plus loin qu'une affaire d'ego.

« Elle cache quelque chose. Elle l'a fait tout du long – et pas seulement sa véritable identité.

– Un cerveau ? suggéra Dimity.

– Et lui, il n'a pas de chaussures.

– Oh, ça alors ! Tu as raison. Comme c'est bizarre.

– Et les chevaux avaient peur de lui. Chaque fois qu'il se rapprochait, ils faisaient un écart.

– Mais pourquoi ?

– Peut-être ont-ils des principes équins – une horreur des pieds nus. »

Dimity gloussa.

L'homme, apparemment fatigué des récits de Monique, vint les rejoindre.

La fille plus âgée le suivit et finalement se rappela son savoir-vivre. « Les filles, voici le capitaine Niall. »

Dimity fit la révérence. « Capitaine. »

Sophronia l'imita une seconde plus tard avec une révérence bien moins soignée et un « capitaine » bien moins aimable.

Monique dit : « Mlle Dimity Plumleigh-Teignmott, références complètes, et Mlle Sophronia Angelina Temminnick, recrue secrète. » Elle fit la moue.

L'homme toucha le bord de son chapeau et s'inclina vers chacune à son tour.

Le capitaine Niall avait un joli sourire, et Sophronia aimait sa démarche indolente. Mais elle avait de plus en plus la conviction qu'il ne portait pas de cravate sous son pardessus. Il semblait également que son haut-de-forme était attaché sous son menton comme un bonnet de bébé. Comme elle s'imaginait que ce pourrait être impoli de faire remarquer à cet homme ses déficiences vestimentaires, elle dit à la place : « J'espère vraiment que le cocher retrouvera sain et sauf le chemin de la civilisation.

– Louable attention, mademoiselle Temminnick, mais vous ne devriez pas vous inquiéter pour lui. »

Derrière eux, le soleil était tout à fait couché. Le vaisseau aérien, dérivant au loin, commençait à s'estomper dans le ciel brumeux et empourpré, devenant de plus en plus difficile à distinguer.

« Je reviens dans une seconde. » Le jeune capitaine descendit une ravine d'un pas tranquille et disparut derrière un gros rocher.

Les dames pouvaient toujours voir danser son haut-de-forme, mais rien d'autre, et cela ne dura qu'un instant. Le chapeau se mit à descendre et passa hors de vue. Le capitaine était-il en train de *s'accroupir* ? Il était difficile d'entendre quelque chose à travers le vent, et les oreilles de Sophronia commençaient déjà à souffrir d'y être exposées, mais elle crut détecter un gémissement de douleur.

Puis, sortant de derrière le rocher, remontant la ravine en trottant, vint un énorme loup. Une bête élancée avec une fourrure sombre, tachetée de noir et de brun, et une queue touffue blanche à son extrémité.

Dimity lâcha un glapissement effrayé.

Sophronia se figea, mais rien qu'un instant. *Un loup-garou !* fit son cerveau, assemblant tout en une seconde. L'absence de chaussures. Le long pardessus. À présent, il venait sur elles.

Elle fit volte-face et courut tout droit jusqu'au boqueteau d'arbres le plus proche, ne songeant qu'à sa sécurité. Elle ignora les instructions de Monique de s'arrêter. Elle ne pensa même pas à la pauvre Dimity. Son seul instinct était celui d'une proie ; courir et se cacher, échapper au prédateur.

Le loup-garou sauta après elle bien plus vite que n'importe quel loup normal n'en aurait été capable. Sophronia n'avait certes jamais rencontré un tel monstre auparavant. Elle avait entendu des rumeurs au sujet de vitesse et de force surnaturelles, mais elle n'y avait pas vraiment cru. Ce loup-garou prouvait que tous les contes de fées étaient vrais. À peine eut-elle accompli quelques pas qu'il la rattrapa, bondit par-dessus sa tête et vrilla au milieu des airs, s'immobilisant face à elle pour lui barrer la route.

Sophronia le percuta de plein fouet et tomba sur le dos dans l'herbe grossière, sonnée.

Avant qu'elle puisse se relever, une énorme patte descendit vers sa poitrine, et la tête vicieuse d'un loup apparut au-dessus d'elle – museau noir humide, dents visibles. La tête s'abaissa et... rien.

Sophronia serra les paupières et détourna le visage, attendant que l'autre énorme patte porte le coup mortel, ou que ses canines étincelantes se referment sur son cou.

Toujours rien.

Je suppose que je ne suis pas morte. Elle ouvrit prudemment les yeux pour regarder dans ceux, jaunes, du loup. Ils se plissèrent et la bête tira la langue, avec un large sourire. Son énorme queue allait et venait en balayant l'air derrière lui. Elle remarqua alors, ce qui lui causa un choc, que le haut-de-forme était toujours solidement attaché sur sa tête.

Cette incongruité eut pour résultat de la calmer comme rien d'autre ne l'aurait fait. Plus tard, Sophronia devait se demander si c'était la raison pour laquelle le capitaine Niall portait toujours un haut-de-forme, même lorsqu'il se métamorphosait – pour mettre les gens à l'aise. Ou s'il croyait que, quelle que soit son apparence, un gentleman ne devrait jamais sortir sans chapeau.

Elle voulut s'asseoir. Lorsqu'il refusa de la laisser faire, elle dit : « Je ne m'enfuirai plus. Je suis désolée. Vous m'avez fait peur. C'est la première fois que je rencontre un loup-garou. »

Avec un petit hochement de tête, il recula.

Dimity offrit à Sophronia une main secourable pour l'aider à se lever. « Les parents de Sophronia sont conservateurs », expliqua-t-elle à la créature. Elle se déplaçait prudemment, ce qui suggérait qu'elle était elle aussi peu familiarisée avec les loups-garous, en dépit de toute son éducation progressiste. *Ou peut-être est-ce la manière dont on est censé se comporter en leur présence.* Sophronia décida de suivre l'exemple de sa nouvelle amie et se leva très lentement.

Monique ne mâcha pas ses mots. « Vous en avez tout à fait fini de faire l'idiote, recrue secrète ?

– Je ne voudrais pas faire une promesse que je ne pourrais pas tenir, rétorqua Sophronia.

– Non, je suppose que non. Je ferais mieux de passer la première, capitaine. Leur montrer comment on s'y prend. »

Le loup hocha sa tête poilue coiffée d'un haut-de-forme.

Puis Monique de Pelouse fit quelque chose de tout à fait remarquable. Elle s'assit en amazone sur le dos du loup, comme s'il s'agissait d'un poney du Shetland.

« On se tient comme ça, expliqua-t-elle avec un zèle excessif, enfonçant ses mains dans la collerette du loup. Puis on se penche en avant autant que possible. »

Sophronia crut entendre craquer les baleines de son corset.

Le loup-garou partit au trot, gagnant de la vitesse jusqu'à ne plus être autre chose qu'une image floue courant à travers la lande en direction de l'école volante.

Sophronia loucha, essayant de suivre ses mouvements. Il sauta dans les airs à une hauteur impossible, en direction du vaisseau. C'était une créature surnaturelle, et à l'évidence très puissante, mais les loups-garous étaient incapables de voler. Il devint visible, toutefois, qu'il n'en avait pas l'intention, car il semblait avoir atterri au milieu des airs.

« Il doit y avoir un genre de plate-forme », dit Dimity.

Sophronia acquiesça. « Suspendue à de longues cordes, peut-être ? »

Monique descendit et le capitaine Niall sauta à terre et revint vers elles en courant.

Il regarda Dimity avec l'air d'attendre quelque chose.

Dimity lança un coup d'œil à Sophronia et dit : « Oh, ciel. »

Sophronia sourit. « Si tu as peur de tomber, tu peux monter à califourchon. C'est beaucoup plus facile de s'accrocher à un cheval de cette manière. »

Dimity parut insultée par cette simple idée.

« Ce n'était qu'une suggestion.

– Tu es très calme. »

Sophronia haussa les épaules. « Je suis accablée par des événements étranges en ce moment. Je peux passer la suivante, si tu veux. »

Dimity eut l'air soulagé et fit un grand geste de la main.

Sophronia grimpa sur le loup-garou. Sa mère aurait eu une crise d'hystérie – le fait que la monture était un loup-garou mis à part – à la simple idée qu'une de ses filles puisse monter *à califourchon* ! Sophronia se contenta d'enrouler bras et jambes autour du loup. « Je suis prête. » Sa fourrure sentait le foin, le bois de santal et les saucisses de porc.

Il partit lentement, l'habituant à son allure – qui n'avait rien à voir avec celle d'un cheval ! –, puis prit de la vitesse. Sophronia s'aplatit, regardant l'herbe et les cailloux défiler sous eux. Ils se rapprochèrent du vaisseau aérien, et après avoir terriblement tassé son arrière-train et effectué une brusque montée en puissance, le capitaine Niall bondit dans les airs.

Pendant un instant bref et glorieux, Sophronia se sentit aussi près de voler qu'elle le serait jamais. Le vent soulevait ses cheveux et sa robe ; le vide de l'espace l'entourait ; le sol était loin sous elle. Puis le loup-garou atterrit avec légèreté sur une petite plate-forme à côté d'une Monique visiblement en train de s'ennuyer.

Sophronia descendit. « Merci, monsieur, très plaisant. »

Le capitaine Niall sauta de nouveau à terre pour aller chercher Dimity.

Comme Monique l'ignorait, Sophronia examina la plate-forme. Elle était faite de verre épais, évidée à l'intérieur comme une boîte, et pendue à quatre chaînes. Celles-ci étaient enroulées autour de poulies à chaque angle, ce qui signifiait que toute la structure pouvait être levée et abaissée d'un bloc.

Elle tendit le cou, mais ne vit ni trou ni structure d'arrimage dans la face inférieure de l'aéronef.

Un cri perçant, allant crescendo, annonça l'arrivée de Dimity.

Dès qu'ils eurent atterri, Dimity cessa de crier – gênée – et descendit. Puis elle s'assit brusquement sur la plate-forme.

Monique rit.

Sophronia se hâta aux côtés de son amie. « Ça ne va pas ?

– Mes nerfs sont un peu secoués, je dois l'avouer. Non, s'il te plaît, laisse-moi le temps de recouvrer l'usage de mes genoux. C'était un tantinet tourneboulant.

– J'ai trouvé que c'était chouette.

– Je commence à comprendre que tu es comme ça. Je ne suis pas convaincue que c'est un bon trait de personnalité, mais ça paraît très utile. » D'une main tremblante, Dimity écarta les cheveux de son visage.

Le capitaine Niall déposa le panier de Dimity, qu'il avait porté dans sa gueule, près d'elle, et aboya impérieusement. Puis il s'inclina sur une patte antérieure en une courbette lupine.

Sophronia et Monique firent une révérence polie et Dimity hocha la tête depuis sa position assise. Puis il disparut, sautant vers la lande en dessous.

« Il ne se joint pas à nous ? » Sophronia était troublée.

« Oh, il ne *vit* pas à l'école. C'est un *loup-garou*. Ils ne volent pas. Vous ne le saviez pas ? »

Sophronia, qui ne le savait pas, se sentit injustement réprimandée. Et aussi étrangement affligée. Maintenant qu'elle savait ce que le capitaine Niall avait caché avec ses pieds nus et ses bizarreries vestimentaires, elle appréciait plutôt l'homme. Il aurait pu constituer un genre d'allié.

Il lui restait toujours Dimity.

Comme en réponse à cette pensée, Dimity lui adressa un large sourire. « Je suis contente que tu sois avec moi. Arriver seule me rendait si nerveuse. Tout le monde doit déjà se connaître. »

Sophronia s'accroupit et pressa la main de son amie, geste dont elle se réjouit car sans véritable avertissement, la plate-forme se balança d'un bord sur l'autre et commença à s'élever vers l'aéronef qui la surplombait.

Monique poussa un couinement d'alerte lorsque l'à-coup faillit la projeter par-dessus bord. Agissant comme si l'idée était venue d'elle, elle s'assit à son tour.

La plate-forme prit de la vitesse jusqu'à aller très vite. La face inférieure de l'aéronef paraissait constituée de bois solide et de métal. *C'est sûr, si nous rencontrions ça, nos crânes ne remporteraient pas le match !* Sophronia résista à l'envie compulsive de lever les bras au-dessus de sa tête pour se protéger. Monique était assise, stoïque, et Sophronia n'avait aucunement l'intention de lui donner des munitions supplémentaires.

Dimity et elle échangeaient des coups d'œil terrifiés.

À la toute dernière minute, une écoutille s'ouvrit brusquement au-dessus d'elles et elles foncèrent à l'intérieur du vaisseau, quittant l'air glacé du soir pour pénétrer dans des ténèbres tièdes.

La plate-forme s'immobilisa. L'écoutille se referma derrière elles. Tout était noir. Après la violence du vent, l'immobilité soudaine avait quelque chose d'écrasant.

Les yeux de Sophronia s'ajustèrent rapidement. Elles étaient dans une grande pièce caverneuse, comme une grange, avec des poutres et des traverses indécemment exposées tout autour d'elles. La pièce était incurvée, toutefois, comme l'intérieur d'un très grand canot.

D'abord, elles entendirent le bavardage : des voix féminines aimables, mais raisonneuses. Puis, à l'autre bout de la pièce, une porte s'ouvrit et un rayon de lumière jaune jaillit. Trois silhouettes entrèrent l'une après l'autre, toutes vêtues de la robe volumineuse de l'Anglaise modeste de classe supérieure. La première était de taille et de constitution moyennes, avec un halo de boucles blondes ; puis venait une femme de haute taille ; et finalement une petite femme boulotte.

Mlle Moyenne portait une lampe et était de loin la plus jolie, quoique ce fait fût bien caché sous une quantité de maquillage qui aurait pu embarrasser une danseuse d'opéra elle-même.

Dimity était sous le charme. « Regarde son *rouge*[1] à joues !

– Son quoi ? » Sophronia était choquée. D'ordinaire, on ne s'attendait pas à une telle application de poudre, sauf chez des femmes de mauvaise réputation. *Quel genre de pensionnat compte une dame de la nuit dans son personnel ?*

« *Rouge* – le truc rouge sur ses joues.

– Oh ! Je croyais que c'était de la confiture.

– Oh, vraiment ? » Dimity eut un petit rire aimable.

La petite femme boulotte portait une tenue religieuse un peu approximative. Les robes avaient été coupées et épinglées en un fac-similé de robe moderne, avec des jupes bouffantes, des volants et tout le reste. Sa tête était coiffée d'un chapeau qui était moitié débordement de dentelle et moitié cornette.

Mlle Grande était la seule des trois qui ressemblait vraiment à une enseignante. Sophronia révisa son estimation de seulement « grande » à « incroyablement anguleuse ». *Comme un portemanteau humain.* Cette femme était habillée avec sévérité ; son visage aurait pu être joli si toutes ses rides avaient résulté de sourires et non de froncements de sourcils. En tout état de cause, elle rappelait une hermine affligée de problèmes gastriques.

Monique descendit de la plate-forme et s'approcha des trois femmes. « Vous aviez dit que c'était une simple

1. En français dans le texte.

opération de récupération. Sans danger ! » Elle ne parlait pas de la manière dont une étudiante s'adresse à ses supérieures.

« Voyons, ma chère, je vous prie de ne pas faire d'histoires, dit la nonne.

– "Un examen final sans aucune difficulté, Monique." C'est ce que vous avez dit.

– Eh bien, ma chère, c'était effectivement votre examen.

– Heureusement que je sais garder la tête froide durant une crise ! Nous avons été attaqués par des bandits de haut vol ! J'ai dû prendre des *mesures* pour nous tirer de là sains et saufs.

– Expliquez-vous ! » aboya la grande femme. Son accent était français d'une manière suggérant qu'il n'était pas contrefait. « Et ôtez cette perruque ridicule.

– Le cocher était hors jeu et ces deux-là ont paniqué. » Monique ôta sa perruque, révélant qu'elle était blonde, et l'agita en direction de Sophronia et Dimity. « J'ai dû prendre en charge la calèche et l'initiative d'une évasion audacieuse. Malheureusement, nous avons dû laisser nos possessions derrière nous. »

Sophronia fut ahurie par ce défilé de mensonges flagrants. Monique avait sans aucun doute des motivations cachées. *Qu'est-ce qui se passe ici ?*

« Oh, écoutez-moi ! dit Dimity. Ce n'est pas *du tout* ce qui s'est passé.

– Ces deux-là n'ont cessé de commettre des erreurs de jugement et de protocole. Elles se sont même évanouies au mauvais moment. Elles n'arrêtent pas de s'opposer à moi. Je ne comprends pas pourquoi. J'ai été parfaitement courtoise avec elles. Je crois qu'elles veulent s'attribuer tout le crédit de mes actes intelligents. Il est clair qu'elles ne veulent pas que j'aie mon examen !

– Quoi ? dit Sophronia, poussée à parler par le choc.

– Regardez-la, toute innocence ! C'est elle la rusée. Je la surveillerais, si j'étais vous.

– Elle ment », dit platement Sophronia ; il n'y avait pas d'autre réponse possible.

La femme maquillée coupa : « Les détails importent peu pour l'instant. La question est, mademoiselle Pelouse, l'avez-vous ? »

Monique désigna sa robe déchirée. « Bien sûr que non je ne l'ai pas ! Je ne suis pas assez idiote pour le garder sur moi. Dès que j'ai compris ce que c'était, et que vous m'aviez donné un examen dangereux, je l'ai dissimulé dans un endroit confidentiel. »

Sophronia saisit le sous-entendu. *Elle s'attendait tout du long à ce que nous soyons attaqués par des bandits de haut vol.*

La femme osseuse tendit le cou en avant et siffla : « Où ? »

Sophronia fronça les sourcils, essayant de se souvenir d'un moment où Monique aurait pu cacher quelque chose.

Monique secoua la tête. « Oh, non. Quand j'aurai vraiment eu mon examen, alors je vous le dirai. »

La Française fit un pas en avant pour dominer la jeune fille de toute sa taille. « Espèce de petite insolente manipulatrice, je devrais... »

La nonne replète posa une main sur son bras.

« Voyons, Béatrice, ne faites pas d'histoires. Nous avons des nouvelles ici, ne l'oubliez pas. »

Béatrice lança un coup d'œil à Sophronia et Dimity, puis renifla.

Zut alors, songea Sophronia, *les Français sont vraiment aussi malpolis que Mumsy l'a toujours dit.*

« Béatrice, emmenez Mlle Pelouse et voyez si vous ne pourriez pas parvenir à un arrangement », dit la femme maquillée.

Monique prit un air agressif. « J'appellerai des renforts s'il le faut.

– Seriez-vous en train de me menacer, jeune fille ? Nous en reparlerons. » La Française ne paraissait pas intimidée.

Sophronia frémit – elle n'aurait pas voulu être seule avec l'une d'elles, même pour peu de temps.

Elle entendit Mlle Grande dire, tandis que les deux femmes s'éloignaient : « "Vraiment eu votre examen final", ma chère ? Qu'est-ce qui vous fait penser que vous pouvez en terminer tout à fait ? »

Sophronia décida d'oublier Monique pour le moment.

« Eh bien, on dirait assurément que vous deux avez eu une journée très excitante, dit la nonne.

– Nous ne nous sommes pas évanouies ! protesta Dimity. Ou plutôt, Sophronia ne s'est pas évanouie. Moi si, mais seulement après que *nous* avons sauvé Monique des bandits de haut vol ! Elle a tout raconté à l'envers !

– Avez-vous des témoins ?

– Eh bien, mon frère était là. »

Les enseignantes échangèrent des regards. Apparemment, la fiabilité de Pillover était mise en doute. « Un garçon ? Je ne sais pas.

– Et il y avait le cocher. » Dimity ne voulait pas laisser le sujet en paix.

« Il était inconscient pendant l'essentiel de l'épisode, souligna Sophronia.

– Vous êtes une drôle de fille, n'est-ce pas ? » La dame maquillée examina Sophronia plus attentivement. « Pourquoi ne vous défendez-vous pas ? »

Sophronia haussa les épaules. « J'ai des sœurs. Je sais comment ça marche.

– Vraiment ? Vous le savez ? »

Sophronia ne dit rien de plus. Monique effaçait ses traces aussi bien qu'elle exagérait l'importance de ses propres actions. Peut-être avait-elle donné le prototype à quelqu'un d'autre au préalable. Sophronia avait l'intention de le découvrir. De quel prototype s'agissait-il, où se trouvait-il et pourquoi tout le monde le voulait-il à ce point ? *Un nouveau genre d'ustensile pour produire du thé bon marché ?* Dans la maisonnée Temminnick, rien n'avait plus de valeur que du thé de bonne qualité.

Dimity ouvrit la bouche pour continuer à protester, mais Sophronia lui donna un coup de coude dans les côtes.

« Pouvons-nous en venir aux affaires officielles ? dit la dame maquillée. Où en étais-je ? »

La nonne lui chuchota quelque chose à l'oreille.

« Oui, bien sûr ! Bienvenue au Pensionnat de Mlle Géraldine pour le perfectionnement des jeunes dames de qualité. Si j'ai bien compris, l'une de vous est une recrue secrète ? »

Sophronia leva une main hésitante.

« Bienvenue, bienvenue ! Je suis Lady Linette de Limmone. Je vous enseignerai la musique et plusieurs arts créatifs. Voici sœur Herschel-Teape. Elle est à la tête de l'économie domestique. Et vous êtes ?

– Sophronia Angelina Temminnick, dit Sophronia avec une révérence.

– Oh, ma chère, dit Lady Linette. Nous allons avoir du travail avec cette révérence.

– Dimity Ann Plumleigh-Teignmott », dit Dimity, avec une meilleure révérence.

Il faut que je lui demande de m'enseigner comment elle s'y prend. Ça semble être une arme puissante, songea Sophronia.

« Ah, oui, mademoiselle Plumleigh-Teignmott, nous vous attendions. Ma sœur, si vous voulez bien avoir la gentillesse d'aider Mlle Plumleigh-Teignmott à s'installer. Elle est déjà au courant de tout. Mademoiselle Temminnick, venez avec moi, je vous prie. »

Dimity pressa la main de Sophronia. « Bonne chance. » Elle suivit la nonne boulotte hors de la pièce caverneuse.

La femme maquillée leva la lanterne et regarda Sophronia de la tête aux pieds.

« Bien, bien, laissez-moi voir. Vous avez... quel âge, jeune fille ?

– Quatorze ans, madame. » Sophronia ne pouvait pas croire qu'une femme avec tant de maquillage soit une *véritable* dame. Mme Barnaclegoose avait un caniche nain nommé Lord Piffle ; peut-être le titre de Lady Linette était-il aussi fallacieux ?

« Bonne ossature, taille moyenne. J'imagine qu'il n'y a aucun espoir que vous grandissiez en proportion de ce menton ? » Sophronia ne dit rien. « Non ? C'est bien ce que je pensais. Yeux, quelconques. Cheveux... (Elle émit un ou deux bruits de langue.) Vous porterez des papillotes le restant de votre vie naturelle, ma pauvre petite. Les taches de rousseur.

Bon. Les taches de rousseur. Je vais demander à la cuisine de commander plus de babeurre. Mais vous avez confiance en vous. Les épaules en arrière, jeune fille, quand vous subissez une inspection. La confiance en soi est une chose avec laquelle nous pouvons travailler. Et le capitaine Niall vous apprécie. »

Sophronia résista à la critique avec juste un léger froncement de sourcils. Elle rejeta les épaules en arrière comme on le lui ordonnait. Ce qu'elle avait envie de faire, c'était de commenter l'apparence de Lady Linette. De l'avis de Sophronia, les cheveux de la femme étaient trop bouclés et sa peau trop blanche, et elle sentait abondamment la fleur de sureau. *Je parie qu'elle n'aimerait pas que je le lui dise en face !*

Ce qu'elle dit à la place fut : « Comment savez-vous ce que le capitaine pense de moi ?

– S'il ne pensait pas que vous faites l'affaire, il ne vous aurait pas fait monter. Il a un très bon jugement pour un, eh bien... » Elle fit une pause, comme si elle cherchait le mot exact.

« Un loup-garou ? suggéra Sophronia.

– Oh, non. Pour un *homme.* Maintenant, mon enfant, suivez-moi. Nous avons beaucoup à faire, et il se fait tard. Je suppose que vous mourez de faim et, bien sûr, il faut que nous déposions vos bagages et tout ce genre de choses.

– Pas de bagages, madame.

– Quoi ?

– Nous avons dû les laisser derrière nous avec les bandits de haut vol.

– Vraiment ? Oh, oui, vraiment, n'est-ce pas ? Comme c'est ennuyeux.

– Quand je conduisais la calèche.

– Quand vous conduisiez la calèche ? Je croyais que Mlle Pelouse avait dit... » Une brève pause. « Où était Mlle Pelouse pendant tout cela ?

– Eh bien, soit évanouie sur la route, soit en train de pleurer dans la calèche, cela dépend à quel moment. » *Tout cela simulé, si vous me demandez mon avis.* Mais quelque chose empêcha Sophronia de fournir cette information.

« Intéressant. Eh bien, Béatrice va mettre de l'ordre dans tout ça.

– Qu'enseigne-t-elle ?

– Vous êtes inquiète, n'est-ce pas ? Vous devriez. Mme le professeur Lefoux a une poigne de fer. Quoiqu'elle soit trop redoutable pour les débutantes. Vous ne l'aurez pas tout de suite. Si vous restez, bien sûr. »

Sophronia remarqua que Lady Linette avait habilement évité de répondre à la question. *Quelle est la matière du professeur Lefoux ? Je ne le sais toujours pas.*

« Maintenant, ma chère, nous devons nous dépêcher. Suivez-moi. »

Elles sortirent des ténèbres d'un passage pour déboucher en plein air sur l'un des ponts principaux – un large hémicycle de planches de bois d'œuvre brut.

L'école était remontée nettement plus haut depuis que le capitaine Niall les avait amenées à bord d'un seul bond. Elle ne flottait plus dans les basses brumes de la lande, mais se trouvait bien au-dessus d'elles. En dessous s'étendait à présent une masse de nuages blancs, et au-dessus se déployait la nuit étoilée. Sophronia n'avait jamais pensé qu'elle verrait l'autre côté des nuages. Ils paraissaient aussi solides qu'un matelas de plumes. Elle s'accrocha au bastingage, regardant vers le bas, hypnotisée.

« C'est renversant, haleta-t-elle.

– Oui, ma chère. Je vous assure que vous vous y habituerez parfaitement. Cela me fait plaisir de voir que vous n'avez pas peur du vide. »

Sophronia sourit largement. « Non, jamais. Demandez au monte-plats. »

C'est alors que la servante mécanique lui fonça droit dedans. C'était un modèle domestique standard. Baissant les yeux à ses pieds, Sophronia remarqua que de nombreux rails étaient incrustés dans le pont. Toutefois, comme le concierge mécanique de Bunson, cette machine n'avait pas de visage, rien que des pièces mobiles internes, tout à fait visibles par le monde extérieur. Elle n'avait pas non plus de voix, car après l'avoir télescopée et s'être arrêtée, désorientée dans ses protocoles, elle ne s'excusa pas et ne demanda pas non plus à Sophronia de bouger.

Lady Linette dit : « Vraiment, ma chère, ôtez-vous de son passage. »

Sophronia obéit, observant avec intérêt la servante qui roulait bruyamment en direction de l'autre côté du pont, où s'ouvrit un guichet à l'intérieur duquel elle disparut.

« Qu'est-ce que c'était ?

– Une servante mécanique, ma chère. Je sais que vous êtes de la campagne, mais votre famille ne peut assurément pas être aussi arriérée que ça.

– Non, bien sûr que non. Ma famille a un majordome, un Frowbritcher 1846. Mais pourquoi votre mécanique n'a-t-elle pas de visage ?

– Parce qu'elle n'en a pas besoin. »

Sophronia était un peu embarrassée, mais cela devait être dit : « Mais ses *pièces* sont visibles !

– Mmh, oui, c'est choquant. Toutefois, vous feriez mieux de vous y habituer. Très peu de nos mécaniques sont des modèles domestiques standards. »

Elles s'acheminèrent sur plusieurs volées de marches, dans de longs couloirs et sur d'autres ponts – certains en bois, quelques-uns en métal, et l'un qui semblait, tout à fait illogiquement, être constitué de pierre. Sophronia était montée à bord de l'aéronef sous la section arrière de la longue chenille de dirigeables, et elles étaient à présent en train d'en traverser le milieu.

La décoration intérieure ressemblait beaucoup à la manière dont Sophronia imaginait un grand vapeur transatlantique, mis à part que tout l'endroit paraissait avoir été attaqué par une grand-mère – le genre de grand-mère qui tricote d'horribles petits chaussons pour les orphelins des maisons de correction et prépare de la *jelly* pour les pauvres méritants. Les bastingages et les fleurons soutenaient des têtières au crochet mauve et chartreuse. Une armure médiévale dans le coin d'un des couloirs était littéralement décorée de fleurs en ruban. Sophronia s'arrêta pour l'examiner, mais découvrit de minuscules appareils mécaniques dissimulés à l'intérieur des fleurs. Soudain, les lustres atroces à chaque croisement prirent des aspects plus menaçants. *Ces babioles en verre sont-elles décoratives ou mortelles ? On dirait des couteaux. Peut-on qualifier un lustre de menaçant ?*

« L'arrière du périmètre de l'école, expliqua Lady Linette, est destiné aux activités de groupe et de distraction. C'est ici que nous prenons nos repas et faisons régulièrement de l'exercice. La section centrale est composée des résidences et des salles de classe des élèves, et l'avant est réservé aux enseignants et au personnel. C'est là-bas que nous nous dirigeons à présent.

– Euh, pourquoi ? voulut savoir Sophronia.

– Pour rencontrer Mlle Géraldine, bien entendu.

– La vraie, cette fois ? » demanda Sophronia, un peu narquoise. Et ensuite, lorsque son estomac gronda, elle ajouta : « Y aura-t-il à manger ? »

Lady Linette eut l'air de trouver cela amusant.

Sophronia n'arrivait pas à comprendre Lady Linette. Elle avait un nom français, bien que son accent fût anglais. Sophronia crut détecter un certain grasseyement qui évoquait le nord de l'Angleterre, ou peut-être l'East End.

« Maintenant, prenez soin de vous rappeler le chemin que nous suivons, Sophronia. Il est facile de se perdre. Le périmètre de l'école est plutôt compliqué. La chose la plus importante à noter est que vous devez vous trouver à un niveau central ou supérieur pour passer d'une section à l'autre. Il est toutefois déconseillé d'aller très haut. Une fois que vous arrivez au pont des canards, le chemin entre les sections n'est pas compatible avec une tenue convenable. Ah, nous y voilà. Vous voyez ce pompon rouge, là ? Il signale la section des enseignants. Vous n'êtes pas autorisée à traîner partout librement la nuit, et pendant les heures de cours vous êtes limitée à certains secteurs. Cependant, vous ne devez jamais entrer sans un accompagnateur adulte dans la section signalée par des pompons. »

Sophronia acquiesça. Elle se demandait *comment* les limitations étaient appliquées, et prit conscience qu'elle était assez intriguée pour donner à ce pensionnat anormal une chance de prouver qu'il était valable.

« Très bien, mademoiselle Temminnick. Parlez-moi un peu de vous. Avez-vous reçu une bonne éducation ? »

Sophronia réfléchit sérieusement à la question. « Je ne crois pas.

– Excellent. L'ignorance est très sous-évaluée chez une élève. Et avez-vous tué quelqu'un récemment ? »

Sophronia cilla. « Pardon ?

– Oh, vous savez, un coup de couteau dans le cou, ou peut-être un astucieux nœud coulant avec un foulard ? »

Sophronia dit seulement : « Ce n'est pas mon divertissement favori.

– Oh, ma chère, comme c'est décevant. Eh bien, ne vous tracassez pas. Nous vous trouverons bientôt quelque passe-temps utile. »

Lady Linette s'arrêta devant une porte d'allure luxueuse, décorée de dorures et de cuir bleu marine, qui s'enorgueillissait d'un nombre particulièrement élevé de glands. Elle frappa sèchement.

« Allez-y, entrez ! »

Lady Linette fit signe à Sophronia d'attendre, puis elle entra seule, refermant la porte derrière elle.

Après avoir vérifié qu'elle ne pouvait pas écouter à travers la porte, Sophronia fureta dans le couloir. L'éclairage était fascinant. Des tuyaux de gaz étaient insérés dans le mur et de petites lampes pendaient tout le long du plafond comme autant de minuscules ombrelles. Cela devait être cher, pour ne pas dire dangereux, de faire passer le gaz dans les murs. Pour tout dire, tous les corridors qu'ils parcouraient étaient susceptibles d'exploser.

Sophronia était près de la fin du couloir, dressée sur la pointe des orteils pour examiner l'une des lampes en forme d'ombrelle, quand une autre servante mécanique descendit bruyamment le couloir. Elle portait un plateau chargé de thé et d'accompagnements comestibles. Toutefois, lorsqu'elle perçut la présence de Sophronia, elle s'arrêta et laissa échapper un petit sifflement interrogateur.

Sophronia ne répondant pas, la machine émit un nouveau sifflement, impérieuse.

Sophronia n'avait pas la moindre idée de ce qu'elle devait faire. La mécanique était entre la porte couverte de dorures et elle. *Pas de Lady Linette pour venir à mon secours.*

Le sifflement se transforma en un cri très bruyant, comme celui d'un batelier, et Sophronia devina que c'était ainsi que le règlement était appliqué.

Au milieu du couloir, une porte s'ouvrit brutalement et un gentleman sortit. Il était d'une taille, d'une forme et d'une apparence d'une improbable médiocrité. La présence d'un extraordinaire haut-de-forme de velours cramoisi ne faisait que mettre ses traits quelconques en valeur. Le visage sous le chapeau, constata Sophronia, n'avait pas l'air content du tout.

LEÇON 5

Ne jamais lancer de purée d'ail sur un homme muni d'une arbalète

« De quoi ? De quoi ? » grommela l'homme, comme s'il était dur d'oreille.

Il était très pâle et arborait une moustache modeste, qui trônait raisonnablement en haut de sa lèvre supérieure, comme si elle était un peu embarrassée d'être là et aurait voulu glisser et devenir des rouflaquettes ou quelque chose de plus à la mode. Il portait des lunettes, à travers lesquelles il louchait sur Sophronia.

« Qui va là ? » Il avait une manière amusante de parler autour de ses dents. *Comme si elles le gênaient.*

« Désolée de vous avoir dérangé, dit Sophronia.

– Qu'est-ce que c'était que ce vacarme infernal ? Servante ! » Il regarda d'un air furibond la mécanique qui barrait la route à Sophronia. « Arrêtez ça tout de suite. »

La mécanique continua à hurler.

« Servante, cria l'homme, c'est le professeur Braithwope ! Fin d'alerte protocole gamma six mon œil est dans le vinaigre et le ver de terre boude à minuit, retournez d'où vous venez. »

L'alarme cessa et la domestique se retourna brusquement et s'éloigna de Sophronia sur ses rails comme si elle était entièrement construite avec des roulements à billes. Elle fila le long du couloir.

L'homme quitta l'embrasure où il se tenait, dépassa la servante et vint considérer Sophronia d'un regard noir. « Que faites-vous dans cette partie de l'école ? Aucune élève n'est autorisée ici.

– Mais, monsieur, c'est Lady Linette qui m'a amenée.

– De quoi ? De quoi ? Eh bien, où est-elle ? » La moustache frémit d'agacement.

« Elle est dans cette pièce.

– De quoi ?

– Celle-ci, là. Celle avec des pompons supplémentaires. » Tandis qu'elle la montrait du doigt, la mécanique heurta avec autorité cette porte précise avec le plateau chargé.

Lady Linette l'ouvrit et laissa entrer la servante et ses victuailles. Puis elle lança un regard circulaire, faisant virevolter ses boucles blondes. « Mademoiselle Temminnick, qu'est-ce que vous faites là-bas ? Est-ce vous qui avez effrayé la mécanique ? Je vous avais prévenue. Oh, professeur, je suis vraiment désolée de vous avoir dérangé.

– Ah, pas de problème. Pas de problème. J'étais de toute manière en train de bouger, quoi.

– C'est une nouvelle étudiante, Mlle Temminnick. Une recrue secrète.

– Vraiment ?

– Oui. N'est-ce pas adorable ? Nous n'en avons pas eu depuis des années.

– Six, pour être précis.

– Comme vous l'êtes toujours, professeur. Ma chère, le professeur va vous enseigner l'histoire, le maintien, les bonnes manières, l'étiquette et le raffinement vestimentaire. »

C'est alors que Sophronia finit par détacher son regard de la moustache et remarqua que l'homme avait en effet grande allure, comme aurait dit Pétunia. Outre le chapeau, il portait une tenue de soirée à la toute dernière mode, comme s'il était sur le point d'assister à une pièce dans l'un des meilleurs théâtres de Londres. Sophronia trouva que c'était étrange, étant donné qu'il n'y avait aucune raison pratique de porter un tel costume à bord d'un aéronef. Mais elle supposa que l'effort devait être apprécié. Sauf si tout le monde avait pour habitude d'assister aux leçons en tenue de soirée !

Le professeur dit : « Et j'enseigne aussi comment on affronte… »

Lady Linette l'interrompit d'un vif mouvement de tête.

Il toussa au lieu de terminer sa phrase. « Ah, une recrue secrète, à intégrer en douceur, quoi ? Je suppose que vous avez déjà rencontré Niall ? »

Sophronia acquiesça. « Oui, monsieur.

– Le reste plus tard, hé ?

– Mademoiselle Temminnick, venez ici ! dit Lady Linette.

– Ravie d'avoir fait votre connaissance, professeur.

– De même, mademoiselle Temminnick. Une recrue secrète, remarquable. Eh bien, poursuivons. » Sur quoi l'homme se glissa doucement à l'intérieur de sa chambre.

Lady Linette posa une main sur la poignée d'or et de lapis-lazuli de la porte couverte de dorures et s'arrêta, adressant à

Sophronia un regard très étrange. Sophronia supposa qu'elle le voulait lourdement chargé de signification ; elle donnait toutefois l'impression d'avoir une petite indigestion.

« Maintenant, souvenez-vous, ma chère, le discernement et la discrétion sont de la plus haute importance ici. Je vais vous surveiller avec attention. Vous ne voudriez pas que nous pensions que nous avons effectué une erreur dans notre processus de sélection, n'est-ce pas ? » Sophronia pensa plutôt que c'était un brin ironique. *Après tout, je n'ai pas demandé à venir ici !*

Sophronia hocha quand même la tête pour indiquer qu'elle voulait bien essayer et suivit Lady Linette de l'autre côté de la porte dorée et dans... le paradis.

Derrière l'excès de pompons se cachait une suite privée du genre qu'on peut rencontrer dans n'importe quelle pension haut de gamme. La chose particulière, et merveilleuse, était que des étagères s'alignaient sur les murs. Sur ces étagères se trouvaient des douceurs de toutes les formes et de toutes les tailles : des piles de petits fours, de bonbons, de trifles, de gâteaux glacés, de gâteaux fourrés à la crème et de toutes les sortes de pâtisseries qu'on pouvait désirer. Sophronia en resta bouche bée.

« Ne sont-ils pas magnifiques ? dit une voix.

– Est-ce qu'ils sont... Est-ce qu'ils sont *réels* ? »

La voix rit. « Non, mais ils paraissent réels, n'est-ce pas ? C'est un de mes petits passe-temps. » Une femme plus âgée s'approchait. Elle avait des cheveux roux délavé, des yeux noirs amicaux et une bouche généreuse. Toutefois, on n'était pas enclin à remarquer l'un des traits susdits *en premier.* Oh, non, ce qui frappait au premier abord, c'étaient ses atouts qui suggéraient des tendances de chanteuse d'opéra. Sophronia ne pouvait penser à une façon plus délicate de le formuler – son corset était distinctement sous tension.

La femme sourit. « Vous les aimez ? »

Il fallut un instant à Sophronia avant de comprendre qu'elle faisait allusion non pas à ses atouts, mais aux fausses pâtisseries exposées.

« Elles sont très... réalistes.

– Mais vous voudriez y goûter plutôt que simplement les regarder. Je comprends. Voulez-vous prendre le thé avec moi ? J'aimerais beaucoup faire votre connaissance. Cela fait si longtemps que l'école n'a pas admis quelqu'un de l'extérieur.

– Six ans, ajouta gentiment Sophronia, imaginant que c'était simplement une autre manière de dire « recrue secrète ».

– Vraiment, si longtemps ? Comment le savez-vous ?

– Le professeur Braithwope me l'a dit.

– Vous avez rencontré le professeur ? Quel homme sympathique ! De *quali-teille*, sans aucun doute. Eh bien, Lady Linette, parlez-moi de notre nouvelle recrue. Est-elle de *quali-teille* ?

– Je crois qu'elle pourrait faire l'affaire. Elle a certains avantages.

– Et un air manifeste de noblesse. J'aime ça ! Oh, mais voilà que nous oublions les bonnes manières. Je suis mademoiselle Géraldine.

– La vraie ? demanda prudemment Sophronia.

– Bien sûr, mon enfant. Pourquoi pas ? Comme si on pouvait vouloir m'imiter !

– Oh, mais... » Sophronia vit Lady Linette qui secouait légèrement la tête. *Oh, oui, du discernement et de la discrétion.*

Sophronia changea de sujet à mi-pensée. « Enchantée de faire votre connaissance, madame la directrice. Je suis Sophronia Angelina Temminnick. » Elle effectua sa médiocre révérence.

La directrice blêmit. « Oh, ciel, il va falloir que nous fassions quelque chose à propos de *ça*. Je vais vous enseigner la danse, et comment choisir vos toilettes et vos vêtements. Dansez-vous ? »

Sophronia n'avait eu qu'un seul professeur de danse. Il avait été engagé pour toutes les filles Temminnick, mais passait le plus clair de son temps avec l'aînée. Ce qui avait conduit au renvoi en hâte dudit professeur. Sophronia avait donc réussi à échapper à la torture prolongée des quadrilles. « Pas du tout, j'en ai bien peur, madame la directrice.

– Bien ! C'est très bien. Je préfère de loin un palais neuf. Rien à désapprendre. Maintenant, asseyez-vous, allez-y. Buvez un peu de thé. »

Sophronia s'assit et, au bout d'un moment d'hésitation, elle se mit à engloutir les petits gâteaux et sandwiches présentés devant elle. Ils se révélèrent réels. Et délicieux. *Si le pensionnat de jeunes filles est plein de gâteaux à thé, je pourrai sûrement commencer à l'aimer.*

« Bien, dit la directrice à Lady Linette, qui regardait manger Sophronia avec une horreur mal déguisée, on nous a bien préparé le terrain.

– En effet. »

Sophronia cessa de mâcher assez longtemps pour poser l'unique question qui continuait à vraiment la tarabuster. « De *quoi* était-ce un prototype ? »

Mlle Géraldine parut profondément troublée. « Un prototype ? Linette, de quoi parle cette enfant ? »

Lady Linette lança à Sophronia un regard furieux, puis le dissimula en jouant avec une boucle de ses cheveux. « Je n'en ai aucune idée, Géraldine, pas la moindre idée. Vous savez comment sont les jeunes filles modernes – elles aiment bien plaisanter. »

Oh mon Dieu, songea Sophronia, *il est possible que je sois déjà en train d'échouer à remplir la mission de discernement et de discrétion de Lady Linette. Que suis-je exactement censée dissimuler à la directrice ?*

« Ah, Linette, j'ai parfois l'impression de ne rien savoir de ce qu'ont ces jeunes personnes de nos jours. On dirait qu'elles parlent en code. Ne trouvez-vous pas ?

– Indubitablement, Géraldine. »

Sophronia, n'ayant pas d'autre choix, eut un large sourire candide et continua à se bourrer de gâteaux.

Un coup fut frappé à la porte. Elle s'ouvrit brusquement et la moustache instable du professeur Braithwope la franchit en trottinant, suivie par son modeste possesseur.

« Je vous prie de me pardonner, mesdames. Lady Linette, une chose liée à la musique vient de se produire. Votre attention immédiate est requise. »

Lady Linette se leva. « Vous feriez mieux de venir avec moi, mademoiselle Temminnick. »

Sophronia prit une poignée de petits sandwiches. « Merci pour le thé, madame la directrice. C'était très éclairant.

– Très joliment dit, ma chère. Au moins, nous n'aurons pas de problèmes avec votre élocution. Non, ma chère, inutile de faire une révérence. Je ne pourrais pas le supporter – pas deux fois en une soirée. » Sur ces mots, la directrice retourna à son thé. Sophronia supposa qu'elle avait été congédiée.

Lady Linette la poussa, ainsi que le professeur Braithwope, dans le couloir. « Qu'est-ce qui pourrait être si important, professeur ?

– Les senseurs éthériques monoculaires à longue distance ont capté quelque chose. Peut-être des adversaires. »

Sophronia dit : « Elle ne sait pas, n'est-ce pas ?

– Qui ne sait pas quoi ? » L'attention de Lady Linette changea d'objet.

Discernement et discrétion, en effet ! « La directrice ne sait pas ce qui se passe vraiment ici.

– Oh, et qu'est-ce que c'est ?

– Je n'ai pas encore déterminé les détails, mais vous la laissez volontairement dans l'ignorance, non ?

– Non, ma chère, c'est *vous* qui la laissez dans l'ignorance intentionnellement. Vous, les élèves. Ça fait partie de l'entraînement.

– Vous me laissez moi aussi dans l'ignorance. Suis-je censée deviner quelque chose ? Est-ce un test ?

– Lady Linette, coupa le professeur, nous n'avons vraiment pas le temps.

– Oh, oui, passez devant, allez-y. Jusqu'au pont des canards.

– De quoi... oh.

– J'imagine que vous feriez mieux de nous suivre, mademoiselle Temminnick. Impossible de vous laisser vous balader toute seule dans la section des pompons. Les mécaniques sont déjà à bout de nerfs. »

Ils suivirent une série de couloirs. Le professeur Braithwope les guidait, rapide et sûr de lui, ce qui suggérait que sous ses vêtements chics il était vraiment en grande forme physique – ce devait être un sportif. *Du cricket, peut-être ?* En sortant sur l'un des ponts d'observation, il se déporta et tâtonna à l'arrière d'un garde-fou. Il devait y avoir un levier caché, car une porte secrète s'ouvrit vers le bas avec un claquement, révélant une volée de marches. Ils les gravirent tous les trois. Cet escalier n'était pas éclairé au gaz et il n'y avait pas de fenêtres. Seule la régularité des marches empêcha Sophronia de trébucher.

En fin de compte, ils se retrouvèrent dehors sur l'un des ponts les plus élevés, droit sous l'un des trois ballons colossaux. Ce pont décrivait un cercle complet, s'étirant d'un bord à l'autre du dirigeable. C'était comme se trouver sur un toit. En regardant par-dessus l'un des garde-fous, Sophronia vit que d'autres ponts dépassaient, telles d'énormes marches en demi-cercle descendant dans le néant nuageux. En face d'elle, il y en avait deux autres exactement comme le sien, sous chacun des deux autres énormes ballons. S'élevant de l'arrière du dirigeable se trouvait un nid-de-pie, si haut qu'il en touchait presque le dessous du dernier. En se retournant, elle vit qu'à l'avant, près d'eux, se trouvait un autre nid-de-pie. Celui-ci était fermé. Il ressemblait à une baignoire retournée sur une autre baignoire. Il n'y avait aucun moyen apparent d'y accéder, car la seule chose qui le maintenait en place était un jeu d'entretoises et une longue poutre.

Elle le désigna. « Qu'est-ce que c'est ?

– La bulle du pilote », répondit Lady Linette de derrière l'un des télescopes qui parsemaient le bord du pont.

Le professeur Braithwope se contenta de rester là, à regarder le ciel nocturne en plissant les yeux. Sa moustache frémissait, à cause de la faible brise ou de l'agitation – c'était difficile à dire.

« Comment se pose-t-elle ? voulut savoir Sophronia.

– Quoi ? » Lady Linette était distraite.

« L'école, comment se pose-t-elle ?

– Elle ne se pose pas, ma chère. Pas entièrement. Essentiellement, nous dérivons.

– Alors pourquoi avez-vous besoin d'un pilote ? »

Le professeur Braithwope tourna vers elle des yeux perçants. « Vous posez beaucoup de questions, bout de chou.

– Eh bien, professeur, monsieur, vous me procurez un certain nombre de curiosités. »

Il retourna scruter le ciel. Soudain, il montra quelque chose. « Là ! »

Lady Linette fit pivoter son télescope, suivant le doigt tendu. « Ah, oui, je vois. Oh ciel, des bandits de haut vol.

– Une attaque directe ? Je ne pense pas que ce soit probable, quoi ?

– Néanmoins, mieux vaut prévenir la salle des machines. Pour qu'ils réveillent tous les soutiers.

– Bien sûr. » Le professeur redressa les épaules de sa queue-de-pie bien coupée, toucha le bord de son haut-de-forme à l'intention des deux dames et s'en alla. Au lieu de descendre, comme Sophronia supposait qu'on aurait pu procéder pour contacter une salle des machines, il fit quelque chose d'absolument extraordinaire. Il courut sur la poutre jusqu'à la bulle du pilote. Il le fit avec un équilibre parfait et une totale absence de peur, malgré le vent et le sol loin en contrebas, si rapidement, comme une araignée, que Sophronia se demanda si elle l'avait vraiment vu.

« Peut-il m'enseigner ça ? demanda-t-elle à Lady Linette.

– J'ai bien peur que non, ma chère. C'est une aptitude qui lui a demandé plus de temps que vous n'en avez pour la maîtriser. »

Cela ne fit que pousser Sophronia à prendre un air agressif. *Je parie qu'il était dans le cirque.* Mais elles n'avaient pas le temps de discuter car le professeur était déjà de retour. Son attention fut attirée par un groupe de six canots aériens se dirigeant vers eux.

Lady Linette dit : « Mieux vaudrait sonner l'alarme. »

Le professeur Braithwope acquiesça et fila à toute vitesse jusqu'à une petite boîte en cuivre fixée à un bastingage. Il l'ouvrit avec une clef tirée de la poche de son gilet, y plongea la main et fit basculer quelque chose. Une cloche bruyante commença à sonner à toute volée – une cloche qui semblait avoir des petites sœurs dans tout le navire.

Lady Linette dit : « Quand vous entendrez ça à l'avenir, mademoiselle Temminnick, vous saurez que l'accès au pont est interdit et que tous les étudiants doivent rester là où ils sont et *ne pas s'impliquer.* »

Sophronia ne répondit rien. Pendant ses quatorze longues années de vie, elle n'était jamais restée là où elle était sans s'impliquer dans quelque chose. Néanmoins, elle finit par suivre cette fois les ordres de son nouveau professeur, car le pont fut soudain couvert de mécaniques. Sophronia eut du mal à trouver un endroit où elle ne risquait pas d'être bousculée.

Synchronisant leurs mouvements, toutes les mécaniques se calèrent sur leurs roues arrière, se fixèrent au pont avec un bruit sourd, et *se modifièrent.* Comme le concierge à l'école des garçons, elles avaient des panneaux mobiles dans leur torse, mais en beaucoup plus grand, si bien que la totalité de la partie supérieure de leur torse basculait en arrière. Chaque guichet éjecta la pointe de ce qui semblait être un petit canon. Puis, en un mouvement homogène, toutes pivotèrent et pointèrent leurs petits canons sur... le professeur Braithwope. *Bon Dieu,* songea Sophronia, *qu'a-t-il fait de si mal ?*

« Des soldats mécaniques ? » demanda Sophronia à la cantonade. À ce moment, elle remarqua que le professeur avait une minuscule arbalète à la main. Elle était armée, mais pointait, inoffensive, vers le pont.

« Attendez, professeur. Nous sommes une institution d'études supérieures et de manières qui le sont plus encore. Nous ne pouvons tout simplement pas tirer les premiers ; cela ne se fait pas. Rappelez-vous bien cela, mademoiselle Temminnick : une dame ne tire jamais la première. Elle pose des questions, *puis* elle tire.

– Oui, Lady Linette, je m'en souviendrai », dit Sophronia, subjuguée.

La flotte de canots aériens était à présent assez proche pour que Sophronia discerne des silhouettes dans les nacelles. Elles étaient vêtues comme leurs semblables un peu plus tôt ce jour-là, avec des lunettes de protection et des tenues de cheval. Il y avait toutefois une exception. Dans le canot aérien le plus à gauche. Debout à l'arrière, à la manière d'un placeur au théâtre, se tenait un *gentleman.* Sophronia ne pouvait distinguer ses traits, mais il était vêtu de noir avec un tuyau de poêle. Sa cravate était verte, tout comme la bande autour de son haut-de-forme. Malgré sa tenue de membre de la haute société, il restait à l'arrière-plan.

« Pourquoi ne tirez-vous pas, professeur Braithwope ? » Une question impérieuse avec un accent français jaillit de la droite de Sophronia. Le professeur Lefoux sortit d'une écoutille voisine, tout en angles et en désapprobation.

« Pas de raison valable, expliqua Lady Linette.

– Mais ce sont des criminels, là-bas. Des bandits de haut vol. Nous n'avons pas besoin d'autre raison.

– Patience, Béatrice. Nous devons comprendre ce qu'ils veulent de nous.

– Nous savons ce qu'ils veulent ! Ils veulent le prototype !

– Avez-vous obtenu son emplacement de Monique ?

– Non, elle tient sa langue, celle-là. Elle a bien appris *certaines* de nos leçons.

– Et donc ?

– Donc je l'ai renvoyée en première année. Nous verrons si s'ennuyer à tout réapprendre avec les nouvelles lui déliera la langue. » Cela ne plut pas à Sophronia : Monique serait dans toutes ses classes !

L'un des bandits de haut vol hissa quelque chose sur le bord du canot.

Le professeur Braithwope se raidit et pointa l'arbalète dans sa direction.

« Pas encore », dit Lady Linette.

L'objet du bandit de haut vol émit un *chpout* bruyant et tira. Une masse blanche fondit sur eux et atterrit avec un *flac* contre le bord du pont à côté du professeur Braithwope.

Le professeur commença à tousser et à éventer le devant de son visage frénétiquement tout en battant en retraite. Il ahanait et ses yeux pleuraient.

Les dames, toutefois, ne semblaient pas sentir le moindre effet néfaste. Le professeur Lefoux s'approcha et se pencha pour examiner la substance blanche.

« De la purée d'ail, dit-elle sans émotion.

– C'est mesquin, tout simplement, dit Lady Linette. Est-ce que vous supportez assez bien l'exposition, professeur ? »

Il éternua vers elle.

Le professeur Lefoux s'occupa de donner des coups de pied dans la purée d'ail pour en faire une pile et la couvrit avec un mouchoir.

« Maintenant, je peux les viser ? » dit le professeur Braithwope entre deux éternuements. Sa minuscule arbalète était levée. Pendant tout ce temps, les petits canons des mécaniques restaient pointés sur lui. Les mécaniques, elles, le considéraient comme la plus grande menace. *Ça doit être la moustache*, songea Sophronia.

« Non, non. C'était seulement un tir d'avertissement, avec l'intention de nous troubler.

– De quoi ? Un avertissement, vous dites ? *Atchoum !* Eh bien, ça a marché. » Le professeur Braithwope se frotta les yeux de sa main libre.

Sophronia regarda, fascinée, l'un des canots aériens hisser un drapeau blanc au bout d'un balai et se rapprocher encore plus. Le petit aéronef dériva dans une direction, puis dans l'autre, comme désorienté.

« Ils veulent parlementer ? » Le professeur Lefoux était incrédule.

« Laissons-les faire. Nous verrons ce qu'ils ont à dire. »

Quand le canot ne fut plus qu'à quelques longueurs de distance, les bandits de haut vol à l'intérieur montèrent une catapulte sur le bord de la nacelle et lancèrent quelque chose d'autre sur le pont des canards.

L'objet atterrit avec fracas et roula sur les planches, s'immobilisant contre la base d'une des mécaniques. Il se déploya alors, révélant qu'il s'agissait aussi d'une mécanique, juste plus petite que celles qui montaient la garde. Elle n'avait pas du tout une apparence humaine, ni ne tentait d'en avoir une. Elle avait quatre jambes – quatre jambes très courtes – et une petite queue hérissée de piquants. Un peu de vapeur émanait de sous son ventre et de la fumée sortait de sous ses oreillettes en cuir. Elle ressemblait un peu à un teckel, ces chiens en forme de saucisse que les Allemands adoraient.

« Un méchanimal ! s'écria Lady Linette. Tout le monde à couvert ! »

Sophronia se réfugia derrière l'une des mécaniques défensives, tout comme les deux enseignantes. Le professeur Braithwope n'obéit pas à l'ordre. Il resta ferme. Ses éternuements s'apaisèrent et son arbalète resta pointée sur le canot aérien.

Le teckel n'avait pas l'air de comprendre la peur qu'il suscitait. Il trotta avec optimisme vers le professeur Braithwope, sa queue mécanique remuant d'avant en arrière au rythme parfait d'un mouvement d'horlogerie – *tic tac, tic tac.*

Sur le point d'atteindre le professeur, la mécanique s'arrêta, et ensuite – Sophronia rougit – elle s'accroupit et fit sortir un tube de verre de son derrière.

Le professeur Braithwope regarda fixement le méchanimal, puis il se pencha, ramassa le tube et se redressa, le tout sans déplier son bras. Il n'avait clairement pas l'intention de lâcher l'arbalète, aussi retira-t-il le bouchon de liège avec les dents. Le bouchon s'enfonça sur l'une d'elles, mais il ne s'en rendit pas compte. À l'intérieur du tube se trouvait un minuscule rouleau de papier avec un message imprimé.

Décidant que le méchanimal ne présentait pas de danger flagrant, les deux enseignantes réapparurent.

« Eh bien, demanda Lady Linette, qu'est-ce que ça dit ? »

Le professeur Braithwope commença à lire, mais ses mots furent brouillés par le liège. « Cha dit que...

– Professeur, vous avez quelque chose collé sur votre croc, souffla Lady Linette, visiblement gênée pour lui.

– De quoich ? De quoich ? »

Le professeur Lefoux tendit la main et ôta le liège coupable.

Le professeur Braithwope lut : « Ça dit qu'ils veulent le prototype. Ils nous donnent trois semaines, après quoi ils reviendront avec des renforts.

– Absurde ! Quel genre de renforts des bandits de haut vol pourraient-ils bien avoir ? » fulmina le professeur Lefoux.

Lady Linette n'était pas aussi dédaigneuse. « S'ils ont été assez bien payés...

– Vous pensez que les Vinaigriers sont derrière ça, de quoi ? » Le professeur Braithwope faisait rouler la petite note entre ses longs doigts blancs.

« Qui d'autre ? dit le professeur Lefoux, puis elle ajouta : Mais voyons le côté positif : s'ils nous menacent, c'est qu'ils ne l'ont pas. Que personne ne l'a. Où que Monique l'ait caché, elle l'a caché à tout le monde.

– Trop bien entraînée, quoi ? » Le professeur Braithwope laissa échapper un petit rire, se moquant de lui-même.

« Les petits pichets ont de grandes oreilles », dit Lady Linette, hochant la tête en direction de Sophronia toujours tapie derrière une mécanique.

Sophronia sortit, se demandant ce qu'on attendait d'elle. Rien, apparemment, puisque les adultes se remirent à l'ignorer. Elle mourait toujours de curiosité au sujet du prototype, mais malheureusement, rien d'autre ne fut dit à son sujet.

Le professeur Braithwope agita le message vers les bandits de haut vol dans le canot aérien le plus proche d'eux et souleva ensuite son chapeau d'un pouce libre.

Prenant cela comme un congé, toute la parade de petits aéronefs fit volte-face et s'éloigna en dérivant paresseusement.

« Trois semaines, marmonna Lady Linette. Plan d'action suggéré ?

– Oublions le vrai pour l'instant ; il est clair que cette fille l'a assez bien caché, quoi ?

– Nous pourrions leur fournir un substitut temporaire, suggéra le professeur Lefoux.

– Que voilà une bonne idée. Vous pensez en être capable ? » Lady Linette se tourna vers sa collègue.

– Je ne vois pas pourquoi je ne le serais pas. J'ai de vieilles esquisses d'un modèle précédent.

– Épatant. Mettez aussi dessus quelques-unes des filles les plus âgées, ça leur fera du bien, de quoi ? Puis nous pouvons demander à Bunson d'assembler la bête. » Le professeur

Braithwope hocha la tête, avec un sourire aux lèvres pincées. Il tendit le tube et le message à Lady Linette et désarma la fléchette de sa petite arbalète. Tout autour d'eux, les mécaniques défensives baissèrent instantanément leurs canons et refermèrent les panneaux de leurs poitrines.

Le professeur Braithwope retourna à la boîte de cuivre, l'ouvrit et bascula le levier à l'intérieur. Avec un bourdonnement d'engrenages, les mécaniques s'éloignèrent toutes en roulant bruyamment. Il retourna ensuite à côté du professeur Lefoux et lui offrit son bras. « Quelle approche matérielle initiale pensez-vous être la meilleure ?

– Eh bien, je soupçonne que de l'acier magnétisé pourrait être le plus émulateur. Du cuivre pourrait aussi marcher. Nous devrions faire chauffer le four immédiatement.

– De l'acier, quoi ? Idée épatante. Épatante. »

Ils s'éloignèrent tous deux vers l'écoutille de sortie. Le professeur Lefoux dominant sa toute petite escorte masculine. Sophronia les regarda partir avec perplexité.

« Eh bien, quelle troupe. Je vous prie de m'excuser, mademoiselle Temminnick. Je vous assure que les choses ne sont généralement pas à ce point – eh bien, à *ce point.* Si vous voulez bien me suivre, je vais veiller à votre installation. » Lady Linette écarta tout ce qui venait de se passer d'un petit mouvement brusque de la tête.

Sophronia hésita, et puis – parce que tout le monde paraissait l'avoir oublié et qu'il avait l'air si malheureux – elle ramassa le chien mécanique et le cacha dans la grande poche de son tablier. Puis elle emboîta le pas à son nouveau professeur.

Professeur de musique, songea-t-elle, regardant la longue jupe de la robe lavande de Lady Linette. *Et moi, je suis la reine des vampires.*

Bien entendu, le jour suivant, quand le moment des leçons vint enfin, Sophronia devait trouver Lady Linette assise à un piano, jouant des gammes.

LEÇON 6

Ce que l'on apprend vraiment au pensionnat

« Mademoiselle Temminnick, vous partagez ce petit salon avec les autres débutantes. Mesdames, dit Lady Linette, regardant les quatre filles devant elle, voici Mlle Temminnick. Je suis certaine que vous lui ferez bon accueil. Elle est maintenant prête à en apprendre plus sur notre institution éducative. » Sur ces mots, Lady Linette fit volte-face et s'en alla consacrer son temps à des questions plus urgentes.

Sophronia resta au milieu de la pièce, mal à l'aise. La plupart des filles qui se trouvaient devant elle étaient plus jeunes qu'elle et toutes étaient mieux habillées. Pour la première fois, elle ressentit vraiment un pincement d'inquiétude au sujet du style de sa tenue. Être critiquée par ses sœurs était une chose, mais ces jeunes dames étaient élégantes et leur opinion plus importante que celle de simples sœurs. Elle plongea la main dans la poche de son tablier et en sortit le petit chien.

« C'est tout ce que tu as emporté avec toi ? Un mécha-nimal ? » Cela fut dit d'une voix moqueuse à l'élocution précise, comme si elle assassinait prématurément chaque mot.

La fille derrière la voix était minuscule, avec une masse de cheveux bruns aux boucles serrées et un visage en forme de cœur à l'expression morose. Elle était, hélas, belle. La seule consolation de Sophronia était qu'elle avait décidément un nez commun. Assise à côté d'elle se trouvait une rousse en pleine santé avec des taches bien pires que celles de Sophronia – cela la soulagea un peu –, qui lança un regard timide et intéressé au méchanimal puis se concentra sur ses propres chaussures. Près d'elle était assise Dimity. La dernière fille, qui n'était pas assise, était une créature hommasse tout en angles, qui se tenait mal et dont la robe ne lui allait pas. Elle mâchonnait un morceau de bois et les regardait toutes d'un air méprisant depuis le coin le plus éloigné de la pièce.

« Sophronia ! Où as-tu eu ça ! » s'exclama Dimity en sautant sur ses pieds et en se précipitant vers le méchanimal. Elle avait changé de vêtements mais conservé ses bijoux voyants, et la robe vert d'eau apparemment empruntée n'était pas assez ample pour ses nombreux jupons.

« Je suis tombée sur lui pendant une excursion récente sur un pont pour canards. Je crois que je vais l'appeler Bumbersnoot.

– Bon Dieu, pourquoi ? » Dimity tapota le dessus de la tête du chien de métal, sans conviction. Bumbersnoot cracha de la fumée en faisant claquer ses petites oreilles de cuir. Dimity, surprise, sauta en arrière.

« Pourquoi pas ? » Sophronia regarda dans la direction de la jolie fille à la voix moqueuse. « Et malheureusement, il est effectivement tout ce que j'ai. Nous avons eu un petit problème avec les bagages en venant.

– Dont je vous ai parlé », dit Monique de Pelouse en entrant dans la pièce depuis l'une des chambres à coucher. L'endroit ressemblait à un véritable salon, pas du tout ce à quoi Sophronia s'attendait dans une école.

Dimity eut l'air d'avoir avalé quelque chose d'aigre. Apparemment, Monique mentait toujours à propos du sauvetage.

« Oh, oui, tout à fait, mademoiselle Pelouse, dit la jolie fille à la voix moqueuse. C'était si excitant.

– Nous n'avons pas l'autorisation d'avoir des mécaniques personnelles. » Monique inclina sa tête blonde et plissa les yeux. Sophronia remarqua que ses cheveux étaient relevés et coiffés, et que sans la perruque et le maquillage elle était très belle, bien que son visage fût un peu trop aristocratique et chevalin. *Trop de dents.*

Sophronia posa Bumbersnoot par terre, et il commença à trotter autour de la pièce avec curiosité. Elle marcha jusqu'à la jeune fille blonde et se glissa près d'elle. La proximité parut mettre Monique mal à l'aise. « Que diriez-vous d'un marché, Monique ? Vous ne parlez de Bumbersnoot à personne d'important et je m'abstiens de faire tout un foin parce que vous réécrivez l'histoire. »

Les yeux de Monique s'étrécirent, mais elle dit : « Très bien », avec mauvaise humeur.

Ce fut plus facile que je l'aurais cru. « Trop aimable, Monique, dit poliment Sophronia.

– Tout cela est de votre faute, vous le savez. Ma présence ici, ma rétrogradation, le fait que je vive avec les nouvelles ! » Monique prononça le mot comme s'il sentait mauvais.

« Très logique. Je n'ai fait que vous sauver. Suggéreriez-vous que Dimity et moi aurions dû vous laisser croupir avec les bandits de haut vol ? Je suis sûre qu'on peut encore arranger ça. » Sophronia se détourna.

L'attention des autres filles semblait distraite par le nouvel animal de compagnie de Sophronia. Bumbersnoot se baladait dans la pièce, crachant de la vapeur et se cognant dans les meubles et les chaussures de la façon la plus bouffonne. Sa queue ne cessait de remuer avec une précision d'horloge.

« Pouvons-nous le garder ? » demanda la fille à la voix coupante avec espoir. Elles se tournèrent toutes vers Monique.

« S'il le faut. » Monique, après avoir hésité, sans le moindre doute fâchée de devoir entretenir des relations avec des filles tellement en dessous d'elle, prit un siège. *Mais elle est assez contente d'être celle qui prendra toutes les décisions grâce à son âge.* Sophronia était convaincue qu'elle devait essayer d'étouffer ce penchant dans l'œuf.

Perplexe, elle se tourna vers Dimity. « Qui sont donc ces dames ? »

Dimity rougit. « Ah, oui. Oh, mon Dieu. Les présentations. Voyons si je peux me souvenir. Je n'ai moi-même fait connaissance avec elles que récemment. Tu connais déjà Monique ; c'est la plus âgée, ce qui lui donne un certain statut, j'imagine. Mais la préséance, qui a la préséance ? »

Les jeunes dames échangèrent des regards et puis, comme un seul homme, indiquèrent la grande fille dans le coin.

Parlant comme si les mots lui étaient douloureux, la jolie brune dit : « Sidheag, croyez-le ou non. C'est une vraie Lady. Un *laird* ou quelque chose du genre. »

Sidheag s'intéressa un peu plus à la conversation une fois qu'on eut mentionné son nom. Pas assez pour se rapprocher – mais elle leva la tête. « Ouaip ?

– Enchantée, dit Sophronia.

– Lady Bacon, voici Sophronia Angelica Tendency. Sophronia, Lady Bacon, articula Dimity avec difficulté.

Toutes les filles éclatèrent de rire.

« Je m'appelle Sidheag *Maccon*, Lady Kingair, de droit » dit celle qui s'appelait Sidheag, avec un accent écossais prononcé. « Mais vous pouvez m'appeler Sidheag ; tous les autres le font.

– Sophronia Angelina Temminnick », dit Sophronia en corrigeant gentiment Dimity.

Tout le monde rit à nouveau.

« Oh, désolée. » Dimity était mortifiée par sa bourde.

« Et si nous oubliions les bonnes manières, pour cette fois, et si nous nous présentions nous-mêmes ? suggéra Sophronia, essayant de protéger Dimity d'une humiliation supplémentaire.

– Oh, je ne sais pas, cela ne se fait pas, dit la jolie fille en regardant Dimity avec délectation. J'aimerais la voir essayer de nous présenter. »

Lady Sidheag Maccon se redressa, révélant qu'elle était bien plus grande qu'une fille de treize ans devrait l'être. Elle marcha jusqu'à Sophronia. Ses cheveux pendaient dans son dos en une épaisse tresse. Son visage était masculin d'une façon que personne n'aurait qualifiée de séduisante, mais ses yeux avaient une adorable couleur fauve.

Sidheag les tourna, avec un regard dédaigneux et dur, sur la brunette piquante. « Celle-ci, c'est Preshea Buss. Elle se croit plus intelligente que tout le monde, mais elle est juste plus méchante. Quant à son rang, pardonne-moi, Preshea, mais tes parents ne sont-ils pas dans le *commerce* ? »

Le visage de Preshea ressembla à celui d'un poisson souffrant d'indigestion. « Papa s'amuse un peu avec la Compagnie des Indes, merci beaucoup. On ne peut *vraiment pas* appeler ça du commerce. »

Sidheag se tourna vers la rousse. « Agatha Woosmoss, fille du baron du rail bien connu. » La fille potelée leva vivement les yeux de ses chaussures, hocha la tête, puis recommença à scruter ses propres pieds avec intensité. Sophronia se dit qu'à treize ans, la pauvre Agatha avait déjà un air de tante vieille fille. Il ne lui manquait plus que des lunettes et un ouvrage de crochet vilain mais philanthropique sur les genoux.

« Un groupe vivant et sympathique », dit méchamment Monique.

Sidheag haussa les épaules, comme un garçon, ce qui dérangea le tombé de sa robe. « Nous ne faisons que commencer. Laissez-nous le temps. »

Preshea indiqua Sidheag d'un geste maniéré du pouce. « Sidheag a pour ainsi dire été élevée par des loups. Il suffit de voir comment elle se comporte. »

Sidheag rit. « Pour ainsi dire ? Qu'est-ce que ça peut faire ? Mon rang est tout de même le plus élevé.

– Lady Linette dit que le style est tout ; nos chaussures sont aussi importantes que nos pensées, et peut-être plus puissantes dans le bon contexte », dit Preshea comme si elle récitait le journal.

Monique se leva ostensiblement à ce moment-là. « Eh bien, voilà qui fut éblouissant. Si vous voulez bien m'excuser ? Je dois défaire mes bagages. » Sa lèvre se retroussant à la simple idée qu'elle devait à présent vivre parmi les nouvelles, Monique quitta la pièce.

Preshea fit aussitôt signe à Sophronia de les rejoindre et se pencha en avant. Elle baissa la voix. « Nous avons cru comprendre que Monique a raté son examen final en vous récupérant. Le professeur Lefoux l'a rétrogradée. Vous en avez été témoin ?

– Tu parles ! » Il était clair que Dimity attendait patiemment de répondre à cette question même depuis des lustres. « Nous en sommes la cause ! »

Les filles poussèrent un petit cri d'excitation horrifiée. « Non !

– Oh, si, si ! Enfin, c'est plutôt Sophronia, la cause. Elle nous a sauvé la vie et a vaincu les bandits de haut vol pendant que Monique s'évanouissait et pleurait dans la rue.

Le visage renfrogné de Preshea s'éclaira. « Comme si Monique n'avait aucun entraînement. Ce n'est pas du tout ce qu'elle nous a raconté.

– C'est ce que j'ai cru comprendre, mais si elle s'est si bien débrouillée, pourquoi a-t-elle été rétrogradée ? » demanda Dimity.

Sophronia jeta un coup d'œil méfiant à la porte fermée de Monique. Elle se dit qu'elle n'avait pas promis de faire taire Dimity, juste de tenir sa propre langue et de ne pas aller pleurer auprès des professeurs. Et au moins, Dimity n'était pas en train de bavasser au sujet du prototype.

Sidheag donna une claque dans le dos de Sophronia, assez fort pour qu'elle fasse un pas en avant et tousse. « Bien ! Si tu devais te faire une ennemie, Monique est un choix de première qualité. Elle a du mordant, celle-là. Et merci beaucoup, maintenant, nous l'avons sur le dos.

– L'idée n'est pas de moi ! Elle est du professeur Lefoux, répliqua Sophronia. Qu'est-ce qu'elle enseigne, d'ailleurs ? » Elle faisait un effort évident pour changer de sujet, mais cela fonctionna.

Dimity, bénie soit-elle, était toujours volontaire pour rendre service. Il était clair qu'elle débordait d'informations rassemblées pendant que Sophronia était occupée ailleurs. « Elle enseigne les langues modernes, mais Preshea dit que ce n'est pas tout.

– Bien sûr que non. » Sophronia s'installa sur un siège en face de Preshea, et prit l'air aussi émerveillé et innocent qu'elle put. Elle s'imagina assise aux pieds d'un génie et tenta de donner l'impression qu'elle l'admirait profondément.

Sidheag regarda Sophronia de la tête aux pieds. « Tu es bonne. Je comprends pourquoi ils te voulaient. »

Preshea servit du thé à tout le monde avec une théière qui se trouvait à proximité et fit passer des biscuits. Dimity en offrit un à Bumbersnoot. Il le renifla de son nez mécanique, puis ouvrit grand la bouche, révélant deux cavités : l'une qui conduisait à un compartiment de stockage et l'autre à une petite chaudière. Dimity jeta le biscuit dans le compartiment de stockage, où il finirait sans doute par rassir. Bumbersnoot continua à explorer les lieux.

Preshea termina de servir et commença à expliquer. « La vieille Lefoux s'occupe de l'armement moderne et des avancées techniques. C'est un membre honoraire de l'Ordre de la pieuvre de cuivre. Ils ne prennent pas les femmes, pas officiellement, mais ils ne se gênent pas pour utiliser ses inventions. »

Bumbersnoot s'approcha d'Agatha et ouvrit impoliment la bouche. Agatha hésita, plongea la main dans son réticule et lui donna une pince à linge en bois. Elle alla dans la chaudière, si la fumée qui sortit des oreilles du méchanimal pouvait être considérée comme un indice. La queue de Bumbersnoot s'agita en signe d'approbation.

« Et Lady Linette enseigne la musique et ?... » tenta Sophronia.

Preshea mordit à l'hameçon en se rengorgeant, pleine de son importance. « Collecte de renseignements, bien entendu, principes de tromperie, bases fondamentales de l'espionnage et séduction rudimentaire. Je parie que tu meurs d'envie de prendre des leçons de séduction, n'est-ce pas, Agatha ? »

Agatha sembla pétrifiée à cette simple idée.

« Ne t'inquiète pas, dit Sidheag. Il n'y en a pas avant nos quinze ans. »

Sophronia ne souffrait pas d'être ralentie dans sa quête d'informations. « Et Mlle Géraldine, avons-nous des leçons avec elle ?

– Si tu l'as rencontrée, tu en as déjà reçu une. En apparence, elle s'occupe de la danse et de la toilette, mais en fait, c'est une diversion. Tu sais que c'est la seule qui ne sait pas qui on forme vraiment dans cette école ? »

Avec moi, bien entendu. Bien que Sophronia se dît qu'elle en était arrivée à deux possibilités, dont aucune n'avait de rapport avec un pensionnat de jeunes filles. *Des espions ou des assassins.* Jusqu'à cet instant, elle n'avait jamais pensé que l'un ou l'autre emploi était ouvert aux femmes. Sophronia pensa qu'étant donné son penchant pour les monte-plats et l'observation, être un espion lui plairait beaucoup, à condition d'espionner quelqu'un d'intéressant. Mais elle n'était pas sûre d'aimer être un assassin. Par sa faute, Frowbritcher avait un jour roulé sur une souris, et elle se sentait encore coupable.

« Et sœur Mathilde enseigne l'économie domestique ?

– Eh bien, entre autres. » Preshea sourit pour la première fois, montrant de petites dents blanches et parfaites.

« C'est déjà la matière préférée de Preshea », souffla Agatha, parlant pour la première fois.

« Sœur Mattie enseigne également la médecine et l'empoisonnement adapté à toutes les occasions. » Preshea semblait tout à fait excitée.

Agatha fournit une explication supplémentaire. « Preshea est impatiente d'empoisonner son premier mari. Elle admire beaucoup l'œuvre de Mary Blandy.

– Oh, flatteuse. »

Donc, on nous forme vraiment à devenir des assassins ? Ou est-ce qu'elles se moquent de moi ? Le regard de Sophronia alla de Preshea à Agatha. Agatha ne semblait pas être du genre à savoir plaisanter.

« Et le professeur Braithwope ? Qu'enseigne-t-il ? »

Preshea se tut en entendant ce nom et son visage redevint aigre et boudeur. Ce qui était étrange, car le professeur Braithwope était celui que Sophronia avait préféré.

« L'histoire. » Agatha tira sur un volant de sa jupe. Sa voix trembla un peu. « Et aussi un peu de maintien et d'étiquette.

– Mais en réalité ? insista Sophronia.

– Eh bien, les traditions des vampires et les techniques de défense. Quoi d'autre ? » Preshea faisait semblant de perdre patience, mais il était clair qu'elle avait un peu peur.

Sophronia réfléchit rapidement. Le professeur Braithwope avait dit qu'il venait juste de se lever quand elle l'avait dérangé, et pourtant la nuit venait à peine de tomber. La purée d'ail l'avait fait éternuer. Le bouchon s'était enfoncé sur son *croc*, pas sa dent ! *Bien sûr. Mon premier vampire*, se dit-elle, déçue de ne pas avoir compris tout de suite et que le professeur Braithwope n'ait pas été, eh bien... plus *vampirique*.

Preshea se leva. « À propos du professeur Braithwope, nous devrions nous préparer, mesdames. »

Les filles se mirent à farfouiller autour d'elles, ramassant des livres et coiffant des chapeaux. Monique réapparut, l'air adorable et ressaisi dans une large robe de jour de soie rose. Non sans une certaine agitation, elles sortirent à la queue leu leu de la pièce en suivant Monique, qui avait adopté la position de prééminence sans être défiée.

Sophronia appela Bumbersnoot d'un geste impérieux. Le méchanimal se cogna dans sa chaussure et leva la tête vers elle. « Reste ici ! dit-elle d'un ton ferme. *Dors.* » Le chien mécanique s'assit sur son arrière-train et produisit un petit bourdonnement sifflant avant de se détendre, tous ses composants internes au repos. *Bonté divine, ça a marché !*

Sophronia trotta à la suite du groupe et se retrouva derrière Sidheag et près de Dimity. « Où allons-nous ?

– En classe, j'imagine. » Dimity lui sourit.

« Le soir ?

– Il semblerait que l'académie vive à l'heure de Londres. Autant nous habituer à la saison. C'est ce que Sidheag dit, en tout cas.

– J'aime bien Sidheag, dit Sophronia, qui ne se souciait pas que la grande fille l'entende. Elle me rappelle mon frère Freddy. Freddy ne me pinçait jamais aussi fort que les autres. »

Dimity baissa la voix. « Elle ne ressemble pas tellement à une dame.

– Je ne pense pas que ce soit nécessairement un défaut de personnalité. Certaines des personnes les plus désagréables que je connais se comportent le plus comme des dames.

– Oh, vraiment ! » Dimity fit semblant d'être offensée. Il était clair qu'elle aimait à se considérer comme une véritable dame.

« À l'exclusion des personnes présentes, bien entendu. Regarde Monique. Et justement, nous avons un accord, elle et moi. Elle ne parlera pas de Bumbersnoot aux professeurs si je ne corrige pas sa version du sauvetage des bandits de haut vol. »

Dimity n'eut pas l'air content. « Oh, mais Sophronia, c'est une vraie bourrique !

– Je n'ai pas dit que toi aussi tu tiendrais ta langue. Mais si tu pouvais te contenter d'en parler avec des élèves, cela devrait l'adoucir. Et cela empêchera les autres de deviner la vraie raison de sa rétrogradation.

– Oh, est-ce que nous gardons nous aussi le secret sur le prototype ? »

Sophronia ralentit, obligeant Dimity à rester en arrière avec elle et laissant les autres les distancer.

« Tu as entendu l'alarme ? »

Dimity hocha la tête.

« C'était à nouveau des bandits, expliqua Sophronia. Tout un groupe de canots cette fois, qui en avaient après le prototype. Ils ont donné trois semaines aux professeurs pour le trouver. Le professeur Braithwope et le professeur Lefoux essaient d'en construire un faux entre-temps. Monique ne veut pas leur dire où se trouve le vrai. Mais je crois que les professeurs ont une bonne raison de la laisser garder le secret.

– Et pourquoi ça nous intéresse, au fait ?

– Nous avons perdu nos bagages. Et si nous pouvions trouver le prototype pour les professeurs, cela prouverait que nous sommes meilleures que Monique, non ?

– Mais si Monique l'a planqué avant même que nous montions à bord de l'école ?

– Eh bien, nous devrons trouver un moyen de nous glisser dehors et de le trouver.

– Déjà ? Mais nous venons d'arriver ! Je n'ai même pas eu mon dîner. »

Tout en parlant, elles cheminaient dans les couloirs sinueux de l'école. Comme les jeunes dames étaient habillées à la pointe de la mode, elles devaient avancer deux par deux : la largeur de leurs jupes ne permettait pas à plus d'entre elles de passer dans les corridors. Sidheag était la seule à porter une robe étroite, qui aurait bien mieux convenu à une gouvernante. Sophronia éprouvait du respect pour son côté pratique. Sa robe du dimanche n'avait pas l'habitude du genre d'activité qu'elle avait vu au cours de la journée. Elle commençait à la gêner, et elle ne pouvait s'empêcher de souhaiter avoir quelque chose de plus raisonnable à se mettre.

« Qu'est-ce que cela signifie, "l'heure de Londres" ? »

Dimity sourit. « Petit déjeuner à midi, visites du matin vers trois heures, thé à cinq heures, souper à huit heures, distractions toute la soirée et coucher vers une heure ou deux. Est-ce que ça n'a pas l'air épatant ? J'adorerais être une dame à Londres. Crois-tu que mes parents seraient très en colère si j'épousais un gentil politicien et abandonnais la vie de criminelle ? Je pourrais donner des dîners tout le temps. »

Sophronia, en fille de la campagne, bien que sa famille soit noble, trouva la simple idée de l'heure de Londres extrêmement choquante. « Se lever à midi, tu dis ? » *Mais enfin, ça a l'air complètement décadent !*

Sophronia fut stupéfaite de constater qu'elle appréciait les cours. Ils ne ressemblaient en rien à ce qu'elle attendait d'un pensionnat pour jeunes filles ou d'un lycée ordinaire. Elle avait eu, à différentes époques de sa vie, une quantité de gouvernantes sans intérêt. Elles étaient soit débordées par le nombre d'enfants chez les Temminnick ou possédaient la capacité remarquable de faire des sommes à peu près tout le temps – y compris pendant les cours. L'éducation de Sophronia avait donc dépendu de son propre intérêt et de son accès à la bibliothèque de son père, plutôt que d'une instruction extérieure. En conséquence, elle en savait beaucoup sur l'histoire ancienne et la mythologie, un peu sur la faune africaine et les pratiques de chasse des indigènes, et tout sur les règles du cricket, mais pas grand-chose d'autre.

« Quand vous vous défendez contre un vampire, dit le professeur Braithwope au début de la leçon, il est important de se rappeler trois choses, quoi ? Il est bien plus rapide et plus fort que vous ne le serez jamais. Il est immortel, aussi une douleur débilitante est-elle plus utile qu'une tentative de suppression. Il visera très certainement votre cou lors d'une attaque frontale. Et il est aisément distrait par des dégâts causés à ses vêtements ou à sa toilette.

– Ça fait quatre choses, professeur, corrigea Monique.

– Ne soyez pas insolente, quoi, répliqua le vampire.

– Êtes-vous en train de dire, risqua Sophronia, qu'il vaut mieux viser le gilet ? Le tremper de thé, par exemple ? Ou peut-être essuyer des mains collantes sur la manche de son manteau ?

– Exactement ! Très bien, mademoiselle Temminnick. Rien n'est plus traumatisant qu'une tache pour un vampire. Pourquoi croyez-vous que limiter les écoulements de sang soit si important pour nous ? L'une des tragédies de la vie de tout vampire est que pour survivre nous devons constamment manipuler un fluide aussi collant, c'est embarrassant. »

Sophronia se demanda quel sang le professeur buvait à bord de l'école. Ce devait être celui de quelqu'un qui lui était loyal, comme un drone. Mal à l'aise, elle tâta son propre cou et eut une pensée émue pour les châles.

Le vampire marchait de long en large tout en parlant, les gestes fluides et rapides. La pièce où ils se trouvaient ne ressemblait absolument pas à une salle de classe, sauf que c'était ainsi qu'on l'appelait. Une série de sofas couverts de brocart étaient disposés en demi-cercle autour d'une fausse cheminée, d'un petit piano et de la statue en cuivre articulée d'une vache. D'épais tapis couvraient le sol, les filles pouvaient poser leurs livres sur des tables basses et une servante mécanique attendait patiemment dans un coin au cas où on aurait eu besoin d'elle pour le thé. L'endroit ressemblait surtout à un salon.

« Une autre faiblesse des vampires, bien entendu, est leur rayon d'action limité. Un vampire qui appartient à une ruche doit rester près de sa reine et la reine ne peut pas quitter sa demeure. Les isolés sont également ancrés à un endroit, bien que notre rayon d'action soit plus grand. Quand nous essaimons, bien entendu, les distances sont sans objet, quoi. Il y a des exceptions notables ; le *praetoriani* de la reine possède un plus grand rayon d'action. »

Monique essayait d'avoir l'air intéressé. « Pourquoi ?

– Nos scientifiques soupçonnent que parce qu'il est responsable de la sécurité de la reine, il est dans un état d'essaimage permanent. »

Tout cela était très troublant pour Sophronia, qui avait entendu très peu des termes qu'il débitait auparavant et ne savait presque rien sur les vampires – au-delà des histoires qu'on se racontait le soir au salon. *Je me demande quel est le rayon d'action du professeur ? C'est peut-être une question impolie.*

Elle s'apprêtait à demander un éclaircissement du mot « *praetoriani* » quand une explosion ébranla la classe.

Le dirigeable entier bascula sur le côté puis se redressa. Une sensation étrange car, jusqu'à cet instant, Sophronia avait complètement oublié qu'ils se trouvaient dans les airs.

Plusieurs des filles crièrent.

Faisant preuve de la vitesse qu'il venait de décrire, le professeur Braithwope se hâta de franchir la porte. Plutôt que d'attendre qu'on lui dise de ne pas bouger, Sophronia bondit à sa suite.

Le hall était plongé dans le chaos, et essentiellement rempli de jeunes dames, la plupart couvertes d'une sorte de suie. En dehors de la suie, elles étaient toutes très bien habillées, et elles papotaient entre elles, plus excitées que bouleversées. Sophronia estima qu'elles étaient environ deux douzaines, peut-être la moitié des élèves de l'école ? Elle n'était pas encore parvenue à obtenir les chiffres, mais le pensionnat de Mlle Géraldine semblait avoir moins d'élèves qu'on pouvait s'y attendre dans un établissement normal.

Le professeur Lefoux, plus grande que la plupart d'entre elles d'une tête, tentait de contrôler le chaos.

« Enfin, mesdames, calmez-vous, tout de suite ! Est-ce une façon de se conduire en cas de crise ? Que vous a dit et répété Lady Linette ? »

Les filles se calmèrent et attendirent. Une ou deux d'entre elles sortirent des mouchoirs et commencèrent à réparer les dégâts de la suie sur leur robe et leur visage.

« Ce n'était *pas* une question rhétorique, mesdames ! dit la Française d'un ton sec. Le professeur Lefoux était elle-même bien plus couverte de suie que toutes les autres, mais elle en faisait moins cas. Ses cheveux étaient réunis en un chignon serré qui semblait tirer la peau de son visage autour de ses yeux. Cela la faisait ressembler à un lévrier qui aurait passé sa tête par la fenêtre d'une calèche.

« En cas de crise, gardez votre calme, dit une voix dans la foule.

– Et ? » Le professeur Lefoux eut un geste impatient des deux mains.

« Évaluer les dégâts de sa tenue. Une dame n'est jamais mal habillée en public, sauf si elle désire attirer la sympathie.

– Bien. Quoi de plus ?

– S'assurer de la nature de l'urgence. Voir si elle peut être utilisée à notre avantage ou comme opportunité pour collecter des informations », dit une autre voix.

Pendant ce temps, Sophronia, suivant inconsciemment les instructions récitées avec application autour d'elle, traversa la foule jusqu'à la porte ouverte de la classe du professeur Lefoux. Le professeur Braithwope se tenait sur le seuil et regardait à l'intérieur. Il avait sorti son mouchoir et l'agitait devant son visage de façon peu efficace pour essayer de disperser la fumée qui imprégnait encore l'air de la pièce.

Sophronia se faufila près de lui et regarda à l'intérieur. *Une vraie classe.* Il y avait des chaises à l'aspect inconfortable devant des tables couvertes d'appareillages à l'air intéressant et d'instruments scientifiques. Des plans d'appareils complexes étaient épinglés aux murs. La pièce, comme le hall, était plongée dans le chaos. Elle avait peut-être commencé sa vie comme une sorte de laboratoire ou d'atelier, mais tout son contenu était à présent renversé, brûlé et couvert d'une généreuse couche de poudre noire.

« J'imagine que le professeur Lefoux et ses étudiantes n'ont pas eu beaucoup de chance dans leur création d'une copie du prototype, dit tranquillement Sophronia.

– De quoi ? » Le vampire suça l'un de ses crocs, l'air pensif. Il tourna son regard sombre vers sa plus récente élève. « On dirait bien que non. Attendez un peu, quoi ! D'où venez-vous, jeune fille ?

– Votre classe, monsieur. Vous vous souvenez, nous en venons. »

Le vampire se contenta de la regarder sans même daigner remarquer la légèreté de son ton. « Dites-moi, mademoiselle Temminnick. Quelle était la première chose que vous vouliez savoir, tout de suite, juste avant l'explosion ? »

Sophronia ne vit pas de raison de tergiverser. S'il voulait vraiment avoir une idée de ses pensées, toute impolitesse potentielle n'avait aucune importance. « Votre rayon d'action, monsieur. Étant donné que vous êtes un isolé, comme j'imagine que cette école n'est pas une ruche, je me demandais comment un vampire dans un dirigeable parvenait à voguer un peu partout comme vous le faites. Puis je me suis dit que vous deviez être attaché à l'école elle-même, ou quelque chose comme ça.

– Quelque chose comme ça, en effet.

– Alors, je me suis demandé, puisque vous nous apprenez comment nous défendre contre les vampires, ce qui se passerait si vous tombiez par-dessus bord. Qu'adviendrait-il du fil qui vous retient ? Est-ce qu'il se casserait ? Est-ce que vous mouriez ? »

Le vampire plissa les yeux, la regardant de haut. Il évita sa question en en posant une de son cru. « Et l'explosion, qu'en dites-vous ?

– Peut-être que le professeur Lefoux n'aurait pas dû essayer l'acier en premier.

– Dieu du ciel, vous êtes vraiment attentive.

– Parviendrez-vous à convaincre Monique de vous dire où elle a planqué le prototype ? »

Il ne répondit rien.

Mais ce n'est qu'une élève. Sophronia eut envie de demander pourquoi ils ne torturaient pas Monique ou quelque chose comme ça. Après tout, ça semblait bien être le genre de l'établissement.

Le professeur Lefoux arrivait, l'air affairé. « Ah, professeur Braithwope. Désolée de vous déranger. Un petit problème avec ce que vous savez ; je n'aurais sans doute pas dû utiliser de l'acier. Le cuivre est supérieur, c'est évident. »

Le professeur Braithwope baissa le regard vers Sophronia, qui lança un regard malicieux au vampire et retourna dans sa classe avec les autres filles.

Elles étaient toutes à la porte, mais elles ne l'avaient pas suivie plus loin.

« Que s'est-il passé ? demanda Dimity, hors d'haleine.

– Quelqu'un semble avoir fait exploser quelque chose de noir et de poudreux dans une pièce voisine.

– Le professeur Lefoux et les dernières années », dit Monique, qui aurait sans le moindre doute préféré se trouver avec elles, explosion ou pas.

Sophronia revint à son sofa, s'assit et croisa les mains sur ses genoux en prenant un air modeste.

Dimity se laissa tomber à côté d'elle. « C'était bien le ?... souffla-t-elle.

– Oui.

– Qu'est-ce qui peut bien exploser comme ça ?

– Beaucoup de choses, j'imagine.

– Il m'arrive de souhaiter que Pill soit avec nous. Il sait tout sur les explosions accidentelles. Mais bon, c'est mon frère, donc c'est bien d'être loin de lui.

– Je suis parvenue à subtiliser un peu de poudre noire. » Sophronia montra à Dimity le bout de l'une de ses mains gantées, qu'elle avait délibérément passée le long du mur de la classe du professeur Lefoux.

« Je me demande si nous pourrions l'envoyer à Pill pour analyse. Ou, euh, la laisser tomber sur lui, c'est mieux dit comme ça, j'imagine.

– Reçoit-on du courrier à bord de cette chose ? s'interrogea Sophronia. Si personne ne sait jamais où se trouve l'école, comment la poste peut-elle nous trouver ?

– Maman a dit qu'elle m'enverrait mes biscuits digestifs favoris, donc elle doit pouvoir. Elle a également parlé de Pillover, il se peut donc que nous récupérions notre courrier à Bunson.

– Oh, mon Dieu, Sophronia, ton gant est sale ! Laisse-moi t'aider. » Preshea semblait plus bouleversée par le noir sur le bout du doigt blanc de Sophronia que par l'explosion.

« On n'a pas le droit d'avoir un gant souillé, pas chez Mlle Géraldine ! »

Sophronia se dépêcha de placer sa main dans son giron et de cacher le doigt offensant sous un pli de sa jupe. « Oh, je crois que je contrôle le gant, merci.

– Très bien, mesdames, et si nous revenions à nos études ? dit le professeur Braithwope en rentrant dans la pièce. Nous allons d'abord tenter de nous attaquer à la meilleure et la plus mortelle utilisation des pieux en bois et des épingles à chapeau et à cheveux. Si nous avons le temps, je m'occuperai ensuite de vous enseigner comment juger un gentleman à la couleur et au nœud de sa cravate. Croyez-moi, mesdames, les deux sujets sont bien plus intimement liés que vous pourriez le supposer au premier abord. »

Sophronia se redressa et se prépara à *recevoir son éducation.*

LEÇON 7

L'endroit qui convient aux soutiers

Le reste de la soirée se déroula beaucoup plus tranquillement. Elles passèrent de classe en classe, chaque professeur ayant organisé sa salle à son goût. À chaque fois, la leçon ressembla plus à une visite de courtoisie ou à une réunion dans un salon littéraire qu'à une leçon telle que les frères et sœurs de Sophronia avaient pu les lui décrire.

La classe de sœur Mathilde Herschel-Teape, qui débouchait sur un petit pont, était moitié cabanon de jardin, moitié cuisine de manoir. Sa leçon porta sur l'émulsification et l'art subtil des blancs d'œufs appliqué aux violettes confites, aux faux cils, à l'entretien de la peau et au contrôle des poisons. Elle les laissa sur cette phrase sage, bien que troublante : « Souvenez-vous, très chères enfants, qu'un œuf séparé en vaut deux dans la brousse. »

La salle de Lady Linette était à la fois une serre, un boudoir et une maison de mauvaise réputation. On y trouvait beaucoup de rouge ; trois chats dodus à la longue fourrure et à la drôle de tête toute froncée, des franges partout où l'on pouvait mettre des franges et quelques œuvres d'art douteuses. Les filles s'assirent en rangs soignés sur de longues méridiennes de velours. Un canard empaillé coiffé d'une charlotte en dentelle les observait, l'air austère, depuis le dessus de la cheminée.

Vers la fin de la leçon de Lady Linette sur comment s'évanouir correctement dans n'importe quelle circonstance et dans tous les types de sous-vêtements, Sophronia bâillait largement. La journée, après tout, avait été longue, pleine de voyages, d'excitation et à présent de cours qui se prolongeaient bien après l'heure habituelle de son coucher.

« Les dames ne bâillent pas en public », dit Monique à haute voix, de manière à attirer l'attention de Lady Linette.

– Tu finiras par t'habituer à l'heure de Londres, fille de la campagne, ajouta Preshea.

– Tu es de Londres, j'imagine ? » Sophronia, ayant vécu à la campagne, se méfiait des villes.

« Mes parents ont des habitudes progressistes, répliqua Preshea, éludant la question d'une façon qui suggérait que le sujet était sensible.

« Mademoiselle Temminnick, mademoiselle Buss, mademoiselle Pelouse, si vous en avez terminé ? Mademoiselle Buss, il est aussi embarrassant de faire des remarques sur un comportement que de l'avoir. Bien entendu, Mlle Pelouse a raison, comme toujours, mademoiselle Temminnick. Peut-être, mademoiselle Pelouse, comme vous savez tout si bien, voudriez-vous nous montrer comment on s'évanouit dans une salle de bal bondée d'une façon qui attire l'attention d'un unique gentleman ? Sans froisser votre robe. »

Sophronia était subjuguée par la façon étrange dont les professeurs traitaient Monique. Il était clair que sa rétrogradation était une punition, et pourtant, c'était parfois presque comme si Monique avait un moyen de les contrôler. *Ce qui concorde avec le fait qu'elle est parvenue à ne pas révéler où se trouve le prototype.* Et puis parfois, comme en cet instant, ils la montraient en exemple.

Monique se leva et fit ce qu'on lui demandait.

Lady Linette critiqua l'évanouissement en détail pendant que Monique l'exécutait.

« Notez les deux mains levées vers le front. Une manœuvre classique, mais peut-être un peu trop théâtrale pour une foule importante ; on peut s'attirer trop d'attention. Essayez avec une seule, pressée sur la poitrine. Cela a l'avantage supplémentaire d'attirer le regard des gentlemen sur votre décolleté. Vous autres jeunes dames n'en avez pas encore, notez bien, mais on peut toujours espérer. Non, n'appuyez pas si fort. Vous allez abîmer l'encolure de votre robe. Très bien. Maintenant, une petite inspiration et un petit soupir. Les yeux qui se révulsent un peu. À peine ! Sinon on a l'air d'un mouton agonisant. Battez des cils. Battez ! Encore. Merveilleux. Et laissez-vous tomber un peu en arrière. Toujours en arrière, mesdames, ne jamais basculer vers l'avant. Et assurez-vous de l'endroit où vous vous trouvez pour que, si le gentleman ne réagit pas comme il faut, vous puissiez faire semblant de vous rattraper au mur ou au manteau de la cheminée et vous remettre. Très joli, mademoiselle Pelouse. Très réaliste. »

Sophronia bâilla de nouveau.

« Sophronia, murmura Dimity, qu'allons-nous porter pour dormir cette nuit ?

– Dieu seul le sait. Nos jupons, j'imagine. » Pour ce que Sophronia en savait, leurs bagages étaient toujours éparpillés sur la route à des lieues de là.

Il s'avéra que ce n'était pas le cas. Après avoir été libérées de la classe de Lady Linette – « Travaillez vos battements de cils, mesdames. Six séries de cent de chaque avant de vous coucher » –, elle et les autres filles allèrent dîner à l'arrière de l'école. La section récréative, comme on l'appelait, ressemblait beaucoup aux autres, mais avec moins de pièces, qui étaient plus vastes et plus imposantes. Le souper achevé, leurs manières surveillées de près par les professeurs et les doigts de Sophronia ayant reçu deux fois des tapes parce qu'elle avait mal utilisé un couteau à poisson, elles retournèrent dans leurs quartiers. Les nouvelles trouvèrent la malle cabossée de Sophronia et les valises de Dimity empilées dans leur salon.

Les filles étaient deux par chambre ; Preshea sembla honorée d'avoir été désignée par Monique comme le moins mauvais choix. Sophronia fut ravie de découvrir qu'Agatha voulait bien quitter sa résidence pour s'installer avec Sidheag et permettre à Sophronia et Dimity d'être ensemble.

« Est-ce que tu crois que Monique possède un moyen de contrôler les professeurs ? » demanda Sophronia à la seconde où elles se retrouvèrent seules. Bumbersnoot se réveilla à leur retour et suivit religieusement Sophronia dans sa nouvelle chambre, puis se mit à aller et venir pendant qu'elle défaisait ses bagages.

« Comment le pourrait-elle ? » Dimity enleva ses sous-vêtements furtivement et les fourra en vitesse dans un tiroir.

Sophronia lui jeta un regard appuyé.

« Sa famille, j'imagine. Bien que je n'aie jamais entendu parler d'eux, donc ils ne doivent pas être si importants que ça, ou si méchants. » Dimity passa à des tenues moins embarrassantes : robes, tabliers, jupons, pantoufles et bottes.

Sophronia défit ses bagages. Pour la première fois de sa vie, elle était un peu gênée par sa propre garde-robe. Les aristocrates des environs considéraient en général sa famille comme des gens aisés. Mais elle était quand même la plus jeune de quatre filles et trois aînées ayant dû être habillées avant elle, elle trouva ses robes médiocres. Elle était déjà en train de composer une lettre suppliante à l'intention de sa mère.

« Et si elle n'avait pas caché le prototype, mais l'avait donné ? suggéra Sophronia.

– Eh bien, ça n'a pas de sens de spéculer, alors, dit Dimity, prosaïque. Il va simplement falloir que nous en découvrions plus. »

Leurs bagages défaits, les deux filles se préparèrent à dormir – la chemise de nuit de Dimity était jaune vif ! – et elles s'installèrent pour la nuit.

Bumbersnoot s'assit près du lit de Sophronia avec un petit gémissement de détresse. Elle le ramassa et le plaça à ses pieds. Il n'était pas vraiment moelleux et elle était certaine qu'elle allait se cogner le mollet si elle se retournait, mais le petit méchanimal sembla content et le mini-moteur à vapeur qu'il contenait en faisait un excellent chauffe-pieds, à défaut d'autre chose. Sophronia se demanda vaguement s'il avait besoin d'un régime à base de charbon et d'eau et, si c'était le cas, où elle trouverait le charbon. *Le dirigeable doit avoir une chaudière.* La dernière chose qu'elle entendit en fermant les yeux fut le tic-tac de la queue mécanique de Bumbersnoot qui battait.

Contrairement aux autres élèves, Sophronia se réveilla tôt le matin et décida qu'elle pouvait peut-être en profiter pour explorer les lieux. Supposant qu'il y aurait des mécaniques roulant partout et sonnant l'alarme si elles la rencontraient, elle trouva un itinéraire qui ne croiserait pas de rails. Elle choisit sa robe la plus simple, celle qui comportait le moins de jupons et la jupe de dessus la plus courte, et enfila ses bottes équipées de bandes de caoutchouc.

Elle était contrainte d'utiliser le hall pour rejoindre les ponts extérieurs, aussi courut-elle le plus vite possible, en restant sur les côtés du passage, loin des rails occupant le centre. Heureusement, elle ne tomba pas sur des mécaniques. Cela lui permit de s'échapper sur l'un des ponts inférieurs et de passer par-dessus le bastingage où elle s'accrocha à l'extérieur sans que quiconque, humain ou artificiel, ait vu quoi que ce soit. Elle se retrouva haletante et suspendue d'une façon que l'on trouverait tout à fait indigne d'une dame, pensa-t-elle.

Tôt le matin, la lande qui s'étendait au-dessous était encore enveloppée de brume, mais il n'y avait plus d'autre couverture nuageuse. Sophronia regarda en bas, réfléchit un instant, puis décida qu'il valait sans doute mieux qu'elle ne regarde pas à nouveau.

Elle passa par-dessus la rampe puis progressa le long de l'extérieur du garde-fou. Le pont suivait le flanc du dirigeable puis revenait vers l'intérieur, avant un autre pont qui s'avançait et revenait ; ils ressemblaient aux pétales d'une fleur. Le problème était de passer de l'un à l'autre par-dessus le petit espace qui les séparait. Sophronia ne tarda pas à trouver un système : un petit mouvement de torsion au moment où elle se jetait volontairement au-dessus de l'abîme.

Plusieurs ponts, plus petits et plus semblables à des balcons privés, n'étaient pas équipés de rails. Sophronia grimpa par-dessus leurs garde-fous et explora les lieux, regardant par les fenêtres rondes. Ça aurait été bien de savoir, pour sa propre sécurité, quels balcons étaient à l'abri des espions mécaniques, sans parler de ceux qui étaient vulnérables à des attaques, parce que dépourvus de défenses. Et elle était indiscrète.

Comme Sophronia progressait, un pont à la fois, autour de la circonférence du dirigeable, elle finit par quitter la zone résidentielle des élèves et se retrouver dans celle des salles de classe. Là, les ponts changèrent d'aspect : certains d'entre eux étaient faits de matériaux étranges et mystérieux et ne comportaient pas toujours de garde-fous. Elle passa devant celui qui supportait la serre de sœur Mathilde et un autre décoré de longs glands et de meubles en rotin compliqués qui devaient appartenir à la classe de Lady Linette. Bizarre. Sophronia n'avait pas remarqué de porte permettant de passer de la classe au balcon pendant le cours.

La classe de Lady Linette était la dernière avant le ballon suivant. Il y avait un autre balcon, qui le touchait presque, dans la section interdite. Une petite passerelle y menait.

Décoration fastueuse, se dit Sophronia, *donc probablement les quartiers privés de Lady Linette.* Elle n'avait pas encore trouvé comment monter ou descendre sur l'un des ponts supérieurs ou inférieurs, mais de la rambarde sculptée de ce pont privé particulier pendait une échelle de corde d'aspect tentant et qui descendait vers les niveaux inférieurs.

Sophronia hésita. Elle ne voyait pas de rails et elle ne pensait pas que Lady Linette soit une lève-tôt. C'était risqué. Elle ne voulait pas avoir d'ennuis pour son tout premier jour. Mais bon, il y avait cette échelle de corde.

Sophronia passa dans la section interdite, rampa de l'extérieur du garde-fou jusqu'à l'échelle et commença à descendre.

L'échelle était fixée à l'intérieur du niveau suivant. Sophronia songea à descendre là, mais il devait y avoir une chambre des machines tout en bas du dirigeable. Elle voyait la vapeur sortir de dessous. Et là où il y avait de la vapeur, il y aurait des chaudières. Et où il y avait des chaudières, il devait y avoir du charbon. Bumbersnoot devait avoir faim. Aussi continua-t-elle à descendre. Il n'y avait pas de pont au niveau le plus bas ; juste des petits hublots contre lesquels elle put presser son visage. Le verre était trop crasseux pour qu'elle puisse voir à l'intérieur.

L'échelle se terminait sur une écoutille s'ouvrant dans le flanc du dirigeable. Après une brève hésitation, Sophronia tourna la poignée et grimpa à l'intérieur. *La chaufferie !*

Celle de l'école était bruyante, étouffante et tout aussi couverte de suie que la classe du professeur Lefoux après l'explosion du faux prototype.

L'arrivée de Sophronia provoqua peu de réactions. On avait dû la repérer, car elle avait laissé entrer un flot de lumière et d'air frais dans ce lieu sombre et renfermé. Mais un chaos contrôlé régnait partout autour d'elle et peu des personnes présentes prirent la peine de montrer qu'elles l'avaient remarquée.

Un certain nombre d'hommes adultes se trouvaient là, sans doute les chauffeurs ou les ingénieurs ainsi que deux douzaines ou plus de garçons très crasseux, couverts de suie, et qui couraient en tous sens avec du carburant et montaient et descendaient de piles de caisses et de charbon et d'échelles menant aux niveaux supérieurs. Quelques-uns d'entre eux enlevèrent leur casquette en passant devant Sophronia, mais aucun ne prit la peine de s'arrêter ou de la saluer correctement.

Elle resta simplement debout, à s'imprégner du charivari ambiant et du spectacle des énormes chaudières et à se demander pourquoi cet endroit n'avait pas de personnel mécanique. *Peut-être que les tâches sont trop compliquées ? Ou trop importantes pour être confiées à des machines ?* Le travail semblait nécessiter beaucoup d'efforts, et pourtant un éclat de rire jaillit une fois ou deux d'un des côtés de la pièce, où un groupe de garçons s'échinait à pelleter du charbon dans une immense chaudière.

Sophronia avança vers eux avec précaution, en se penchant au passage pour ramasser de petits fragments de charbon, qu'elle fourra dans la poche de son tablier.

« Que fait fonctionner celle-là ? demanda-t-elle une fois arrivée près du groupe.

– L'hélice, lui répondit-on, et puis : Holà ! Qu'est-ce qu'une Super fabrique ici en bas ?

– Je suis juste curieuse, répliqua Sophronia. Je n'ai pas de cours jusqu'à cet après-midi, alors je me suis dit que j'allais explorer.

– Tu veux dire que t'es une *vraie* élève ?

– Bien sûr que c'en est une, elle y ressemble pas ?

– Naaan, sa robe est pas du tout assez chic.

– Oh, mais merci bien, dit Sophronia, feignant d'être blessée.

– En plus, les élèves ont pas le droit de venir en bas.

– Eh bien, permettez-moi de me présenter. Mon nom est Sophronia. Et vous êtes ? » Elle se dit que se présenter *elle-même* ne pouvait pas être considéré comme impoli, vu que ces gens étaient des travailleurs manuels et qu'à en juger par leur accent, ils avaient reçu une éducation qui l'étaient tout autant.

« Des soutiers du dirigeable, mam'zelle. »

Un « Ohé, en haut ! » fut poussé derrière eux et les garçons s'éparpillèrent tel un groupe de perdreaux excités. Sophronia les imita. Un nouveau soutier, assis à califourchon sur une grande pile de charbon dans une machine ressemblant à une brouette, arrivait vers eux à toute vitesse. La brouette fonçait droit sur la gueule de la chaudière. Le garçon restait fièrement en selle, poussant des cris enthousiastes. Les autres poussaient des cris d'encouragement.

Sophronia émit un petit cri, convaincue que l'engin allait foncer droit sur la chaudière épouvantablement chaude, balançant charbon et garçon à l'intérieur. À la dernière minute, le soutier bondit et exécuta un saut périlleux pour s'écarter, laissant le chariot foncer tout seul, basculer et décharger tout son charbon à l'intérieur – et rebondir.

« Gagné ! Ça a marché ! » Le garçon bondit sur ses pieds.

Les autres revinrent tous l'entourer, révélant qu'il était plus grand que la plupart.

« Ça te prend deux fois plus longtemps pour le remplir. Nous en chargeons quand même deux fois plus à l'heure, commenta l'un deux.

– Oui, dit le grand, mais est-ce que ça n'est pas une invention ?

– Comment a-t-il fait pour rebondir comme ça ? » demanda Sophronia en se joignant à la foule comme si elle avait toujours été là.

Le garçon se tourna dans sa direction. En plus d'être plus grand que les autres, il semblait être couvert d'une couche de suie plus épaisse. Ses yeux étaient d'un blanc surprenant dans son visage sombre. Sa question dévoila un sourire aux dents blanches tout aussi surprenant. « Ah, oui, un mécanisme à ressort sans système à caoutchouc. Vieve a travaillé une semaine entière là-dessus. Attendez un peu… Ils laissent des filles être soutiers à présent ?

– C'est une Super.

– Venue explorer.

– Nous a trouvés.

– Ah, pas si douée pour l'exploration que ça, hein ? » Le grand garçon rit de sa propre blague.

« Pardon ! » Sophronia était un peu offensée.

– Sans vouloir vous blesser, mam'zelle. Nous autres soutiers, on n'est pas des gars de la haute.

– Pourtant, cet engin était plutôt épatant. Sans parler de votre façon d'en descendre. Je m'appelle Sophronia, au fait. » Sophronia décida d'appliquer un peu de sa leçon de battement de cils.

Le grand garçon ne sembla pas très impressionné. « Enchanté, mam'zelle. Je m'appelle Phineas B. Crow. »

Sophronia lui fit une révérence et pour la première fois depuis son arrivée au Pensionnat de Mlle Géraldine pour le perfectionnement des jeunes dames de qualité, personne ne fit de commentaire sur sa pitoyable exécution.

« Bien que tout le monde m'appelle Savon, ajouta Phineas B. Crow. Parce que j'en ai plus besoin que tout l'monde. »

Sophronia continua à battre des cils.

« Vous avez d'la suie dans votre œil, mademoiselle ? »

Je ne maîtrise pas encore cet art, c'est clair. « Non, je m'entraîne.

– À quoi, mademoiselle ?

– Peu importe.

– Ce caoutchouc que vous avez autour de vos p'tits ripatons ?... » La voix de Savon était emplie de cupidité.

« Oui. Je l'ai eu sur un monte-plats. Mais vous ne pouvez pas l'avoir ; j'en ai besoin.

– Qu'est-ce qu'une Super a besoin de chaussures en caoutchouc ?

– Pour grimper, tiens !

– C'est comme ça que vous êtes arrivée ici ? J'ai jamais entendu parler d'une fille qui grimpe. »

Sophronia, heureuse du compliment, haussa les épaules. *Savon,* se dit-elle, *a un sourire agréable.*

Un cri retentit derrière eux. L'un des hommes costauds – un contremaître, sans doute – avança vers eux.

« Oh, zut, dit Savon. Un graisseur. Dispersion ! »

Les garçons s'éparpillèrent en courant. Savon tira Sophronia derrière lui, et ils s'accroupirent ensemble derrière un énorme tas de charbon.

« On n'a pas longtemps avant qu'ils nous repèrent.

– C'est ce que vous faites toute la journée, pelleter du charbon ?

– C'est pas une mauvaise vie. Je travaillais sur les docks de Southampton, répliqua Savon avec l'un de ses sourires éclatants. Je peux toujours pas manger de poisson.

– Vous savez, c'est vraiment un plaisir de vous rencontrer, monsieur Savon. J'ai acquis un méchanimal par accident, aussi j'imagine que je vais descendre par ici régulièrement.

– Pour le charbon, hein ?

– Plutôt. Pauvre Bumbersnoot ; il doit être mort de faim à l'heure qu'il est.

– Je croyais que les méchanimaux étaient interdits.

– J'ai dit par accident, non ? »

Savon éclata d'un grand rire qui ne pouvait qu'attirer l'attention, même dans le vacarme de la chaufferie. « Vous êtes bien pour une fille, mademoiselle Sophronia. Jolie, aussi. »

Sophronia renifla. « Je viens seulement de faire votre connaissance, monsieur Savon. Inutile de me raconter des bobards.

– Oh oh oh, dit une voix sonore, qu'avons-nous donc là ? »

Savon se leva aussitôt, droit comme un i. Sophronia l'imita.

« On fait juste une pause, monsieur.

– Savon, tu ne fais jamais *juste* quoi que ce soit. Qui c'est avec toi ? »

Sophronia fit un pas en avant. « Enchantée, monsieur. Sophronia Angelina Temminnick.

– Une Super ici, en bas ? Vous feriez mieux de vite la raccompagner avant que le sixième aide-ingénieur vous voie. Je ferai comme si vous n'étiez jamais venue ici, hein ?

– Merci beaucoup, monsieur », dit Sophronia avec une révérence.

Savon la reconduisit à l'écoutille. « Le vieux Smalls n'est pas mal, pour un graisseur.

– Ce fut un plaisir de faire votre connaissance, monsieur Savon. »

Le visage de Savon s'éclaira. « Ouaip, tout à fait, mademoiselle. En supposant que je vous reverrai.

– Peut-être. » Sophronia sortit.

La tête sombre de Savon apparut à l'extérieur avant qu'elle ait pu fermer l'écoutille. « Oh, mademoiselle, vous feriez mieux de changer de tablier. Vous ne voudriez pas qu'on sache que vous êtes allée en bas. »

Sophronia baissa les yeux. Le blanc immaculé de son tablier était couvert de traces. « Vous avez sans doute raison. »

Dans la lumière éclatante du soleil matinal, Sophronia remarqua autre chose au sujet de son nouvel ami. Il n'était pas juste sale ; il était vraiment noir. Sophronia avait bien entendu entendu parler de gens à la couleur de peau bizarre, mais elle n'avait jamais vu que des images dans les livres de son père. Elle n'en avait jamais rencontré auparavant. *Mais Savon ressemble à un garçon normal !*

Elle n'était pas sûre qu'il soit poli d'en parler, mais elle ne put s'en empêcher. « Mais enfin, vous êtes couleur suie de partout par nature !

– Oui, mademoiselle. Une créature venue du cœur de l'Afrique. Bouh-ouh ! » Il agita la tête, imitant un fantôme.

Sophronia avait lu des choses sur l'Afrique. C'était un sujet qu'elle maîtrisait complètement. « Oh, ciel, c'est de là que vous venez ?

– Non, mademoiselle. De Tooting Bec, sud de Londres. » Sur quoi il retourna dans l'obscurité bruyante et confinée de la chaufferie.

Sophronia revint dans ses quartiers en passant sans problème de balcon en pont et en traversant le hall en courant. Personne n'était réveillé à son retour sauf Bumbersnoot. Il fut absolument ravi du morceau de charbon et du plat rempli d'eau qu'elle plaça devant lui. Il mordilla et lapa joyeusement, en crachant de petites bouffées de vapeur pleines d'appréciation. Sophronia changea de tablier et vérifia l'état de son visage et de ses mains. Heureusement, les servantes avaient apporté de l'eau pour la toilette et, étant mécaniques, n'avaient pas remarqué son lit vide. Après avoir beaucoup frotté, la plus grande partie des traces de sa visite à la chaufferie fut éliminée.

Elle s'entraîna à battre des cils devant le petit miroir pendant la demi-heure suivante, jusqu'à ce que Dimity se réveille enfin.

« Tu ne devineras jamais ce que j'ai fait ! dit Sophronia pendant que son amie ouvrait des yeux troubles et s'étirait.

– Non, probablement pas. Puis-je me réveiller d'abord, s'il te plaît ?

– Certainement. » Sur quoi Sophronia s'interrompit. Elle n'avait aucune idée de comment elle pouvait se débarrasser de son eau sale. Chez elle, elle l'aurait simplement jetée par la fenêtre, mais ici leur chambre n'en avait pas. Elle s'excusa et l'emmena aux toilettes, puis revint donner la cuvette à Dimity.

Dimity se versa de l'eau propre avec le broc et dit :

« Eh bien ?

– J'ai visité le pays de la suie et du feu.

– Sophronia, vraiment. Tu veux me traumatiser avec des énigmes dès le matin ? Si c'est le cas, je dois t'avertir, je considère que c'est un motif de résiliation de tout contrat d'amitié.

– Il est presque midi. Je suis debout depuis des *siècles.*

– Une habitude que tu pourrais regretter. » Mais Dimity additionna alors deux et deux. Elle termina de se laver le visage avec un petit hoquet.

« Sophronia ! Tu as visité la chaufferie ?

– Oui ! » Sophronia se renversa sur ses deux coudes d'un air dégagé.

« On n'a pas le droit de faire ça !

– C'est ce que j'ai appris.

– Mais toutes les pièces des moteurs sont exposées, là-bas. Les filles peuvent voir exactement comment les choses fonctionnent. C'est indécent.

– C'est plein de garçons. »

Dimity s'interrompit pour donner à cette affirmation la considération qu'elle méritait.

« Oui, mais des garçons de la mauvaise classe, non ? Je ne le ferais pas à ta place. C'est terriblement mauvais pour la réputation. Mais bon, je ne pense pas qu'il y ait des garçons corrects dans cette école.

– Pas à moins de compter le professeur Braithwope.

– Certainement pas. Maintenant, le capitaine Niall, vois-tu, je le compterais bien. »

On frappa à leur porte. Sidheag passa la tête à l'intérieur.

« Petit déjeuner dans cinq minutes. » La grande fille avait à peu près la même allure que la veille, avec une robe démodée et ses cheveux coiffés d'une tresse simple. Elle se prélassait carrément contre l'encadrement de la porte.

Sophronia se demanda comment elle se débrouillait en classe de maintien.

« Nous ne l'aurons pas avant quelques jours au moins, dit la dame de Kingair.

– Qui ça ?

– Le capitaine Niall, bien entendu.

– Nous ne l'aurons pas pour quoi ?

– Nos cours, idiote. Croyais-tu qu'ils le gardaient juste pour l'assistance au sol ? » Sur quoi la grande fille s'en alla.

Sophronia et Dimity échangèrent un regard stupéfait.

« Que diable nous autres filles pouvons-nous bien avoir à apprendre d'un loup-garou ? se demanda Sophronia.

– Comment garder un chapeau sur la tête en toutes circonstances ? » hasarda Dimity.

« Il faut que nous fassions un saut à la poste, annonça fermement Sophronia quand elles en eurent terminé avec le petit déjeuner.

– Vraiment ? Dimity était troublée.

– Mon gant sali, tu te souviens ? » Elle sortit l'objet du délit de son réticule.

« Oh, oui, nous allions l'envoyer à mon frère à problèmes pour analyse. Je dois t'avertir, il est peu probable qu'il en sorte quelque chose. Il est très étourdi, mon frère. Un universitaire distrait en puissance. »

Sophronia hésita un instant, puis s'approcha de l'une des filles plus âgées. « Excusez-moi, pourriez-vous m'indiquer où se trouve la poste ? »

La fille la toisa. « C'est l'intendant qui s'en occupe.

– Et où pourrais-je le trouver ?

– Dans les quartiers de l'intendant, bien entendu », répliqua-t-elle, et elle se détourna.

Je crois bien qu'on nous a congédiées. « Dimity, tu saurais où se trouvent les quartiers de l'intendant ? »

Dimity pencha la tête. « Eh bien, sur un bateau, c'est sur l'un des ponts supérieurs, au milieu du navire, tu sais, pour être sur le passage des gens qui embarquent et tout ça.

– Mais nous avons embarqué par le dessous.

– Vrai. »

Sophronia fronça les sourcils. L'intendant devait s'occuper de toutes les mécaniques destinées au service et à l'entretien, de même que de tout le personnel humain. « Nous devons trouver l'aiguillage principal.

– En suivant les rails ? » suggéra Dimity, en indiquant du doigt l'endroit où le rail unique se divisait à l'entrée de la salle à manger, permettant à divers domestiques et valets mécaniques de s'occuper des tables.

Les logements des domestiques de n'importe quelle maison sont un endroit étrange à explorer, pleins de machines en panne et de rails brisés, sans parler des effets du personnel humain. Ne souhaitant pas être en retard pour les cours, Sophronia et Dimity se déplacèrent rapidement dans les couloirs, suivant le rail quand il se divisa et plongea sur le côté vers ce qui était clairement une zone réservée à un domestique en particulier.

« Oh oh, regarde », dit Dimity en montrant quelque chose du doigt.

Loin devant elles, disparaissant au-delà d'un coin du corridor étroit, elles virent une jupe fleurie qu'aucun être vivant, et certainement aucune mécanique, n'aurait porté. Cette robe leur était familière à toutes deux, car elle avait reçu des compliments pendant le petit déjeuner.

« Monique, souffla Sophronia. Je parie qu'elle aussi essaie de faire partir un message du dirigeable. »

Dimity hocha la tête avec sagesse. « Peut-être pour communiquer à ses contacts l'endroit où se trouve le prototype ?

– Ou les avertir qu'il y a un délai. Si j'étais elle, j'attendrais de pouvoir le remettre en personne. Trop de gens le veulent. Un message, même codé, pourrait être intercepté. »

Elles reculèrent et suivirent la jeune fille à une distance discrète.

En jetant un coup d'œil au coin du couloir suivant, elles la virent franchir une grande porte blanche et la refermer derrière elle avec fermeté. Après un échange de regards, Sophronia et Dimity coururent jusqu'à la porte. Les mots « Bureau de l'intendant, correspondance envoyée et reçue, mauvaise conduite des mécaniques traitée, pas de sottises » étaient écrits dessus.

Sophronia entrouvrit la porte et les deux filles approchèrent leurs oreilles de l'entrebâillement.

« Mais nous devons passer près de Bunson avant ! entendirent-elles Monique dire.

– Pas avant trois semaines au moins, mademoiselle.

– Mais je dois faire parvenir un message à ma maman. C'est vital. Il s'agit de la commande pour les gants de cette saison !

– Je comprends, mademoiselle, et pourtant le ballon est parti, rien à faire.

– Le capitaine Niall ne pourrait-il pas ?...

– Le capitaine n'est pas votre messager personnel, jeune fille. »

Monique employa un ton plus cajoleur. « Eh bien, pourrais-je vous le laisser, à envoyer dès que possible ?

– Je ne peux vous donner de garanties, mademoiselle. »

Sophronia poussa Dimity de devant la porte et dans le couloir. La conversation semblait sur le point de s'arrêter bientôt. Elles atteignirent le coin juste à temps pour entendre la porte s'ouvrir, jetèrent un coup d'œil et virent Monique repartir à grands pas et avec une allure pas du tout féminine d'où elle venait. Elle serrait une lettre dans une main, et il était clair qu'elle avait décidé que laisser la missive à la garde douteuse de l'intendant n'était pas une bonne idée.

« Je parie qu'il doit transmettre les messages à l'un des professeurs, dit Dimity.

– Ou que l'un d'entre eux le paie, dit Sophronia.

– De la corruption ? Comme c'est grossier.

– Mais utile.

– Devrions-nous quand même essayer d'envoyer le gant ? »

Sophronia pesa les dangers et les implications. « Il vaut mieux pas, je crois. On essaiera plus tard. Nous sommes en retard. »

LEÇON 8

L'enseignement selon les loups-garous

Après le chaos de ce premier jour, leur emploi du temps prit un rythme régulier. Sophronia en vint à accepter les aspects non conformes du pensionnat de Mlle Géraldine. Les cours ne ressemblaient pour la plupart pas à des cours, les professeurs n'avaient pas l'air de professeurs et le rythme de vie était plus celui d'un dandy londonien que d'un établissement scolaire digne de ce nom.

Les filles commençaient leurs matinées – qui étaient plutôt des débuts d'après-midi – par un repas léger, rien de trop lourd, sur l'insistance de Mlle Géraldine. « Le petit déjeuner, dit-elle, sa poitrine se soulevant, ne devrait jamais être luxueux. » C'est ainsi qu'elles devaient faire leur choix parmi du thé, du pain, du beurre doux, du porridge, du jambon et des champignons grillés, de la tourte au lapin, du fricandeau d'œufs, des crevettes à la mayonnaise et du bœuf épicé. « Bien, mesdames, disait tous les jours la directrice depuis sa table. Je sais que cette sélection est très maigre, mais la nourriture du petit déjeuner devrait être neutre, nutritive et se digérer sans effort. Vous devez surveiller votre ligne. *Surveillez-la !* »

Sophronia, ne sachant pas très bien comment elle devait s'y prendre, mangeait en jetant des coups d'œil à sa poitrine, et ne choisissait que ce qu'elle aurait consommé chez elle : un peu de porridge avec de la mélasse. Les repas étaient pris en commun, même si les élèves s'installaient à leur table selon leur âge et leurs penchants. La capacité de la salle à manger était presque atteinte avec une cinquantaine d'élèves, plus les différents professeurs. Le personnel auxiliaire du dirigeable prenait son petit déjeuner avant, bien entendu, et les soutiers et autres travailleurs subalternes mangeaient aux ponts inférieurs. Ensuite, toutes les filles se levaient pour réciter, avec une solennité religieuse, la devise de l'école – *ut acerbus terminus* – par trois fois.

« Qu'est-ce que ça veut dire ? voulut savoir Sophronia.

– Jusqu'à la dernière extrémité, imbécile », dit Monique de Pelouse.

Après le petit déjeuner, elles étaient séparées selon leur niveau et se rendaient à leur première série de cours. Trois fois par semaine, les débutantes avaient un cours de mathématiques et d'économie domestique avec sœur Mathilde, en compagnie de quelques élèves plus âgées. Elles apprenaient plus en faisant des listes et en organisant des choses qu'en faisant des additions sur des ardoises. Il n'y avait en apparence pas d'examens, et pourtant Sophronia se trouva suffisamment intriguée pour apprendre simplement grâce aux énigmes que leur soumettait sœur Mathilde. L'algèbre était bien plus intéressante quand il s'agissait de calculer combien de côtelettes de mouton étaient nécessaires à l'empoisonnement de seulement la moitié des invités d'un dîner et puis de déterminer s'il était plus économique d'acheter un antidote plus cher, mais plus efficace, que de recourir à un remède maison. Sophronia fut un peu troublée par le contexte, mais ne put contenir son intérêt pour la nature macabre des calculs.

Les deux autres jours, elles avaient culture physique avec Lady Linette pendant la première tranche horaire. Cela signifiait – ce qui choqua beaucoup Sophronia – grimper, courir, et même faire des roulades. En jupons. Il y avait aussi des parties de volant, de tennis, de croquet, de cache-tampon et d'assassin et de détective. Sophronia avait l'avantage d'avoir des frères. *Qui aurait cru que je les considérerais comme un avantage ?* Ce qui faisait d'elle, comme le fit remarquer Monique sur un ton dégoûté, une sportive.

« Pouah, Sophronia, tu es tellement de la campagne, dit-elle.

– Eh bien, oui, c'est là que j'ai grandi. » *Et au moins, je n'ai pas de dents de cheval, comme toi !*

« On va bientôt t'entendre crier "Taïau !" depuis le pont des canards.

– Oh, rends-moi justice. Je ne le ferai qu'après avoir lâché les chiens après toi, très chère Monique. » Sophronia eut un sourire rusé, et Monique lui jeta un regard mauvais.

Lady Linette acheva de traverser le tapis d'une cabriole et se retrouva devant elles, ce qui fit se taire Sophronia et Monique tout en requérant leur attention. Elle semblait presque gênée pendant qu'elle les guidait. « Bien, mesdames, n'oubliez pas que ceci n'est à utiliser que lorsque c'est strictement nécessaire, et vous devez être absolument certaines de ne pas vous décoiffer. La plupart du temps, vous devriez déléguer les activités physiques à un complice, volontaire ou pas. Nous parlerons de la corruption et des techniques de chantage plus tard. Sinon, vous pouvez faire en sorte que les efforts physiques ne deviennent pas nécessaires du tout. Néanmoins, une dame doit toujours être prête. Et justement, montrez-moi vos mouchoirs ! »

Les filles s'interrompirent toutes alors qu'elles se préparaient – avec diverses manifestations de détresse ou, dans le cas de Sophronia, de plaisir – à tenter leurs propres versions de la culbute, et se mirent à chercher leur mouchoir.

« Que vous ai-je dit hier ? Une dame a toujours son mouchoir sur elle. Un mouchoir est éternellement utile. Non seulement c'est un outil de communication, mais il peut également être lâché pour servir de diversion, imprégné de divers parfums et gaz nocifs pour décontenancer l'adversaire, utilisé pour essuyer le front d'un gentleman ou même bander une blessure et, bien entendu, il peut vous servir à tamponner vos yeux ou votre nez s'il est encore propre. Tamponner, notez bien ! Ne jamais souffler. Je ne dis pas cela pour mon amusement personnel, mesdames. À présent, livres sur la tête pendant que je procède à l'inspection. »

Les filles sortirent des mouchoirs de diverses poches et les montrèrent tout en plaçant des livres sur leur tête pour travailler leur équilibre et leur posture.

Lady Linette avança parmi elles en faisant danser ses boucles et examina les objets qu'on lui offrait.

« Très bien, Monique. Parfait, comme toujours. Un plus petit mouchoir, Sidheag, la prochaine fois. Une dame doit avoir de la mousseline brodée, pas – mais qu'est-ce que c'est que ça ? Un carré de tweed ? Vraiment, ma fille ! Dimity, attention à votre équilibre, et du rouge ? Pas de rouge, ma chère. Vous n'êtes pas encore prête pour le rouge. Il est réservé au déploiement avancé des mouchoirs. Preshea, pourquoi cette décoloration ? Avez-vous à nouveau fait des expériences avec du poison ? La prochaine fois, ne vous servez pas de votre bon mouchoir. Agatha ! »

La pauvre Agatha perdit l'équilibre alors qu'elle attendait, ce qui fit dégringoler les livres qui se trouvaient sur sa tête. Elle entra en collision avec Sophronia. Toutes deux tombèrent en arrière.

Sophronia gloussa.

Agatha eut l'air à la fois terrifié et mortifié.

« Mesdames, mesdames ! » reprocha Lady Linette en claquant la langue.

Et les cours continuèrent, Monique recueillant le plus de compliments et étant même autorisée à quitter la classe plus tôt à cause de sa bonne conduite. C'était tout à fait vexant.

Une fois par semaine, le cours d'après le petit déjeuner était une leçon de tromperie avec Mlle Géraldine, dont la directrice pensait que c'était une session destinée à mieux connaître ses élèves, mais dont les filles savaient qu'il s'agissait en réalité d'un entraînement à l'art subtil de discuter sans dire quoi que ce soit.

L'après-midi était consacré au thé et à la conversation en société. Après le thé, elles s'exerçaient à divers jeux de salon et disputaient des parties de cartes pendant que les professeurs soit se joignaient à elles, soit circulaient parmi les groupes, proposant leurs critiques. Sophronia apprit rapidement que Sidheag était particulièrement bonne aux cartes et qu'Agatha ne l'était pas du tout. Preshea connaissait par cœur tous les différents types de sherry et ce qu'il faut avoir en stock pour les messieurs, et Monique était une horrible partenaire au whist.

Après cela, elles avaient histoire de la conversation avec l'un des nombreux enseignants, cours qui semblait consister essentiellement en lectures à la bibliothèque.

Puis venait le dîner. Celui-ci était suivi d'une série apparemment sans fin de séances consacrées à la danse, au dessin, à la musique, à l'habillement et aux langues modernes avec Lady Linette, sœur Mathilde – que tout le monde ne tarda pas à appeler sœur Mattie – ou, après le coucher du soleil, avec le professeur Braithwope. Les arts subtils de la mort, de la diversion et des armes modernes étaient incorporés dans ces leçons.

Le souper arrivait rapidement à dix heures. Il y avait alors un peu de temps libre ; étant donné la quantité de travail supplémentaire et d'apprentissage par cœur qu'on leur donnait pendant la journée, Sophronia conclut vite qu'il était purement mythique. Quelques leçons additionnelles et on éteignait la lumière à deux heures.

Sophronia comprit peu à peu qu'en dépit du fait qu'elle était presque tout le temps mentalement et physiquement épuisée, elle s'amusait beaucoup. Elle adorait les leçons d'espionnage et de tromperie – cela ouvrait tant de possibilités ! – et l'approche analytique du meurtre ne la troublait plus que très peu. Ce genre de pensionnat était bien plus intéressant que celui qu'elle avait imaginé même si elle n'arrivait pas tout à fait à comprendre *pourquoi* elle se trouvait là. Il était possible que tous les pensionnats soient ainsi – après tout, Preshea parlait d'empoisonnement comme d'une chose courante –, mais elle rejeta cette idée. Elle n'en avait peut-être pas encore assez appris sur l'art d'être une vraie dame, mais elle était assez intelligente pour se rendre compte que ses sœurs n'auraient pas apprécié les pensionnats s'ils étaient tous aussi subversifs.

Après deux semaines de ces cours, Sophronia trouva le courage d'interroger Lady Linette sur la question de son éducation inhabituelle. Elle attendit patiemment la fin de leur leçon avec sœur Mattie sur le babeurre – à utiliser pour blanchir la dentelle et protéger l'estomac – pour se trouver seule avec l'enseignante. Lady Linette venait juste de finir de travailler avec un groupe d'étudiantes plus âgées sur une mystérieuse technique de port d'une certaine capote anglaise : même les plus âgées d'entre elles gloussaient, rougissantes, en quittant la salle.

« Lady Linette, pourriez-vous m'accorder quelques minutes ?

– Oh, mademoiselle Temminnick. Certainement. En quoi puis-je vous être utile ?

– Serait-ce terriblement osé de ma part de vous poser une question assez directe ?

– Eh bien, cela irait très certainement à l'encontre de ce qu'on vous a enseigné jusqu'à présent. Nous n'avons pas encore abordé la manipulation de la conversation par usage des techniques diplomatiques des agents provocateurs. J'imagine, cependant, que je peux excuser une demande incontrôlée pour cette fois. »

Sophronia prit une profonde inspiration. « Qu'attend-on de moi que j'apprenne ici, exactement ? »

Lady Linette enroula une bouche de ses cheveux blonds au bout d'un doigt. « La collecte d'informations et la récupération d'objets, bien entendu. Mais vous devriez essentiellement apprendre comment en finir.

– En finir avec quoi, exactement ?

– Eh bien, tout ce qui le nécessite, ma chère. »

Sophronia commença à danser d'un pied sur l'autre. Lorsque le front de Lady Linette se plissa, Sophronia s'immobilisa et dit : « Ah, oui, vous voyez, ce n'est pas que je ne suis pas consciente de l'honneur que vous me faites en me prenant bien que je n'aie pas les relations des autres filles, mais...

– Continuez.

– Je ne suis pas certaine de pouvoir le faire.

– Faire quoi, ma chère ?

– Tuer quelqu'un de sang-froid. »

Les yeux myosotis de Lady Linette se plissèrent. « Ah, oui, mais comment le savoir tant qu'on n'a pas essayé ?

– C'est vrai, j'imagine.

– En outre, très chère, vous n'êtes pas obligée d'y assister ; on peut toujours utiliser du poison. Et beaucoup de nos diplômées ne font jamais de mal à quiconque. Cela dépend de leur situation après leur départ. Toujours. Celles qui se marient ont une trajectoire différente de celles qui ne se marient pas.

– Si je puis me permettre, Lady Linette, comment avez-vous su qu'il fallait me recruter ?

– Ah, cela, ma chère, fait partie de votre éducation. Vous aurez atteint un niveau de compréhension tout à fait remarquable si vous parvenez à découvrir cette vérité par vous-même. » Lady Linette détourna le regard.

Sophronia aurait voulu parler du prototype, mais elle savait quand on la congédiait. Elle fit une révérence. « Merci, madame. »

Lady Linette frémit. « Mademoiselle Temminnick, débrouillez-vous pour prendre des leçons avec le professeur Braithwope l'après-midi, s'il vous plaît. Il faut vraiment que nous travaillions votre révérence, ma chère.

– Mais je dois m'entraîner pour le battement de cils avancé, et j'ai un problème de mathématiques sur comment commander de la strychnine et de l'agneau pour un dîner avec un budget limité, et trois chapitres sur l'étiquette de cour à apprendre, et mon mouchoir à amidonner, et les pas du quadrille à mémoriser !

– Personne, ma chère, n'a jamais prétendu qu'apprendre l'étiquette et l'espionnage serait facile. »

À la fin de la troisième semaine, après le souper, toutes les filles de l'école se rassemblèrent sur l'un des ponts inférieurs au lieu de se rendre à leurs cours de la soirée. Une atmosphère d'anticipation et d'excitation régnait et l'énorme dirigeable commença à descendre lentement vers la terne étendue verte de la lande. Il finit par arriver si bas qu'il touchait presque la bruyère. *Je croyais qu'il n'était pas censé se poser*, se dit Sophronia. Elle prit la précaution de dissimuler son appréhension. Du peu qu'elle avait vu dans la chaufferie, elle n'était pas certaine que l'école pouvait atterrir.

Toutes les filles se rassemblèrent dans la soute, où la plate-forme de verre les attendait. Elle n'allait pourtant pas être utilisée. Le professeur Braithwope, faisant une démonstration de force vampirique avec une sorte de gêne pleine de déférence, poussa l'énorme plate-forme sur le côté, exposant le grand trou au fond du dirigeable.

Les élèves, les plus âgées en premier, s'assirent toutes le long du bord, jambes pendantes, et sautèrent simplement dans l'herbe. La plupart atterrirent en s'accroupissant avec élégance, comme pour une révérence profonde. Une ou deux trébuchèrent vers l'avant et se réceptionnèrent sur leurs pieds selon la méthode que Lady Linette leur avait montrée. « Apprise à l'époque où je montais sur scène », avait-elle dit.

Sophronia, Monique et Sidheag sautèrent sans manières, mais les autres débutantes n'étaient pas aussi motivées pour démontrer leurs capacités. On dut pousser Agatha et Dimity.

Sophronia garda un œil prudent sur Monique au cas où elle aurait eu le prototype sur elle dans l'idée de le cacher derrière un buisson ou une pierre. C'était, après tout, la première fois qu'elles se rendaient à terre depuis des semaines. Mais Monique demeura une élève modèle, à sa façon, s'entourant d'un groupe de filles plus âgées pleines de style et ne montrant aucun penchant pour le subterfuge autre que celui normalement requis pour des leçons au pensionnat de Mlle Géraldine.

Le capitaine Niall les attendait. Les filles se regroupèrent autour de lui, formant une foule excitée et gloussante. *Une quarantaine*, estima Sophronia.

Il leva les mains en souriant aimablement.

L'insolence de ce sourire provoqua quelques soupirs féminins. Le loup-garou portait à nouveau un haut-de-forme attaché sur sa tête et un énorme pardessus de cuir qui claquait dans le vent de la lande. Comme la fois précédente, ses pieds étaient nus, et même si son manteau était entièrement boutonné, il était clair qu'il n'avait ni col ni cravate en dessous.

Sophronia soupçonnait que beaucoup des soupirs et pas mal de l'excitation générale provenaient de la certitude qu'il était entièrement nu sous ce manteau.

« Mesdames, mesdames, calmez-vous, je vous prie. Pour les nouvelles, laissez-moi rappeler rapidement que comme vous ne m'avez en classe que de façon irrégulière, tout le monde a le même cours en même temps. Et aujourd'hui, nous nous intéressons aux couteaux ! » Il déclara cela avec un geste théâtral.

Une vague de murmures et de petits cris se propagea dans la foule.

Le capitaine se déplaça jusqu'à un groupe de rochers bas, sur lequel il avait posé un long étui de cuir. Il le déroula pour exposer plusieurs couteaux de styles et de matériaux différents. Les filles poussèrent des cris d'horreur et d'appréciation.

Il revint en face d'elles, tenant trois couteaux en éventail dans une main. « Vous n'aimez pas les couteaux ? » Il fit semblant de s'éventer avec les lames et fit battre ses longs cils.

Sophronia se demanda s'il n'était pas un peu détraqué.

« Mais monsieur, dit Dimity, les couteaux ne sont-ils pas des armes d'hommes ?

– Ah, excellent point de départ. En fait, non. Les couteaux peuvent être très utiles à une dame de qualité. L'épée est une arme d'homme. Elle se prend trop facilement dans des jupes. Le couteau est bien supérieur pour des dames de votre statut. Telle qu'est la mode, une femme de style peut toujours dissimuler un couteau sur sa personne. Au cours des prochains mois, nous verrons comment dissimuler et sortir votre arme sans abîmer votre robe. Nous nous plongerons dans les tailles des lames, leurs applications et leurs matériaux. Nous comparerons l'argent au bois et verrons le meilleur endroit où frapper un vampire ou un loup-garou. Vous apprendrez un peu le combat à mains nues, les attaques subversives et bien entendu, le lancer. Des questions ? »

La main de Sidheag jaillit.

« Oui, Lady Kingair ? » Le capitaine Niall ne paraissait pas surpris, bien que ce fût la première fois que Sophronia voyait la grande fille montrer de l'intérêt pour une quelconque leçon, que ce soit les artifices féminins, les messages secrets ou les actions mortelles.

« Et l'artillerie ?

– Pas ma matière.

– Mais vous avez dû faire votre service militaire », protesta Sidheag.

Le capitaine Niall décida d'utiliser cette affirmation. « Quelqu'un peut-il me dire pourquoi Lady Kingair vient de faire cette supposition ? Oui, mademoiselle Pelouse ?

– Parce que tous les loups-garous d'Angleterre doivent servir Sa Majesté », minauda Monique en souriant.

« Regarde-la, murmura Sophronia à Dimity, elle est si maligne ! Et le fait qu'elle l'appelle capitaine Niall, n'est-ce pas un indice ? »

Dimity dissimula un sourire.

Le capitaine Niall lança un regard à Sophronia.

Oh, d'accord, il est surnaturel. Il a dû entendre. Sophronia se sentit rougir.

Le loup-garou poursuivit. « Je voudrais que vous vous dispersiez et que vous trouviez un joli bâton qui vous servira pour commencer à combattre. Dix minutes, mesdames, et nous nous retrouverons ici. »

Anticipant ce changement de lieu, le dirigeable s'était déplacé et planait au-dessus d'un talus aplati, à plusieurs étages au-dessus du sol. On avait descendu la plate-forme de verre pour l'utiliser comme lampe géante. Des tourbillons de gaz jaune illuminaient la lande, permettant au cours de se dérouler avec tout le luxe d'un bal sous un lustre.

Les filles se séparèrent.

Sophronia et Dimity suivirent l'exemple de Sidheag et se dirigèrent vers un buisson. Inutile de fouiller la lande dans le noir pour y trouver des bâtons. Elles sélectionnèrent des branches et les arrachèrent. Leur choix était parfaitement en accord avec leurs personnalités. Sidheag voulait un beau gros bâton. Dimity cassa ce qu'elle considéra comme la plus jolie branche et fit des commentaires sur les qualités esthétiques du buisson. Sophronia en choisit un qui tenait assez bien dans sa main, mais n'était pas aussi gros que celui des autres. Jusque-là, les leçons enseignées dans cet établissement avaient toujours contenu un élément de subterfuge et si le capitaine leur demandait de cacher leurs bâtons sur leur personne, elle ne voulait pas être, eh bien, raide comme une baguette. Elle ne parvenait pas à prendre de décision. *Sophronia,* finit-elle par se dire, *ne réfléchis pas trop.*

Elles se rassemblèrent, formant une ligne. C'était fascinant de voir toute l'école ainsi alignée. Sophronia et les plus jeunes élèves se tenaient à un bout en tablier et pantalons de dessous. Les plus âgées, qui avaient les cheveux relevés et portaient de longues jupes, se tenaient de l'autre côté. Sauf Monique, qui faisait tache parmi les nouvelles. Sophronia compta quarante-cinq jeunes filles en tout.

Le capitaine Niall commença à remonter la ligne en examinant les bâtons.

Lorsqu'il arriva devant Dimity, il lui prit son bâton. « Choix intéressant.

– J'aime sa forme et sa douceur, dit Dimity.

– Pas les meilleures raisons que j'ai jamais entendues pour le choix d'un couteau, mais pas les pires non plus. Nous nous attaquerons à la question de la facture la semaine prochaine. Choisir un couteau, c'est comme choisir une paire de gants de qualité : l'apparence compte, mais c'est la façon dont il a été assemblé qui explique la plus grande partie de sa fonction et de sa durabilité. »

Dimity hocha la tête et il lui rendit le bâton.

Il se tourna vers Sophronia. « Pourquoi est-il si petit ?

– Je me suis dit que vous nous demanderiez peut-être de le cacher.

– Raisonnement intéressant. » Sans autre commentaire, il continua.

Sophronia laissa échapper un soupir haletant. Elle se dit que c'était parce qu'elle ne s'était pas encore habituée au fait qu'il était un loup-garou. La nature vampirique du professeur Braithwope lui était devenue familière, mais le capitaine Niall était encore sauvage et mystérieux. *Et il a une drôle d'odeur.* En fait, Sophronia voulait l'impressionner parce que tout le monde semblait être fasciné par lui.

Il prit le bâton de Sidheag et leva un sourcil. « On aime les gros bâtons, n'est-ce pas, Lady Kingair ? »

Sidheag haussa les épaules comme un garçon, mais Sophronia pouvait voir que la grande fille dissimulait un sourire.

« Vous savez vous en servir ? » Le capitaine Niall renifla. Pas à la manière d'une dame offensée par un commentaire, mais comme un chien qui goûte l'air.

Puis il lança le bâton à Sidheag, ce qui fit sursauter Sophronia. Sidheag, quant à elle, l'attrapa d'une seule main, comme si elle s'était attendue à ce qu'il fasse quelque chose de violent.

Le loup-garou sortit un couteau de la poche de son pardessus – une arme tout en bois, à la lame courte, sculptée dans de l'acajou.

« Oooh, dit Dimity. Qu'il est joli !

– Destiné aux vampires, bien entendu », dit Monique pour impressionner le capitaine, qui ne l'écoutait pas.

Sidheag sortit du rang, le sourire aux lèvres.

Un murmure troublé circula de fille en fille.

Sidheag attaqua la première. Utilisant son bâton comme s'il s'agissait vraiment d'une lame, elle tenta de frapper le loup-garou. Et elle ne le fit pas au hasard, comme Sophronia et ses frères quand ils jouaient avec de fausses épées.

Sophronia l'observa avec intérêt, en partie pour apprendre et en partie parce que Sidheag était en train d'exposer plus de sa personnalité qu'elle l'avait fait au cours des semaines passées, où elles s'étaient intimement fréquentées. Elle avait été entraînée par quelqu'un qui savait vraiment se battre.

« Sidheag se déplace même comme un garçon, commenta Dimity.

– Oui, mais elle est bonne, non ? » Sophronia était impressionnée. *Meilleure que mes frères, c'est sûr !*

« Quelle dame de haut rang reçoit donc ce genre d'entraînement ? voulut savoir Preshea.

– Une dame qui ne l'est qu'en titre. » Monique croisa les bras et leva le nez en l'air.

Le capitaine Niall se retenait. *Cela ne fait pas de doute. C'est un loup-garou, après tout, et il est deux fois plus rapide que les soldats les mieux entraînés.* Il était également dix fois plus fort, à en croire les légendes. *Néanmoins, Sidheag n'est pas si mauvaise que ça. Elle garde son bâton en mouvement, elle ne cesse d'attaquer et cherche une faille dans la défense de son adversaire.*

Au bout de quelques minutes, le capitaine Niall interrompit le match impromptu.

« Très intéressant, Lady Kingair. Je sens l'entraînement de votre... (il marqua une pause délicate) de votre *père.* »

Sidheag inclina la tête et reprit sa place dans les rangs.

Sophronia, Dimity, Preshea et Agatha se retournèrent toutes et la dévisagèrent, bouche légèrement entrouverte.

« J'imagine que nous avons une nouvelle chouchoute du prof, dit Monique. Mais bon, est-ce qu'on peut vraiment être le chouchou d'un loup-garou ?

– Oh, mademoiselle Pelouse, moi qui croyais que jouer à la préférée des profs était plutôt dans vos cordes, rétorqua Sidheag.

– En fait, mesdames, vous ne devez surtout pas vous mettre dans le genre de situation dont Lady Kingair et moi-même venons de vous faire la démonstration. Il ne faut jamais engager le combat avec un adversaire. Votre plus grand avantage réside dans la surprise. Prenez la décision d'attaquer la première et avec une intention précise et, si vous voulez bien me pardonner le jeu de mots, restez fermes. Mademoiselle Pelouse, si vous voulez bien nous montrer ? »

Monique s'avança, tête haute, un petit sourire aux lèvres.

Le capitaine Niall s'approcha d'elle.

Monique, au lieu d'attaquer à la manière de Sidheag, avança en direction du loup-garou. Elle commenta la douceur de la nuit et la beauté de la campagne. Elle battit des cils d'une façon que Sophronia avait appris à reconnaître comme très avancée. *Je n'aurais jamais cru que j'en viendrais à envier les battements de cils d'une autre fille.*

Jouant son jeu, le capitaine Niall se pencha. Il flirta en retour, plongeant son regard dans le sien.

Monique le frappa dans le cou avec son bâton, derrière et sous l'oreille. Un bâton qu'elle avait, d'une manière ou d'une autre, réussi à aiguiser.

Il s'enfonça dans le corps du loup-garou sur au moins deux centimètres.

Du sang filtra autour du bâton.

Le capitaine Niall frémit et émit un petit cri de douleur. « Ah. Oui. Très bien, mademoiselle Pelouse. »

Sophronia poussa elle aussi un cri et leva la main vers sa bouche, horrifiée. Une petite partie d'elle-même, qui n'avait pas été traumatisée, se demanda pourquoi Monique n'avait pas fait montre d'une telle habileté avec les bandits de haut vol. *Voulait-elle qu'ils la kidnappent ?*

Plusieurs autres filles poussèrent des petits miaulements de détresse.

Le capitaine Niall tendit la main et retira le bâton de son cou. Du sang coula, mais pas de la couleur ou de la quantité que Sophronia attendait. Il était plus sombre, presque noir et coulait plus lentement. Et puis, là, sous ses yeux, la blessure commença à guérir et à se refermer.

Le loup-garou rendit le bâton à Monique, qui le prit avec une petite révérence.

Dimity tomba en avant, raide évanouie dans l'herbe.

Sophronia s'accroupit près de son amie et fit signe à Sidheag de venir à leur aide.

La grande fille se pencha et, profitant de la confusion et du bruit, Sophronia demanda : « Qu'est-ce que tu as voulu dire ? Cette réflexion à Monique ? »

Sidheag la soupesa du regard. « Juste qu'on raconte qu'elle a un défenseur parmi les professeurs.

– Un genre de protecteur ?

– Tout à fait.

– Qui ?

– Personne ne le sait. »

Sophronia hocha la tête, puis se tourna vers Dimity. Quelqu'un leur passa les sels et les doux yeux bruns de son amie ne tardèrent pas à papilloter. Sophronia aida Dimity à s'asseoir et lui murmura à l'oreille : « Monique a un protecteur parmi le personnel. Je pense que c'est grâce à lui qu'elle a réussi à garder la localisation du prototype secrète. »

Dimity la regarda ; elle n'était pas encore remise.

« Vraiment, Sophronia, cette façon que tu as de tout régler à chaque fois que je m'évanouis me met vraiment mal à l'aise. »

LEÇON 9

Comment ne pas flirter

« Sidheag, pourquoi le capitaine Niall se comporte-t-il différemment avec toi ? » Sophronia avait décidé d'employer avec Sidheag une tactique déjà utilisée avec ses frères. *Des questions directes, un manque de délicatesse et de la grossièreté dans l'attitude générale, voilà ce qu'il faut, c'est évident.* En conséquence, une relation était en train de se tisser entre les deux jeunes filles. On ne pouvait pas vraiment appeler ça de l'*amitié*, mais Sidheag se montrait moins hostile envers Sophronia qu'elle l'était envers presque toutes les autres.

Les filles se trouvaient dans leur salon où, profitant d'un moment de calme avant le coucher, elles s'entraînaient à se débarrasser de leurs gants *dans un but précis.*

Sidheag ne regarda même pas Sophronia. « Je ne pige pas ce que tu veux dire, dit-elle avec son accent écossais.

– Oh, que si. »

Sidheag soupira. « J'ai été élevée par des loups.

– Oui, c'est ce que Monique sous-entendait.

– Non, littéralement. Le château de Kingair appartient à des loups-garous. Lord Maccon n'est pas mon père, c'est mon arrière-arrière-arrière-grand-père. Et il est toujours vivant. Il a été mordu après s'être reproduit. »

Sophronia, sidérée, cligna des yeux, et pas en battant des cils comme il le fallait. Lady Linette aurait été très fâchée. « Ça doit être bizarre.

– Tu n'as pas idée. »

Dimity pencha la tête. « Sont-ils tous soldats ? Comme le capitaine Niall ?

– Évidemment.

– Eh bien, ça explique ton attitude », railla Monique.

Sophronia la regarda. « Je ferais attention à ce que je dis, à ta place. Sidheag se débrouille plutôt bien avec une arme et à en juger par notre expérience avec les bandits, ce n'est pas ton cas.

– Merci beaucoup, Sophronia. » Sidheag avait vraiment l'air d'essayer de rougir du compliment. *D'essayer, hein.*

« Oh, mais c'est que vous êtes vraiment copines, toutes les deux, ironisa Monique.

– Oui, le concept te dépasse totalement, Monique. Est-ce que tu as de vraies amies, en fait ? » rétorqua Sophronia.

Dimity poussa un petit cri et se précipita pour atténuer l'insulte en changeant de sujet de conversation. Elle était, de manière générale, quelqu'un de très gentil. « Est-ce que le capitaine Niall ressemble aux autres loups-garous ? »

Sidheag plissa le front. « Que veux-tu dire ? »

Dimity se contenta de rougir. Contrairement à Sidheag, elle maîtrisait presque complètement la technique. Ses joues de porcelaine rondes s'assombrissaient et aucune rougeur ne s'étendait jusqu'à une autre partie de son visage. Elle rougissait si bien que Lady Linette lui avait donné l'ordre d'apprendre à mieux contrôler son minutage. « Quand on rougit aussi joliment que vous, ma chère, il faut être exact dans l'exécution ! »

Sophronia jeta un regard accusateur à Dimity : « Je croyais que tes parents étaient progressistes !

– Ils le sont, mais cela ne signifie pas que j'ai rencontré beaucoup de loups-garous.

– Non ?

– Aucun, en fait. »

Sidheag rit. « Croyez-moi, en groupe, ils ne sont pas si merveilleux que ça.

– La façon dont sa blessure a guéri, c'était remarquable, dit Sophronia.

– Oh, *s'il te plaît*, Sophronia. » Dimity leva la main vers son front et pâlit.

« J'ai entendu dire que ce sont les meilleurs… oh lala. » Elle agita le torse d'une manière suggestive.

Sophronia sentit son visage s'empourprer à cette simple idée et elle savait qu'elle ne rougissait pas joliment du tout. La rougeur se mélangeait avec ses taches de rousseur et lui donnait un teint marbré, comme si elle avait de la fièvre. Elle avait reçu l'ordre de ne pas rougir du tout, dans la mesure du possible.

« L'entraînement, sans doute, dit Sidheag, pince-sans-rire.

– Tu en as fait personnellement l'expérience, l'asticota Monique.

– Ne dis pas de choses dégoûtantes. La meute est une famille ! » Sidheag eut l'air révolté, ce qui ne fit qu'encourager Monique.

« Ils frétillaient du popotin en passant devant toi ? »

Sophronia bondit à la rescousse de Sidheag avant qu'elle ait une réaction violente. « Tu as dû avoir une enfance fascinante, en étant élevée par une meute.

– C'était plutôt comme d'avoir un assortiment de six pères avec des opinions très arrêtées sur l'éducation.

– Vraiment, des parents sévères ? intervint Dimity, intéressée. Les miens le sont aussi. Comment est ta mère ? »

Sidheag secoua la tête. « C'est pour ça qu'ils m'ont envoyée ici ; ils étaient tous entre deux épouses. Papi a décidé que je commençais à devenir un peu moins féminine et que j'avais besoin de raffinement.

– Voyez-vous ça, dit Monique. Je suis d'accord avec un loup-garou.

– Tu t'en sortirais peut-être mieux sans raffinement. Maman a obtenu son examen final ici, je ne pouvais juste pas y échapper. Mais tu es une lady en titre ; pourquoi ne pas aller vivre une vraie vie de dame ? Maman dit que je rêvasse trop et que je devrais apprendre à tuer quelque chose de temps à autre. Mais toi, tu n'es pas obligée.

– Sauf que tu n'arrêtes pas de t'évanouir, fit remarquer Sophronia.

– C'est vrai. Je crains d'être condamnée à la décevoir terriblement. »

Sidheag fit la grimace. « C'est l'avantage que j'ai. Le vieux papi ne savait pas comment une vraie lady doit se comporter, il ne pourra qu'être content de l'amélioration.

– Même si elle est infime ? ajouta Monique.

– Exactement ! » dit Sidheag en souriant et en choisissant d'ignorer l'insulte. Elle avait un assez joli sourire. Il plissait les coins de ses étranges yeux jaunes. Sophronia se demanda si cette couleur avait un rapport avec ses ancêtres loups-garous.

Bumbersnoot entra en se dandinant.

Les filles continuèrent à laisser tomber des gants et à indiquer où d'un mouvement d'œil ou d'un battement de paupière. Elles ne tardèrent pas à devoir se précipiter pour les ramasser, car Bumbersnoot semblait trouver ce nouveau jeu très intéressant. Il essayait d'atteindre les gants tombés en premier pour les avaler, auquel cas elles devaient attendre qu'il les restitue de l'autre côté – s'ils allaient dans son compartiment de stockage, et pas dans sa chaudière.

« Oh, ce n'est pas vrai ! » s'exclama Preshea, bouleversée parce qu'elle n'avait pas été assez rapide. Bumbersnoot arriva le premier sur son gant lavande et le tacha d'une goutte de salive bouillante provenant de son moteur à vapeur avant qu'elle ait pu le récupérer.

« Je ne sais pas pourquoi tu gardes cette chose, dit Monique. Il est vraiment gênant, et je suis certaine que tu auras des tas d'ennuis si on te découvre.

– Tu vas me dénoncer ? »

Monique fut profondément offensée. « Je ne suis pas une cafteuse !

– Une qualité qui compense tes défauts.

– Oh lala, dit Monique. Il se trouve que j'aime être parfaite.

– Vous n'avez pas l'impression qu'il se déplace plus lentement qu'avant ? interrogea Dimity en se penchant pour tapoter le dessus de la tête du petit méchanimal. La queue de Bumbersnoot se mit à tictaquer de plaisir, mais elle semblait effectivement aller moins vite que d'habitude.

Sophronia le regarda, les sourcils froncés par l'inquiétude. « Il a probablement besoin d'être nourri. » Elle n'était pas parvenue à rendre de nouveau visite aux soutiers. Quelqu'un avait néanmoins pensé à la santé de Bumbersnoot, car la semaine précédente, un domestique mécanique était apparu à leur porte avec un plat. En soulevant le couvercle d'argent, les filles avaient découvert une petite pile de charbon et rien d'autre. Pas même un petit mot. Sophronia avait deviné de qui et d'où venait le plat. Elle avait aussi deviné que c'était à présent à son tour de rendre visite à Savon pour raviver leur relation et montrer sa gratitude.

Elle n'avait parlé des soutiers à personne sauf à Dimity et sans donner de détails. Dimity s'était montrée assez dédaigneuse et Sophronia s'était dit qu'il valait mieux qu'elle garde les soutiers pour elle-même dans la mesure du possible.

Pendant qu'elles le regardaient, Bumbersnoot cessa de s'intéresser aux gants et le flot de vapeur provenant de son ventre se mit à ralentir. Il se tassa sur lui-même et sa queue cessa de bouger.

« Oh, mon Dieu, dit Dimity. Le pauvre petit bout de chou. »

Sophronia attendit que les autres soient endormies pour sortir de son lit, passer une robe de chambre et sortir dans le hall. Les lampes à gaz étaient éteintes pour la soirée et ses yeux mirent plusieurs instants précieux à s'accoutumer à l'obscurité.

Dès que ce fut le cas, elle distingua une forme qui fit cogner son cœur dans sa poitrine. C'était la silhouette conique d'une servante mécanique. La créature était immobile sur ses rails et aucune vapeur ne s'échappait du tablier blanc grossier dont quelqu'un l'avait vêtue. Elle était soit morte, soit endormie. La domestique se trouvait néanmoins entre Sophronia et tout accès possible à la coque extérieure du dirigeable. *Si seulement j'en savais plus sur la façon dont ces mécaniques sans visage fonctionnent. Est-ce qu'elle peut me voir, comme Frowbritcher, ou ne me remarquera-t-elle que lorsque je serai sur son passage ? Est-ce que le fait que je me déplace lentement, ou vite, a de l'importance ?*

Sophronia décida de simplement procéder aussi prudemment que possible. Elle s'aplatit contre le mur et avança vers la servante en faisant en sorte de ne pas marcher sur les rails pour qu'aucune vibration ne l'atteigne.

Elle s'approcha de plus en plus puis, inspirant à fond pour se faire aussi maigre que possible – heureusement, elle ne portait que sa chemise de nuit, et pas de grandes jupes –, elle se glissa devant la servante.

La mécanique ne bougea pas. Sophronia réussit à passer. Abandonnant toute prudence, elle s'élança dans le couloir.

La servante s'éveilla alors d'un coup et se lança à sa poursuite, bien plus vite qu'aucune mécanique du personnel de maison de la mère de Sophronia n'aurait pu le faire. Aucune alarme ne retentit cependant. Sophronia passa une porte en trombe et ressortit sur un pont extérieur, devant une autre mécanique en sommeil, puis se glissa avec agilité de l'autre côté de la balustrade, où elle resta suspendue.

La mécanique qui se trouvait sur le pont se réveilla aussi lorsqu'elle passa. C'était un modèle de valet de pied, sans visage comme les autres, mais qui portait une cravate de dentelle blanche de domestique démodée. La cravate palpita quand le moteur à vapeur de la mécanique se mit en marche. Le valet commença à rouler d'avant en arrière. Il ne sonna cependant pas non plus l'alarme ; ses rails ne lui permettaient pas de repérer Sophronia de l'autre côté de la balustrade.

Sophronia respirait à peine. Elle remarqua que les exercices d'équilibre avec des livres, les leçons de danse et les cours avec le capitaine Niall lui avaient donné de nouveaux muscles et un meilleur équilibre. Elle trouva cette position bien plus confortable que la première fois.

Elle découvrit également que se déplacer en dehors des rails, sauter d'un pont à un balcon et d'un balcon à un pont était bien plus facile. *Cette école est vraiment en train de me former.*

Elle s'élança presque par automatisme sur le balcon privé de Lady Linette, celui à l'échelle de corde. De là, elle descendit jusqu'à l'écoutille de la chaufferie avec un sentiment de soulagement. Au moins, il n'y avait pas de professeurs dans cette partie du dirigeable. Elle appréciait cette école bien plus qu'elle l'aurait cru possible et aurait préféré qu'on ne lui demande pas de la quitter tout de suite. Elle était tout à fait certaine que partir à la recherche de nourriture pour un méchanimal illégal n'était pas une activité acceptable.

La chaufferie était bien plus calme de nuit qu'au cours de la journée. Mais elle était encore active. L'énorme dirigeable devait être maintenu en l'air et les ballons devaient être chauffés et propulsés. De plus, Sophronia supposait que la plus grande partie de la machinerie du dirigeable fonctionnait à la vapeur : les cuisines, le stockage du gaz, la plate-forme de verre, l'éclairage, le chauffage, le thé.

Elle avait eu l'intention d'entrer furtivement, de trouver du charbon et de repartir aussi discrètement, un plan bien plus simple à mettre en œuvre quand l'extérieur du dirigeable était aussi sombre que l'intérieur. Mais quelqu'un vit son entrée clandestine et lorsque Sophronia se releva, le petit visage angélique d'un jeune garçon apparut près de son coude. Il souriait.

« Tiens, tiens ! Et qui es-tu ? » Le garçon avait un petit accent français et une attitude très impertinente. Il était également bien plus jeune que les autres soutiers et avait des yeux remarquablement brillants. Sophronia les soupçonna d'être verts, mais c'était impossible à déterminer à la lueur des chaudières. Il avait des cheveux courts et noirs, un pantalon trop grand et une casquette d'allure assez chic. Un personnage tout à fait incongru. Il était également un peu moins sale que tous les soutiers que Sophronia avait vus auparavant. *Mais juste un peu.*

« Bonsoir, dit Sophronia. Je suis une amie de Savon.

– Comme tout le monde.

– Noté. Je m'appelle Sophronia.

– J'ai entendu parler de toi. La Super que Savon aime bien. » Le garçon sourit de nouveau à Sophronia – il avait des fossettes.

« Quel âge as-tu ? fut tout ce que Sophronia trouva en guise de réponse.

– Neuf ans, dit le garçon en se rapprochant d'elle.

– Es-tu un soutier ?

– Nan. » Le garçon cligna de l'œil. Pour de vrai !

« Dans ce cas, qu'est-ce que tu fais ici ?

– J'aime bien.

– Comment es-tu entré ?

– Comme toi.

– Tu es d'en haut, toi aussi ?

– En quelque sorte. »

Frustrée, Sophronia dit : « Je ne suis venue que pour du charbon.

– Eh bien, je vais réveiller Savon.

– Oh, inutile de le déranger.

– Bien sûr que si. Pourquoi crois-tu qu'on m'a demandé de surveiller l'écoutille ? Pour que je veille sur les esprits des chaudières du passé ? Il me bottera les fesses si je ne lui dis pas que tu es venue.

– Comment tu t'appelles ? » Sophronia n'avait aucun scrupule à ne pas respecter les bonnes manières avec un enfant.

« On m'appelle Vieve.

– C'est bizarre.

– Ça me convient.

– D'accord. Je vais aller prendre du charbon. Est-ce que cela a ton approbation, Vieve ? »

Il lui lança un autre de ses sourires à fossettes et s'en alla en tenant son pantalon d'une main. Il revint quelques instants plus tard, avant que Sophronia ait eu le temps de ramasser quoi que ce soit, suivi d'un Savon ensommeillé.

Ils formaient un couple étrange : un galopin de neuf ans dans des vêtements trop grands et un soutier dégingandé aux manches si courtes que ses poignets en dépassaient.

« Bonsoir, mademoiselle. » Le sourire aux dents blanches de Savon illuminait son visage.

« Vous allez bien, Savon ?

– Très bien, mademoiselle, très bien. Vous avez eu mon petit repas, n'est-ce pas ?

– Oui, merci. Bumbersnoot et moi avons beaucoup apprécié.

– Bumbersnoot ? interrogea Vieve.

– La demoiselle s'est trouvé un méchanimal. »

Le visage du jeune garçon s'éclaira. « Vous avez un vrai méchanimal vivant ! Je peux le voir ?

– Eh bien, non, pas maintenant. Il est dans ma chambre, chez les élèves.

– Non, je veux dire plus tard. Est-ce que je pourrai le voir plus tard ? »

Savon expliqua l'enthousiasme évident du jeune garçon. « Notre Vieve veut être le prochain grand inventeur. »

Cela choqua Sophronia. « C'est bien ambitieux pour quelqu'un de ton âge.

– Pas quand on a Béatrice Lefoux pour tante. » La bouche de Savon se tordit en une drôle de grimace.

Sophronia frémit et jeta un regard noir au petit garçon de neuf ans. « Ta tante est le professeur Lefoux ! Pourquoi ne l'as-tu pas dit ? »

Vieve haussa les épaules d'une façon qu'il parvint à rendre particulièrement française.

« Tu ne vas pas lui dire, hein ?

– Lui dire quoi ?

– Pour Bumbersnoot ? Ou que je suis venue à la chaufferie ?

– Bien sûr que non. Pourquoi je ferais ça ? » Vieve eut l'air offensé.

« Oh, merci.

– Donc, est-ce que je peux voir ton méchanimal *maintenant* ? »

Avec la sensation d'avoir été en quelque sorte piégée, Sophronia répondit : « Oui, d'accord. Mais comment vas-tu aller jusqu'à ma chambre ?

– Oh, je vais quasiment partout où je veux.

– Personne ne fait attention à ce garnement », dit Savon en lui enlevant sa casquette et en ébouriffant ses cheveux d'une façon que Vieve, cela se voyait, trouvait inutile et agaçante.

« Tu n'es pas un vrai Super. » Sophronia se sentit un peu idiote en utilisant le terme.

Vieve haussa à nouveau les épaules. « Je suis ce que je veux être, du moment que les alarmes ne se déclenchent pas.

– Ça doit être chouette. » Sophronia échangea un regard amusé avec Savon.

« Tu peux aller chercher une petite provision de noir pour la dame, s'il te plaît, Vieve ? » Savon inclina la tête en direction d'un tas de charbon.

Vieve lança un coup d'œil calculé au grand garçon puis s'éloigna en trottinant d'un air décidé.

« Quel arrogant petit morveux, commenta Savon avec affection une fois qu'il fut hors de portée d'oreille.

– J'imagine qu'il faut l'être, quand on a le professeur Lefoux pour tante », dit Sophronia, philosophe.

Vieve revint, les poches pleines à craquer. Sophronia transféra le charbon dans son réticule de velours noir. C'était son plus joli sac du soir, mais c'était le seul sur lequel des traces noires ne se verraient pas.

« Chouette besace, dit Vieve, parlant du réticule.

– Merci.

– Vieve a un don pour les accessoires.

– J'aime voir un joli chapeau sur la tête d'une dame », répliqua Vieve avec dignité, sur quoi il s'en alla s'occuper de ses propres affaires.

« Neuf ans, disiez-vous ?

– Eh bien, quand ton unique maman est une Française et une Lefoux, il faut trouver des moyens de tenir le coup. L'engin que j'avais, la brouette que vous avez vue la dernière fois ? C'est de Vieve. »

Sophronia fut impressionnée. « Je pensais que vous l'aviez fabriquée.

– Nan. Je l'ai testée. C'est Vieve le cerveau. »

Sophronia pencha la tête et leva les yeux vers le grand jeune homme.

« Je n'en suis pas si sûre. »

Savon, gêné, tira sur l'une de ses oreilles. « Eh bien... mam'zelle. »

Sophronia essayait de trouver un moyen de sortir de ce qui s'annonçait comme une conversation embarrassante – *ça m'apprendra à tenter de flirter en dehors des cours* – quand l'une des chaudières voisines prit vie dans un grondement et qu'au loin, elle entendit résonner des alarmes sur les ponts supérieurs.

« Oh, zut alors ! Vous pensez qu'ils ont remarqué que je n'étais pas couchée ? »

Savon la conduisit en hâte à l'écoutille et la tint grande ouverte pendant que Sophronia grimpait. « Non, mademoiselle, c'est une alarme extérieure. L'école est attaquée. Techniquement, vous êtes censée rester sur place, ici, avec nous.

– Si je dois me faire prendre, je préfère que ce soit à l'extérieur. C'est mieux pour ma réputation.

– C'est bien ce que je pensais. Bonne chance, mam'zelle. »

Ce doit être les bandits de haut vol qui reviennent pour le prototype. Sophronia passa le réticule rempli de charbon autour de son cou et grimpa à l'échelle de corde. Le côté positif de la situation, c'était que les professeurs seraient encore tous dans leurs chambres. Le côté négatif, c'était qu'elle pouvait tout à fait en rencontrer un sur le pont en essayant de rentrer dans ses propres quartiers.

Elle songea à se cacher sur le balcon de Lady Linette jusqu'à la fin de l'alarme, mais si cette attaque était celle promise par les bandits, elle voulait voir ce qui allait arriver. Ils avaient menacé de revenir trois semaines après leur première tentative ratée, mais l'école avait dû leur échapper pendant quelques jours supplémentaires. Comme elle voguait au gré des vents de la lande, elle devait être aussi difficile à repérer depuis les airs que depuis le sol.

Sophronia commença à grimper le long du flanc du dirigeable. Il était plus difficile de monter que d'en faire le tour. Elle devait trouver des prises pour ses pieds et ses mains dans la charpente pour franchir les endroits où un pont rencontrait la coque et où un autre s'élançait vers l'extérieur.

Elle y parvint, en ne regardant pas en bas pour l'essentiel. Une fois passé le milieu, elle se consola en se disant : *Même si je tombe, j'atterrirai sur un pont inférieur, sans rien de pire qu'un os cassé ou deux.* C'était une maigre consolation.

Elle leva les yeux. Le pont des canards se trouvait au-dessus d'elle.

Les soldats mécaniques étaient de nouveau assemblés, leurs petits canons sortis et pointés vers l'intérieur de l'école. Le professeur Braithwope devait sans nul doute se tenir au milieu avec son arbalète. Les attaquants, s'il y en avait de repérables, se trouvaient de l'autre côté de la coque, hors de son champ de vision.

Sophronia grimpa jusqu'à ce qu'elle arrive sous le pont des canards. Elle fit le tour par l'extérieur de la rambarde et se glissa sur le côté opposé du dirigeable. Comme elle contournait un dernier pont, elle vit que les bandits de haut vol étaient effectivement de retour, cette fois avec des renforts.

Elle compta douze canots et derrière eux, deux dirigeables de plus grande taille. Rien qui soit aussi imposant que l'école, mais c'étaient de vrais vaisseaux du genre dont la rumeur disait qu'ils étaient en production pour le transport maritime.

Sophronia observa les occupants, à la recherche du gentleman de l'ombre. *Il doit être ici.* Il faisait sombre et elle dut tellement plisser les yeux qu'elle en eut mal à la tête, mais elle parvint à le repérer dans l'un des dirigeables. La silhouette d'un homme qui n'était pas vêtu pour monter à cheval, comme les autres, mais portait une tenue de soirée complète, y compris un tuyau de poêle. Sophronia ne doutait pas que la bande de tissu qui ornait ce haut-de-forme était verte. Il se tenait en retrait, donnant l'impression, comme la première fois, d'être un observateur plutôt qu'un participant à l'action.

Sophronia se demanda s'il était en train de l'épier, dans sa robe de chambre, un réticule autour du cou, accrochée au flanc du grand vaisseau.

Elle supposa que les dirigeables devaient appartenir à des pirates du ciel. Comme les bandits de haut vol, elle pensait que ce n'étaient que des créatures de légende. *Après tout, comment un pirate peut-il s'offrir un dirigeable ?* Mais il n'y avait pas d'autre explication. Ceux qui flottaient au milieu de la foule des autres petits vaisseaux, tels des colverts adultes parmi des canetons, semblaient être assortis. C'était comme si les décorations que constituaient l'armement et les drapeaux n'étaient que cela, des décorations, et que les dirigeables formaient un ensemble plein de classe destiné à une tâche bien plus importante que menacer un pensionnat. Sophronia en conclut que, comme les galions d'antan, ils avaient dû être volés au gouvernement.

L'un des bandits éleva un porte-voix à hauteur de sa bouche. « Donnez-nous le prototype ! »

Les professeurs ne répondirent pas.

L'un des dirigeables tira, un éclair de canon illumina le pont et un gros objet arriva à pleine vitesse dans leur direction. Il fila tout près de l'endroit où Sophronia était accrochée, ratant l'école de peu.

Sophronia retint un cri.

« Tirez, professeur Braithwope », entendit-elle Lady Linette ordonner.

Le professeur Braithwope entra dans le champ de vision de Sophronia lorsqu'il fit deux sauts de vampire jusqu'à l'avant du pont. Il pointa sa minuscule arbalète sur la flotte déployée devant eux.

Sophronia douta qu'une arbalète aussi délicate soit très efficace.

Il tira.

Comme un seul homme, les mécaniques, dont les petits canons étaient jusque-là pointés vers le professeur, pivotèrent, suivant l'arc tracé par le carreau d'arbalète.

Ils visent le carreau ! comprit Sophronia. *J'espère que le professeur Braithwope est un bon tireur.*

Il l'était. Le carreau frappa le flanc de l'un des canots aériens bien au-dessous du bord de la nacelle, hors de portée de ses occupants.

Lady Linette apparut ; elle se pencha par-dessus le garde-fou et tira sur un élément caché.

Les mécaniques soldats firent toutes feu dans un énorme vacarme.

Sophronia frémit et regretta de ne pouvoir se couvrir les oreilles, mais elle avait besoin de ses deux mains pour se tenir.

Le pont des canards disparut dans un nuage de fumée de poudre à canon. L'odeur sucrée et métallique dériva jusqu'à Sophronia. Lorsque le nuage se dispersa, elle vit que l'un des petits canots penchait sur le côté, deux de ses ballons étant en train de se dégonfler. Il entama une spirale descendante. Les deux autres avaient également été touchés.

L'un des dirigeables répliqua. Cette fois, il visa plus haut. Le boulet de canon creusa un énorme trou dans le ballon du milieu de l'école. Sophronia inclina la tête en arrière pour essayer de voir à l'intérieur de la cavité et estimer les dégâts. Mais le ballon se trouvait un pont plus haut, et il faisait trop sombre. L'un de ses flancs semblait être en train de s'enfoncer un peu, et tout le dirigeable penchait de ce côté-là.

« Que les soutiers aillent là-bas ! » entendit-elle crier le professeur Lefoux, qui pointait le ballon endommagé du doigt.

Le professeur Braithwope fit son numéro de marche ultrarapide sur la planche montant au nid-de-pie du pilote, sans doute pour appeler la chaufferie.

Lady Linette s'avança jusqu'au garde-fou tout à l'avant du pont des canards. Elle n'avait pas besoin de porte-voix, car elle était très douée pour projeter la sienne. *Aucun doute, elle a dû beaucoup fouler les planches.*

« Cessez le feu. Nous allons vous donner le prototype ! Envoyez votre ambassadeur. »

Ils cèdent bien facilement, se dit Sophronia. *Ça m'a l'air orchestré, peut-être pour leur donner le faux prototype ?*

Le bandit de haut vol muni du porte-voix répondit depuis l'autre côté : « D'accord ! »

LEÇON 10

Comment se faire attraper dans les formes

« Qu'est-il arrivé ensuite ? » Dimity était positivement captivée par le récit de Sophronia.

« Le professeur Lefoux a donné un faux prototype aux bandits. Il ressemblait à un dodécaèdre en métal brillant. » On était le lendemain matin et elles auraient dû être en train de se préparer pour le petit déjeuner, mais à la place, elles étaient au lit en train de bavarder.

« J'ai commencé à m'inquiéter quand tu n'es pas rentrée après que les alarmes ont arrêté de sonner. » Le reproche assombrissait le joli visage de Dimity. « Tu aurais pu me dire où tu allais.

– Je ne voulais pas te causer d'ennuis. Bumbersnoot est mon problème. Et j'espérais rentrer avant qu'on remarque quelque chose. Finalement, j'ai dû attendre pendant que les professeurs nettoyaient après la bataille. Est-ce que tu savais qu'ils ont fait venir des soutiers en haut et les ont fait grimper à l'intérieur du ballon pour réparer ? » Sophronia, qui avait aperçu une silhouette dégingandée familière, était sacrément certaine que l'un de ces soutiers était Savon. Elle n'en parla pas à Dimity. Sans trop savoir pourquoi, elle se sentait d'humeur secrète et possessive quand il s'agissait de Savon. Et un peu gênée. Quelque chose lui disait que Dimity en rirait peut-être.

Pétunia s'était toujours moquée d'elle et de son amitié avec les garçons d'étable. Cela ne la gênait pas beaucoup à l'époque. Maintenant, après plusieurs semaines de pensionnat, elle commençait à se soucier des apparences.

« Tout de même, j'ai dû attendre pendant que tout le monde s'occupait du ballon. J'ai entendu les professeurs parler. »

Les yeux de Dimity s'élargirent pour montrer qu'elle appréciait.

« Le professeur Lefoux a dit que les bandits reviendraient parce que le prototype qu'ils leur ont donné était un faux. Elle a dit qu'il les tromperait pendant un temps, mais que ça n'apportait aucune garantie de sécurité. » Sophronia roula sur elle-même et sortit son réticule de velours noir de sous le lit. Elle récupéra quelques morceaux de charbon. Bumbersnoot était endormi au pied de son lit, et il était à peine tiède. Il préservait presque toute son énergie, son minuscule moteur à vapeur étant presque complètement éteint. Elle le posa sur le sol.

Sophronia lui tapa ensuite sur la tête avec un morceau de charbon, qu'elle plaça devant lui. Bumbersnoot produisit un bourdonnement sourd, se réchauffa un peu, puis commença à manger. Peu après, de la vapeur sortit de sous son ventre, et il se mit sur ses quatre petites pattes en émettant quelques couinements et claquements.

Sophronia poursuivit son histoire. « Le professeur Braithwope a parlé de se réfugier dans la brume – il a appelé ça “se mettre au gris” – pour gagner du temps. »

Dimity prit un air pensif. « Pas de courrier pendant quelque temps, alors. Monique va être déçue.

– Tout comme moi. J'allais écrire à maman pour avoir plus de vêtements. Et nous voulions envoyer ce gant à ton frère.

– Que s'est-il passé ensuite ? la pressa Dimity.

– Sœur Mattie a parlé de Bunson. Le professeur Lefoux a dit qu'ils faisaient de leur mieux.

– J'imagine que cela signifie que Bunson est en train d'essayer de construire un prototype de remplacement, suggéra Dimity.

– Ou un meilleur faux.

– J'imagine que c'est dans cette direction que nous allons, de toute façon, dit Dimity.

– Bonté divine, comment peux-tu le savoir ? La lande me paraît toujours pareille.

– L'école va avoir besoin de réparations convenables. Je crois bien qu'elles ont toujours lieu à Bunson.

– Oh ? »

Sophronia trouva cette idée excitante. Elle avait l'impression qu'ils flottaient sans but depuis des siècles.

« Eh bien, l'hélice tourne fort ce matin. » Les deux filles levèrent les yeux et virent Sidheag, les bras croisés sur sa poitrine osseuse, vêtue d'une longue robe de chambre de flanelle rose et avachie contre le chambranle de la porte. *Rose !*

« C'est ça, cette vibration ? » demanda Sophronia dans la foulée. Elle aurait dû deviner que quelqu'un allait entendre leur conversation. Au moins, c'était Sidheag, pas Monique. *Justement, à propos de Monique, elle va essayer d'envoyer cette lettre dès que nous arriverons à Bunson.*

« Tout à fait.

– Depuis combien de temps es-tu là ? voulut savoir Dimity en ramenant les couvertures sur sa chemise de nuit de brocart rouge.

– Assez longtemps », répliqua Lady Kingair en rentrant dans leur chambre. Elle se pencha pour caresser Bumbersnoot, qui s'activait sur son deuxième morceau de charbon.

« Et donc, tu es parvenue à te carapater jusqu'ici sans être découverte ? demanda-t-elle à Sophronia.

– Oui.

– Tu en es bien persuadée, hein ? »

Un frisson glacé remonta le long de l'échine de Sophronia.

« Oui, pourquoi ?

– Parce que Lady Linette t'attend dans notre salon et qu'elle n'a pas l'air content. Elle m'a dit de te dire, à toi en particulier, Sophronia, de t'habiller et d'y aller tout de suite.

– Oh, zut, dit Sophronia. Dimity, veux-tu bien surveiller Bumbersnoot pour moi ?

– Bien entendu.

– Bumbersnoot, reste ici avec tante Dimity, s'il te plaît. »

Le méchanimal se rassit sur son arrière-train et lui envoya une bouffée de vapeur en agitant sa queue d'avant en arrière, plein d'espoir. Sophronia lança un autre morceau de charbon à Dimity, en espérant que l'attention du chien resterait concentrée sur leur chambre, et sortit de son lit. Pour apparaître aussi innocente que possible, elle revêtit sa robe la plus simple, qui était en mousseline bleue avec des fleurs. Sidheag l'aida à la boutonner. Sophronia passa un tablier blanc par-dessus. Elle décida de se contenter de tresser ses cheveux, c'était le plus rapide. Avec Lady Linette, ce genre de décision était toujours difficile : prendre le temps pour se rendre particulièrement présentable, ou s'habiller vite ? Elle jeta un bonnet de dentelle sur sa tête et rejoignit à contrecœur leur salon pour voir à quelle profondeur du pétrin elle se trouvait.

« Bonjour, mademoiselle Temminnick.

– Bonjour, madame. » Sophronia fit une révérence. Elle avait travaillé dur avec Dimity sur l'art de la révérence – comment ployer les genoux sans pointer les fesses, exécuter un plongeon souple et se relever. Dimity lui avait même montré comment baisser les yeux et regarder vers le haut de sous ses cils.

Lady Linette, qui avait l'air plutôt irritée, remarqua tout de même l'amélioration. « Bien mieux, jeune dame. Ne penchez pas autant la tête, pas avec une femme ou un vampire. Avec une autre femme, on dirait de la fausse modestie. Avec un vampire, on dirait une invite. Sinon, un effort tout à fait louable. »

Sophronia termina sa révérence. « Merci, madame.

– Néanmoins, cela ne rattrape pas les informations très troublantes que j'ai récemment apprises.

– Oui, madame ? » L'estomac de Sophronia palpita de façon menaçante.

« On m'a informée du fait qu'on vous a vue à l'extérieur la nuit dernière. On vous a repérée près de l'un des hublots, en train d'escalader la coque extérieure. »

Sophronia plissa les yeux. *Quelqu'un a cafté ! Voilà qui n'est vraiment pas dans l'esprit de cette école.* « L'un des professeurs, madame ?

– Oh, très joli. Pas de ton défensif, juste une demande d'information. Vous essayez d'utiliser mon irritation dans l'espoir que je commette une indiscrétion au sujet de l'informateur. Vous apprenez bien, mademoiselle Temminnick, très bien, en vérité. »

Sophronia écarquilla les yeux avec espoir, et tenta d'avoir un air à la fois dépourvu de menace et interrogateur.

« Dans le seul but de faire honneur à un effort louable, je vous dirai qu'il s'agissait d'une élève. Et c'est un problème. D'un côté, personne d'autre ne vous a vue. De l'autre, vous vous êtes fait une ennemie de l'une de vos pareilles de telle manière que cela vous a coûté une opération clandestine. Vous devriez vous montrer plus attentive en cours de chantage pour empêcher de tels comportements à l'avenir. Mais bon, l'élève en question devrait faire de même. Elle aurait pu utiliser cette information pour vous manipuler, plutôt que de venir directement nous voir. Un choix d'application douteux, mais peut-être a-t-elle pensé devoir agir vite.

– Madame ? » Sophronia avait le cœur au bord des lèvres. *S'il vous plaît, ne me mettez pas à la porte.*

« Oui, bien entendu. Donc, pour avoir été vue, je vous ordonne d'aller voir la cuisinière. Elle vous fera faire la plonge après le souper au mess pendant les deux prochaines semaines. »

Sophronia commença à exhaler un soupir de soulagement, mais à ce moment-là, Lady Linette poursuivit : « Pour avoir été dénoncée... » Elle s'interrompit et réfléchit.

On me renvoie à la maison au moment où nous arrivons à Bunson. C'est certain. Sophronia serra les poings.

« Pour avoir été dénoncée, vous êtes interdite d'accès à l'escale de Swiffle-on-Exe. Une troupe de théâtre est attendue en ville. Vous manquerez le spectacle. Et pour être sortie pendant l'alerte, vous n'aurez pas le droit de descendre du dirigeable du tout. »

Sophronia exhala et détendit les mains. « Merci, madame.

– Bon Dieu, ma fille, pourquoi me remerciez-vous donc ?

– Vous n'allez pas m'expulser.

– Bien sûr que non ! Ne soyez pas sotte. Aucun des professeurs ne vous a vue, et vous avez évité les mécaniques pendant une alerte majeure. C'est du très bon travail. Et vous avez fait montre de dispositions insoupçonnées pour l'escalade et la furtivité nocturne. Je songe à vous faire donner des cours supplémentaires. On nous a dit que vous aviez du culot. Nous en avons sous-estimé la quantité. Pourquoi étiez-vous partie vous promener ?

– Par curiosité », mentit Sophronia sans la moindre hésitation.

Lady Linette pinça les lèvres. « C'est une raison comme une autre. Et maintenant, ma fille, parlons coiffure. Je détecte l'influence de la jeune Lady Kingair sur la vôtre. Cela ne va pas, cela ne va pas du tout. Elle est une cause perdue, mais elle possède un rang et un titre qui autorisent l'excentricité. Il se peut que vous deviez avoir l'air d'une dame à l'occasion. À partir de maintenant, vous devrez porter des papillotes tous les soirs. Demandez à Mlle Pelouse de vous montrer. Je ne veux pas vous revoir avec une tresse. Est-ce clair ? »

Sophronia considéra cela comme sa véritable punition – la pire du lot. Des leçons de papillotes avec Monique, rien que ça ! Elle exécuta néanmoins une autre révérence. « Très bien, madame.

– Au revoir, mademoiselle Temminnick.

– Au revoir, madame.

– Oh, et mademoiselle Temminnick ? Vous vous êtes rendu compte que vous n'étiez pas obligée de reconnaître votre petite excursion ? C'était votre parole contre celle de votre accusatrice. Gardez cela à l'esprit, dans le futur. On peut toujours nier. » Sur quoi Lady Linette sortit de la pièce, la balayant de sa robe particulièrement bouffante et de couleur lavande, si large qu'elle passait tout juste par la porte.

« Ça ne peut être que Monique ! » dit Dimity. Elle arpentait leur chambre en agitant les bras, irritée, comme pour chasser une abeille. Les volants des manches de sa robe pêche flottaient autour d'elle telles des créatures sous-marines. « Je me demande si Lady Linette est son amie au sein du personnel enseignant. »

Sophronia était ravie que Dimity soit si offensée pour elle. « Bien sûr que c'est Monique. Et son alliée pourrait être Lady Linette ; c'est une actrice, après tout. » Sophronia s'effondra sur son lit en gémissant. « Oh, mais des *papillotes* !

– Ça ne peut pas être si terrible que ça.

– Facile à dire pour toi, tu n'en auras jamais besoin. Pourquoi faut-il que j'aie des cheveux raides ? C'est une malédiction ! Et tu sais, ça ne m'importait pas beaucoup jusqu'à présent. Qu'est-ce que cet endroit est en train de me faire ? Je deviens tout à fait frivole. »

Dimity n'avait pas de solution à ce problème-là. « Je suis désolée que tu doives manquer le théâtre.

– À Swiffle-on-Exe ? Ça pourrait être pire.

– *C'est* le pire. Tous les garçons seront là. »

Sophronia s'étala sur le dos. Elle ne savait pas si elle était contrariée ou non. « C'est bon, vraiment. Je ne crois pas être encore prête pour les garçons. Mes battements de cils sont médiocres.

– Oh, mais c'est à cela que sert Bunson ! À s'entraîner. J'ai entendu Monique tout dire à Preshea à ce sujet. Certaines des filles tiennent même des comptes. Elles se servent de ce que nous apprenons pour faire tomber amoureux d'elles le plus de garçons possible. Elles n'ont pas le droit d'encourager de véritables déclarations, bien entendu. Si l'une des filles de l'école de Mlle Géraldine se trouve un vrai galant, il vaut mieux qu'il soit au minimum baronet.

– Je croyais que Bunson formait des génies du mal.

– Oui, en général.

– Est-ce bien avisé ? Qu'un tas de génies du mal en herbe tombent amoureux sans le vouloir vraiment ? Et s'ils considèrent qu'on les repousse ?

– Ah, mais entre-temps, pense aux merveilleux cadeaux qu'ils peuvent te faire. Monique s'est vantée qu'un de ses soupirants lui a fabriqué des épingles à cheveux en bois et en argent en guise d'armes antisurnaturelles. Avec des incrustations d'améthyste. Et un autre lui a fait un poulet explosif en osier.

– Bon sang, pour quoi faire ? »

Dimity pinça les lèvres. « Qui n'a pas envie d'un poulet explosif en osier ? »

Sidheag ouvrit la porte et passa la tête à l'intérieur. « Est-ce que vous allez traînasser ici toute la journée ? Il est l'heure de manger, et la rumeur dit qu'il va y avoir une annonce importante avec les scones.

– Nous allons à Swiffle-on-Exe. On joue une pièce de théâtre. Nous aurons le droit d'y assister avec Bunson, dit Sophronia.

– Juste ciel, tu es au courant de tout, hein ? » Sidheag souleva un sourcil et s'en alla. Aujourd'hui, elle portait une robe en tissu écossais, comme une gouvernante.

Dimity se glissa près de Sophronia et dit, à voix basse : « De l'écossais ! C'est incroyable ! »

Elles suivirent Sidheag jusqu'à l'endroit où les nouvelles attendaient.

Dimity, une lueur de malice dans le regard, dit : « Sophronia prétend que nous allons à Swiffle-on-Exe voir une pièce de théâtre avec Bunson. »

Toutes les autres filles se mirent instantanément à jacasser.

« Vraiment, quel genre de pièce ? » Agatha, pour la première fois à la connaissance de Sophronia, paraissait intéressée par cette perspective. Agatha, si timide que c'en était presque gênant, ne semblait jamais excitée par quoi que ce soit.

« Bunson ? Des *garçons*, tu veux dire ? » Le joli visage de Preshea se pinça en une expression avide. Sophronia se dit qu'elle ressemblait à une perdrix atteinte de problèmes de picage chronique.

« Voyons, Preshea, la réprimanda Dimity, il ne faut pas choisir ton premier mari dans une école de génies du mal. Trop difficile à tuer.

– Pourquoi sais-tu tout ça ? demanda Monique.

– Eh bien, Monique, surprise que je l'aie appris en premier ? » répliqua Sophronia, utilisant sa récente leçon sur les révélations superflues d'informations.

Elles cheminèrent dans les couloirs, en direction des divers ponts, près de la salle à manger. Sophronia saisit Monique par le bras, la retenant en arrière. Dimity lui lança un regard troublé, mais suivit son signal et se concentra sur les trois autres, les faisant avancer pour que Sophronia soit tranquille.

« Je voudrais te parler, Monique.

– Qu'est-ce que tu me veux ?

– Mauvais boulot, d'avoir mouchardé sur moi comme ça. Je croyais que ce n'était pas ton genre. Es-tu allée voir ton professeur préféré ?

– Je n'ai pas la moindre idée de ce à quoi tu fais allusion.

– Oh, très joli, le déni. Lady L. a dit que j'aurais dû mieux m'en servir. Je m'en souviendrai à l'avenir.

– Tu penses raconter quelque chose de sensé ou est-ce que tu essaies juste de m'irriter ? »

En fait, se dit Sophronia, *elle est plutôt douée*. Les yeux bleus de Monique étaient innocents, alors même que l'exaspération les étrécissait.

« Même si je n'avais pas vraiment envie d'aller voir la pièce », ajouta Sophronia.

Monique se dégagea. « Tu es folle, tu le sais ? Mais que peut-on attendre d'une recrue secrète ? Abstiens-toi de me fréquenter à partir de maintenant, veux-tu ?

– Avec plaisir. » Sophronia s'éloigna.

« Eh bien, qu'a-t-elle dit ? murmura Dimity.

– Elle a nié en bloc.

– Bien entendu. »

Elles étaient arrivées, et elles prirent leur place à table.

Les bruits de conversation et de consommation de nourriture diminuèrent quand la directrice se leva et s'avança, sa chevelure bouffante formant une tache rouge ébouriffée. Elle prit une profonde inspiration et ouvrit grand les bras tout en redressant le dos et en poussant son imposant décolleté en avant. « Mesdames, mesdames, votre attention, s'il vous plaît ! Nous avons changé de direction et nous nous dirigeons vers cet autre établissement, vous savez, l'École polytechnique de Bunson et Lacroix. Une petite troupe de théâtre séjourne là-bas, pour des représentations d'une pièce des plus instructives, *Une baignoire idéale*. Nous avons pensé que vous méritiez un petit plaisir, mesdames. Mais n'oubliez pas, s'il y a des ragots à collecter, collectez-les. S'il y a de nouveaux styles de robes à imiter, imitez-les. S'il y a des cœurs à briser, brisez-les. Bonne chance, mes enfants. »

« Des ragots ? Je pensais qu'elle ne savait pas que nous... tu sais... collections des informations... » Dimity était perplexe.

« Je pense qu'elle parle de cancans, dit Sophronia.

– Nous nous dirigerons vers Swiffle-on-Exe pendant les trois prochains jours, poursuivit Mlle Géraldine. Les cours habituels auront lieu normalement entre-temps. Souvenez-vous, mesdames, qu'il s'agira d'un privilège et que votre droit à assister à la représentation sera révoqué à la discrétion des professeurs. Dans un cas, il l'a déjà été. »

Des vagues de « ooooh » s'éparpillèrent dans tout le hall, et tout le monde feignit de ne pas lancer un regard en direction de Sophronia. *Le truc, avec un pensionnat qui forme des espionnes*, songea-t-elle, *c'est que tout le monde est au courant de vos affaires, quelques fois avant vous. Et parfois, on les invente, juste pour le plaisir.* Que cela lui plaise ou non, tout le monde était au courant de sa punition, sinon de son crime. La vitesse de dissémination de l'information était impressionnante, bien qu'un peu embarrassante.

Les trois jours suivants se déroulèrent dans une atmosphère d'excitation et de préparation. En dépit de ce que Mlle Géraldine avait dit, les choses n'étaient pas normales. Les leçons se concentrèrent sur l'habillement et les manières adaptées au théâtre. Lady Linette occupa deux heures entières rien que sur les jumelles d'opéra ! Même le capitaine Niall passa des couteaux au garrot. Il était bien plus facile, expliqua-t-il, de tuer quelqu'un avec un garrot lors d'un événement assis ; il fallait simplement faire en sorte d'être placé juste derrière sa victime. « Ce n'est pas pratique du tout, dit-il, d'essayer de tuer quelqu'un quand on est assis devant lui. »

On dirait qu'on va rendre visite à la reine, se dit Sophronia en regardant Preshea essayer une nouvelle robe en vue de la représentation.

Les filles se trouvaient dans leur salon commun, la veille de leur arrivée à Swiffle-on-Exe. C'était leur seul moment de libre avant le coucher et elles auraient dû être en train de s'entraîner à marcher avec des bottes à hauts talons. Au lieu de quoi elles inspectaient leurs garde-robes respectives et prévoyaient leurs accessoires.

Sophronia était la seule à s'entraîner. Elle se promenait en titubant et feignait de ne pas s'intéresser aux tenues, puisqu'elle n'allait pas assister à la pièce. Elle découvrit cependant, ce qui l'intrigua, qu'Agatha possédait les robes les plus coûteuses et les plus beaux bijoux, au grand agacement de Monique. La tenue de Dimity, par contre, lui attira des regards de pitié. Ce n'était pas tant le tissu, bien qu'il fût terrifiant – des rayures violettes et vert canard – que la coupe de la robe, qui était loin d'être aussi élégante que l'exigeait la mode du moment. Sophronia trembla en songeant ce qu'on aurait dit de sa seule et unique robe du soir. Elle fut choquée par sa propre superficialité. *Je deviens exactement comme mes sœurs !*

Au milieu de la folie d'un salon couvert de robes, de châles et de gants, sans parler de filles se baladant dans diverses tenues et accessoires, on frappa un grand coup à la porte.

Sidheag, qui se tenait sur le côté et observait le chaos pour y repérer les éléments de ridicule, alla répondre. La personne qui se trouvait là était trop petite pour être visible de l'autre côté de la longue silhouette de Lady Kingair.

Une petite voix avec un accent français demanda sur un ton effronté : « Est-ce que Mlle Sophronia traîne dans le coin ? »

Sidheag baissa les yeux un long moment, puis se tourna, les sourcils levés, et s'adressa à la chambre : « Sophronia, tu as un, euh, visiteur. » Puis elle reprit sa pose alanguie, regardant les autres filles qui faisaient les folles de l'œil d'un scientifique observant les agissements d'une espèce nouvellement découverte.

Quelques-unes d'entre elles jetèrent un coup d'œil pour voir qui était à leur porte, mais le visiteur ne s'attira que très peu d'attention après cette première évaluation.

Sophronia arriva, toujours chaussée de talons et la démarche incertaine.

« Bonsoir », dit Vieve en lui souriant. Il se trouvait que Vieve avait vraiment les yeux verts. Ses cheveux étaient d'un noir profond sous sa casquette et il semblait très à l'aise, à la façon de tous les enfants chroniquement mal élevés. Il était vêtu de manière convenable, même si son style penchait plutôt vers celui d'un distributeur de journaux, mais au moins il était propre.

« Oh, Vieve, comment vas-tu ?

– Au poil. Je suis venu faire la connaissance de ton... tu sais...

– Oh, oui, bien entendu. J'avais oublié. » Sophronia se tourna vers les autres filles. « Cela vous gêne-t-il que Vieve entre ?

– Qui ça ? » demanda Dimity.

Les autres levèrent à peine les yeux.

Vieve ôta sa casquette, la serrant d'un air gêné sur sa poitrine, et pénétra d'un pas nonchalant dans la pièce.

« Je ne mettrais pas ce chapeau avec ces gants, mademoiselle, si j'étais vous, dit-il, rendant son jugement sur le choix d'accessoires de Preshea.

La fille à la chevelure noire le remarqua. « Oh, vraiment, tu ne le mettrais pas ? Et qu'est-ce que tu connais sur le sujet ?

– Je viens de France, répliqua Vieve en haussant les épaules.

– Ça, c'est un bon point, dit Dimity avec un sourire.

– Tu as neuf ans et ta tutrice est une intellectuelle ! » protesta Preshea.

Pour être juste avec Vieve, Sophronia était d'accord avec lui, au sujet des gants et du chapeau. Les gants étaient magenta et le chapeau vert petit pois. « À ta place, je ne m'en mêlerais pas », dit-elle au garçon.

Vieve la suivit au sein du chaos jusqu'à sa chambre.

« Pense à ta réputation, Sophronia, lui lança Dimity. Laisse la porte ouverte ! »

Monique laissa échapper un éclat de rire déplaisant. Agatha vint jusqu'à Dimity pour lui murmurer quelque chose à l'oreille.

« Je suis doué pour les accessoires, protesta Vieve une fois que lui et Sophronia furent à l'abri de la pagaille.

– J'en suis convaincue, mais il ne sert à rien de discuter avec Preshea. Elle gagne toujours, même quand elle ne gagne pas. Et voici Bumbersnoot. Bumbersnoot, je te présente Vieve. »

Le petit chien était assis au pied du lit de Sophronia, où il attendait l'extinction des feux. Il avait fui le salon après que Monique lui eut donné un coup de pied parce qu'il avait mangé l'un de ses rubans à cheveux. À présent, il avait une petite marque sur le flanc.

Les yeux verts de Vieve étincelèrent de plaisir lorsqu'il vit le méchanimal. « Est-ce que je peux ?

– Bien entendu. Tiens. » Sophronia souleva Bumbersnoot et le présenta au jeune garçon.

Il examina la créature avec attention, ouvrit diverses écoutilles et passa pas mal de temps à étudier le minuscule moteur à vapeur à l'intérieur de l'estomac de Bumbersnoot. « Incroyable. Quelle complexité. Mais il a besoin d'un entretien, je crois. Est-ce qu'il grince ?

– Eh bien, oui, tout à fait. »

Vieve hocha la tête. « Je passerai demain, quand tout le monde sera à terre, avec de l'huile et des outils. Je vais lui donner un coup de neuf.

– C'est très gentil. » Sophronia n'était pas certaine de vouloir qu'un enfant de neuf ans démonte son animal de compagnie, mais elle n'allait pas décliner son offre non plus. Si Bumbersnoot avait besoin qu'on lui jette un coup d'œil, Vieve était ce qu'elle avait de plus proche d'un expert.

« Ce sera un plaisir. C'est une vraie beauté, non ? »

Bumbersnoot avait un long corps de saucisse et bien qu'il fût presque entièrement en bronze, il était clair qu'il comportait quelques pièces en cuivre et en fer, ce qui faisait de lui une sorte de patchwork. Tout en l'aimant beaucoup, Sophronia n'aurait pas employé cette expression pour le décrire. « Si tu le dis. »

Vieve reposa Bumbersnoot sur le lit et souleva son chapeau. « À demain, alors, mademoiselle ! » Quel enfant bizarre !

« À demain. Je te reconduis ? demanda Sophronia, se souvenant d'une récente leçon sur comment congédier un gentleman en l'absence de rancœur.

« Je crois que je peux me débrouiller. » Sur quoi le garçon sortit en passant par le salon, soulevant son chapeau pour les filles au passage.

Dimity apparut à la porte et fit les gros yeux.

« Qui était-ce donc ?

– Vieve.

– C'est ce que j'ai compris, mais Sophronia, tu ne m'avais pas dit que tu étais devenue amie avec la nièce excentrique du professeur Lefoux.

– *Sa nièce ?* »

LEÇON 11

De l'importance d'une tenue correcte

Vieve tint la promesse qu'elle avait faite. *Elle.* Sophronia n'y croyait toujours pas. Il semblait que la nièce de neuf ans du professeur Lefoux aimait s'habiller en garçon et fraterniser avec les soutiers. Et qu'apparemment, le professeur Lefoux la laissait faire !

« Salut, mademoiselle Sophronia, dit la fillette, debout à la porte et tenant un réticule rebondi devant elle.

– Bonsoir, mademoiselle Geneviève, répondit solennellement Sophronia. Ne veux-tu pas entrer ? »

Vieve n'eut pas l'air du tout gênée d'avoir été découverte. « Alors, tu es au courant ?

– Pourquoi diable veux-tu te faire passer pour un garçon ?

– Les garçons s'amusent beaucoup plus. » Vieve lui adressa l'un de ses sourires à fossettes. « Je t'assure, je trouve la tenue féminine fascinante. Je préfère simplement ne pas la porter. Elle est très restrictive. »

Sophronia regarda son invitée de haut en bas. Ce soir, la fillette portait sa casquette habituelle avec une chemise d'homme trop grande aux manches roulées, un gilet brun et des culottes de cheval marron. « Tu me pardonneras si je ne fais pas entièrement confiance à ton jugement en matière d'apparence. »

Vieve rit.

« Voilà ton patient. » Sophronia indiqua Bumbersnoot, qui avait profité de l'absence des compagnes de Sophronia pour s'installer sous la table du salon, où il trônait d'une façon qui ne lui était pas autorisée d'ordinaire.

Vieve renversa le contenu de son réticule sur la table. Sa boîte à outils semblait essentiellement composée de matériel de mécanicien et de quelques flacons de verre fermés par des bouchons. La fillette fit sortir Bumbersnoot de sous la table, s'assit sur le sofa et l'installa sur ses genoux.

« Puis-je faire quelque chose pour t'aider ?

– Je ne pense pas. Je crois savoir que tu as été prise en train de faire de l'escalade pendant l'alerte et que c'est pour cette raison qu'ils t'ont interdit d'assister à la pièce ?

– Je ne me suis pas fait prendre. Quelqu'un m'a vue et a cafté.

– Ça ne se fait pas ! » Vieve retourna le méchanimal, ouvrit son estomac et se mit à bricoler et farfouiller avec une sorte de baguette biscornue en métal. Elle prit l'un de ses petits flacons, le déboucha et versa une goutte d'un liquide sombre et visqueux sur la baguette pour qu'il aille directement là où elle le voulait. Vieve était vraiment très habile pour une enfant de neuf ans.

« Donc, tu es la nièce du professeur Lefoux ?

– C'est ce qu'elle me dit. »

Sophronia se rassit sur le sofa et tenta d'avoir l'air détaché.

« Tu sais quelque chose au sujet de ce prototype ?

– Voyons, mademoiselle, qu'est-ce qui vous fait penser ça ?

– Tu aimes les mécaniques et les inventions, et pour autant que je sache, le prototype relève des deux. »

La fillette leva les yeux et sourit, paraissant bien plus son âge que lorsqu'elle se concentrait sur Bumbersnoot. « C'est pour une machine de communication spéciale.

– Une quoi ?

– Depuis l'échec du télégraphe, qui a été entravé par les courants éthériques, ils travaillent sur une nouvelle idée de machine pour communiquer sur de longues distances – d'une station à une autre. Malheureusement, il semblerait qu'il y ait un problème avec les transmissions. Les chercheurs de la Royal Society à Londres ont mis au point un nouveau prototype pour arranger ça. Ils en ont fabriqué deux : l'un à Londres, et l'un qui doit venir ici, à Bunson.

– Pourquoi Bunson ?

– Eh bien, c'est là que se trouve l'autre machine, bien entendu. De toute façon, quelque chose est arrivé à ce prototype.

– Monique l'a caché. »

Vieve parut impressionnée. « Vraiment ? Comment le sais-tu ?

– J'étais avec elle. Ça s'est produit quand j'ai été recrutée.

– C'était son examen de fin d'études.

– Oui. Et elle a échoué.

– Ça explique pourquoi elle crèche avec les nouvelles. Et pourquoi elle n'a pas été autorisée à assister à la pièce non plus. » Les fossettes de Vieve disparurent et elle sembla à nouveau d'un sérieux inhabituel pour une enfant de neuf ans.

Cette information était nouvelle pour Sophronia. Elle avait donné à Dimity des instructions strictes pour surveiller Monique. Des instructions que Dimity aurait beaucoup de mal à suivre. « Monique n'y est pas allée ? Pourquoi n'est-elle pas ici ?

– Elle rôde près de la section des professeurs, non ? Quelle plaie, celle-là. Et elle s'en sort toujours, ce qui est pire. »

Sophronia pinça les lèvres. Pour le moment, elle n'avait pas de temps à consacrer aux bêtises de Monique. « Alors, tu sais où l'objet se trouve ?

– Le prototype ?

– Non, la machine de communication de Bunson. » *Si je pouvais y jeter un coup d'œil, je pourrais apprendre pourquoi tout le monde pense qu'elle est si importante. En outre, j'aimerais voir l'intérieur de Bunson, où les filles ne sont pas censées aller, par principe.*

Cette remarque fit relever la tête à Vieve, les yeux plissés. « Je vois pourquoi tu n'arrêtes pas d'avoir des ennuis. Es-tu sûre d'être une fille ?

– C'est une drôle de question, venant de toi.

– Tu ne te comportes pas comme une fille. » Vieve pencha la tête. « Tu veux la chercher ?

– Et savoir pourquoi ils font tout ce foin. »

Vieve ne parut pas trouver ça bizarre. « Nous allons avoir besoin d'aide. On ne peut pas monter et descendre si facilement que ça à bord de ce dirigeable.

– Ça tombe bien qu'on soit amies avec les soutiers, alors, non ? »

Geneviève Lefoux sourit à son travail. « Tout à fait. Bien. » Elle remit Bumbersnoot sur ses pattes. « Ça devrait aller. »

Le méchanimal s'ébroua, comme un chien mouillé, et se mit à trottiner dans la pièce. Sa queue s'agitait avec excitation, *tictoctictoctictoc* ! »

Sophronia l'observa. « Il se déplace bien plus aisément, et il ne semble plus grincer. Tu travailles bien. »

Vieve rougit. « J'essaie. Il se pourrait qu'il... oh, voilà. »

Bumbersnoot s'accroupit dans un coin du salon et y déposa un petit tas de cendres.

« Oh, mon Dieu. Méchanimal mal élevé ! »

Vieve défendit le chien. « C'est un petit moteur à vapeur. Il ne peut y avoir qu'un peu de dépôt.

– Quelle est sa capacité de stockage ?

– Environ la taille de ton poing, répondit Vieve. Plus gros, ça pourrait se coincer. »

Sophronia hocha la tête, rangeant l'information pour un usage futur. « Et donc, tu te débrouilles comment en escalade ?

– Bien, mais heureusement, nous n'en avons pas besoin. » La fillette tendit le poignet. Elle portait une large bande de cuir sur laquelle était fixée une petite boîte à bijoux de cuivre. Elle ouvrit le couvercle d'une pichenette et fit voir le gadget à Sophronia.

Au début, elle crut que ce pouvait être une boîte à musique, mais en y regardant de plus près, elle distingua toutes sortes de cadrans, de roues et de petits boutons.

– Qu'est-ce que c'est ? »

Vieve sourit. « Je l'appelle mon interrupteur de disruption magnétique antimobilité des mécaniques. Savon l'appelle l'*obstructeur*.

Au bout d'à peine cinq minutes, Sophronia mourait d'envie d'avoir son propre obstructeur.

Vieve se contenta de sortir dans le hall, et quand une domestique arriva en roulant bruyamment, menaçante, elle pointa son poignet sur elle et actionna un levier de sa main libre.

La femme de chambre se figea. La vapeur cessa de sortir de la base de sa carapace et les engrenages et cadrans placés à l'endroit où aurait dû se trouver son visage s'immobilisèrent. On aurait dit que la mécanique avait vu quelque chose de scandaleux et succombé à un évanouissement. *Ingénieux !*

« Viens ! » Vieve saisit la main de Sophronia et l'entraîna devant la servante. « L'effet se dissipe en six secondes. J'essaie de trouver comment le prolonger, mais c'est le mieux que nous avons pour le moment. »

Elles passèrent en courant devant la domestique, firent une pause à un tournant du couloir pour jeter un coup d'œil au cas où il y en aurait une autre, ou une élève punie aux mêmes penchants pour l'évasion qu'elles.

Elles traversèrent ainsi les sections et les niveaux, se livrant à une sorte de jeu de marelle transdirigeable. À chaque fois qu'elles tombaient sur une mécanique, Vieve figeait la malheureuse chose pendant six secondes, le temps de passer devant à toute vitesse puis de poursuivre leur chemin.

Elles atteignirent le milieu du vaisseau et se dirigèrent tout de suite vers les niveaux inférieurs. « Il reste deux professeurs à bord, expliqua Vieve.

– Le professeur Braithwope ? hasarda Sophronia. Il ne peut pas quitter le navire. Et... (elle réfléchit) ta tante ?

– Parce qu'elle ne s'intéresse pas à ce qui est amusant ou distrayant », expliqua Vieve sans rancœur.

Elles finirent par arriver à l'entrée de la chaufferie. Sophronia trouva bizarre d'arriver à cette pièce par le haut plutôt que par le bas. Elles poussèrent deux monumentales portes de cuivre décorées d'images de feu et de toutes sortes de symboles de danger. Sophronia plissa les yeux. L'un des symboles ressemblait à un blaireau à la queue en flammes. Un autre était un crâne semblable à celui des drapeaux de pirate, mais avec la bouche ouverte et de longs crocs de vampire. *Si c'est un vampire, peut-être que le blaireau en feu est censé être un loup-garou ?* Et un autre, Sophronia aurait pu le jurer, était un rouge-gorge en chapeau melon. *Qu'y a-t-il de dangereux*, se demanda-t-elle, *dans un rouge-gorge avec un chapeau melon ?*

Elles descendirent une petite volée de marches jusqu'à un balcon interne qui surplombait la salle des machines. C'était comme être dans une loge au théâtre. De cette position privilégiée, Sophronia et Vieve virent la totalité de la chaufferie se déployer : les quatre énormes chaudières aux bouches orange grandes ouvertes, avec une montagne de charbon sur le côté et de petites piles tout près. Il y avait des pompes et des pistons géants, des engrenages rotatifs et des courroies, dont certains tournaient, d'autres bougeaient de haut en bas, et d'autres encore étaient totalement immobiles. Éclairée par la lueur vacillante des chaudières, cette machinerie colossale luisait. Même toute la poussière de charbon et la vapeur flottant dans l'atmosphère n'en avaient pas terni le brillant. Sophronia se demanda si on polissait le métal régulièrement. Entre, autour et à l'intérieur des machines passaient les soutiers, semblables à des fourmis. Les silhouettes plus larges des graisseurs, des mécaniciens et des chauffeurs formaient des points immobiles dans tout ce mouvement ; des points nodaux où les soutiers revenaient périodiquement pour obtenir des instructions, comme si ces mêmes fourmis avaient découvert un joli morceau de fromage.

« Impressionnant, vu sous cet angle, dit Sophronia.

– Magnifique. » Les yeux de Vieve brillaient. « Un jour, j'aurai tout un laboratoire exactement comme ça, rien qu'à moi.

– Oh ?

– Je l'appellerai ma "chambre d'invention". » Elle avait beaucoup réfléchi à la question, c'était évident.

« Excellent nom. Peut-être devrions-nous bouger avant d'être remarquées par un ingénieur ?

– Bien dit. »

Vieve conduisit Sophronia jusqu'à un escalier en spirale très raide menant à la chaufferie. Vieve dégringola les marches. Sophronia, qui portait une robe de visite bleu sombre aux multiples jupons, la suivit avec autant de souplesse qu'ils le permettaient.

Une fois en bas, Vieve connaissait le chemin. Elle savait où elle allait entre les machines et autour des tas de charbon, évitant aisément les mécanos, se glissant dans les groupes de soutiers et en sortant comme si elle en était un. Avec sa casquette enfoncée et ses mains fourrées dans les poches de ses jodhpurs, elle leur ressemblait, en plus ratatinée et en un peu moins sale.

Sophronia, de son côté, se sentait mal à l'aise. Elle se faisait l'effet d'un feuilleté au milieu de tourtes à la viande dans sa robe chic. Elle fut satisfaite lorsqu'elles s'arrêtèrent derrière un énorme moteur pivotant sur le côté de la pièce, hors de vue ou à peu près.

Vieve attrapa un garçon aux cheveux filasse et à l'air malicieux par le coude. « Rafe, va chercher Savon, tu veux bien ?

– Fais-le toi-même, casse-pieds.

– Je ne peux pas. J'ai de la compagnie importante. Je ne peux pas laisser une dame seule dans cet endroit dangereux, non ?

– Elle ? » Le garçon blond fouilla les ombres du regard là où se trouvait Sophronia. « Que fiche l'une d'entre elles ici ?

– Pareil que tout le monde : elle s'occupe de ses affaires. Maintenant, tu vas chercher Savon, s'il te plaît ? »

Le blond renifla, mais s'en alla.

« Sympathique garçon, commenta Sophronia.

– Ils ne peuvent pas être tous aussi charmants que moi, répliqua Vieve en souriant.

– Ou aussi adorables que moi, ajouta Savon, qui arriva derrière Vieve et lui chipa sa casquette. Bonsoir, mademoiselle Temminnick ; Vieve. À quoi devons-nous cet honneur ? Ne devriez-vous pas être en train de regarder une pièce ou quelque chose de prétentieux dans le genre en ville ?

– Rends-le-moi ! » Vieve tenta d'attraper son couvre-chef, mais Savon le tenait hors de sa portée. « Je déteste le théâtre.

– Et je ne peux pas y aller, ajouta Sophronia. Mais, Savon, Vieve et moi nous demandions si vous pouviez nous aider à sortir ?

– Sortir ?

– Nous voulons aller visiter Bunson.

– Mais pourquoi ? Il n'y aura personne là-bas.

– Justement, dit Vieve, triomphante.

– Ils ont quelque chose que nous voulons voir.

– Quel genre de quelque chose ? demanda Savon, soupçonneux.

– Une machine de communication », expliqua Sophronia. Vieve hocha la tête en souriant.

Le regard de Savon alla de l'une à l'autre. Il s'arrêta sur Sophronia. « Pas vous aussi ? Vous êtes devenue folle de la mécanique, c'est ça ? Je n'aurais jamais dû vous présenter. Ça va finir dans les larmes et dans l'huile.

– Pas vraiment. Je suis plus intriguée par l'envie qu'elle suscite.

– Quoi ?

– Les bandits de haut vol la veulent, ou en veulent des pièces. Monique a échoué à son examen final à cause d'elle. J'ai vu se dérouler deux batailles aériennes dont elle était l'enjeu. »

Savon se jeta sur sa deuxième phrase. « Tu as vu ce qui est arrivé au ballon du milieu ?

– Oui, et je vous ai vus le réparer.

– C'était pas rien. J'ai parlé comme un canard pendant une bonne heure à cause de tout cet hélium. C'est vraiment drôle, ces réparations en altitude. Et donc ?

– Quelqu'un nous a tiré dessus avec un canon.

– À cause de cette machine de communication ?

– Pas exactement. À cause d'une pièce qui pourrait faire vraiment communiquer les machines de communication entre elles. »

Savon parut troublé, mais prêt à jouer le jeu. « Bon, très bien, alors, mais je ferais mieux de venir avec vous. Je ne peux pas vous laisser vous balader à terre sans supervision. »

Sophronia leva les sourcils. « Je peux vous assurer que je me faufile partout dans la plus parfaite impunité depuis des années. »

Savon lui fit les gros yeux.

« Oh, d'accord », dit Sophronia, qui n'avait pas envie de perdre plus de temps.

Savon enrôla quelques soutiers qui ne travaillaient pas et une petite troupe sale escorta Sophronia et Vieve jusqu'à une autre écoutille dans le sol de la chaufferie. Sophronia ne l'avait pas remarquée jusque-là ; elle se trouvait dans un coin derrière ce qu'elle supposa être une pompe à eau chaude pour le système de chauffage serpentiforme de l'école. En haut, dans les chambres, les appareils de chauffage ressemblaient à des grilles dans les murs et ils entraient en action si la nuit devenait glaciale, ce qui était souvent le cas en altitude. Celui de la chambre de Dimity et Sophronia produisait tellement de gargouillis et de grondements que Dimity l'avait surnommé « Boris l'Indigeste ». Voilà donc d'où venait Boris.

Une échelle de corde se trouvait à proximité. Lorsque l'écoutille s'ouvrit, il fut clair que le dirigeable flottait très bas, à peut-être deux étages de hauteur. Il se trouvait également au bord de la lande. Swiffle-on-Exe devint visible après qu'ils eurent déroulé l'échelle et commencé à descendre.

L'école s'était immobilisée au-dessus d'un tertre près d'un sentier de chèvres au-dessus de la ville, mais assez loin du village pour que Sophronia s'inquiète du fait que, si les brumes de la lande se levaient, ils ne soient pas en mesure de retrouver le chemin du retour. La lune était pleine, ce qui expliquait à la fois les réjouissances en ville et l'absence du capitaine Niall. Il devait être un véritable monstre ce soir, incontrôlé et incontrôlable. Sidheag leur avait expliqué que le capitaine se retirait plusieurs jours avant la pleine lune, loin dans la lande, loin de la civilisation, pour que son moi de loup-garou ne mette pas qui que ce soit en danger. Sophronia trouvait cela triste. Les loups-garous étaient censés aimer le théâtre.

Ils sautèrent sur l'herbe, Sophronia en premier, puis Vieve, et enfin Savon. Savon salua les soutiers au-dessus d'eux et l'échelle fut remontée. Ils la redescendraient dans exactement deux heures, juste avant la fin de la représentation. Sophronia s'inquiéta de la contrainte de temps, mais Vieve était sûre que deux heures leur suffiraient.

Sous la lune brillante, le chemin jusqu'en ville était bien éclairé. Swiffle-on-Exe était un mélange argenté de toits de chaume, de flèches d'églises et de la monstruosité bunsonienne sur sa gauche. En trottant rapidement, ils atteignirent le portail de l'école en un peu moins d'un quart d'heure.

Sophronia se cacha pendant que Savon tirait sur la sonnette du concierge mécanique. Ils avaient décidé de laisser Vieve l'affronter en premier, à la fois parce qu'elle détenait l'obstructeur et pour s'assurer que le portier la reconnaîtrait comme étant du sexe féminin. Vieve affirmait que l'apixiteur du nodule d'identification, ou quelque chose comme ça, devait ressembler à la partie inférieure d'un corps humain et que si Sophronia mettait juste des pantalons comme toute personne raisonnable...

Soit Vieve avait raison, soit un autre aspect de sa personnalité paraissait intrinsèquement masculin, car lorsque le portail s'ouvrit et que la mécanique fut devant elle, elle ne formula pas d'objection.

Vieve fit un pas en avant et gonfla la poitrine. « Message pour M. Algonquin Shrimpdittle de la part du professeur Lefoux, dit-elle de sa voix haut perchée.

– Donnez-le-moi, jeune monsieur, répliqua la voix sonore du concierge depuis son mélange d'engrenages et de roues dentées sans visage.

– Impossible, répliqua Vieve. J'ai ordre de le remettre en main propre. »

Le concierge émit une bouffée de vapeur, l'air irrité. Cela souleva la cravate épinglée autour de son cou, qui obscurcit momentanément son visage mécanique. Il bourdonna et cliqueta, crachant un nuage de fumée depuis une cheminée au sommet de sa tête. « Très bien, monsieur, finit-il par dire. Suivez-moi. »

Le portier décrivit une large boucle sur ses rails. Il ne possédait pas le mécanisme de pivot et l'agilité des mécaniques à un seul rail du pensionnat. Il commença à s'éloigner bruyamment, la brouette qui se trouvait sur son dos brinquebalant d'un côté à l'autre.

Vieve se tourna vers Sophronia et murmura : « Vite ! Saute !

– Quoi, à l'intérieur ?

– Il n'a pas de nodules sensoriels sur le dos. »

Sophronia jeta un regard plein de doute à la fillette. *Mais bon, Vieve avait raison au sujet du concierge qui n'avait pas vu qu'elle était une fille.* Elle échangea un regard avec Savon.

Le grand garçon agita les mains de la manière qui signifiait universellement : « À vous de décider. »

Sophronia haussa les épaules, trotta derrière le portier et, dans un froufrou de jupons, se hissa à l'intérieur de la brouette. Savon courut derrière elle et sauta avec agilité à son côté. Il se glissa près de Sophronia, se cognant contre son épaule, et sourit. Il sentait la suie. Sophronia trouva que c'était une odeur plutôt plaisante, sur lui, et lui rendit son sourire. Geneviève Lefoux avait raison : le concierge ne perçut pas sa présence.

Vieve marchait à côté de la mécanique, comme s'ils étaient des compagnons en promenade. C'était plutôt comique, car le concierge était deux fois aussi haut que la fillette, et trois fois large comme elle.

Les rails de la mécanique s'interrompaient devant le bâtiment principal de l'école.

La structure ressemblait beaucoup plus à ce que Sophronia avait attendu du Pensionnat de Mlle Géraldine pour le perfectionnement des jeunes dames de qualité. Bunson possédait un impressionnant escalier montant vers d'imposantes doubles portes en fer et en bois, gravées d'un motif complexe. Sophronia s'accroupit encore plus dans la brouette quand le concierge approcha des marches. *Comment va-t-il prévenir l'intérieur de la présence d'un messager ?*

Il entra en contact avec la dernière marche, là où ses rails s'interrompaient. Cela déclencha une réaction. Une grande quantité de vapeur émana de sous la marche, et avec force grincements et gémissements, les marches s'affaissèrent. Tout le devant du bâtiment qui abritait les portes d'entrée se compressa vers le bas comme un accordéon. Quelques instants plus tard seulement, les portes se trouvaient au niveau du sol et l'escalier s'était aplati de telle manière que les rails pouvaient continuer.

Le concierge se dirigea tranquillement vers elles et se cogna dessus avec un tintement autoritaire. Il s'agissait de toute évidence d'un signal, car l'une des portes s'ouvrit, révélant un couloir obscur. Le concierge sortit de l'escalier aplati en reculant assez loin pour changer de rail, commençant une autre boucle qui allait le conduire sur un circuit autour du parc. Sophronia en profita pour sauter. Elle se glissa à l'intérieur, s'aplatissant aussitôt contre le battant de la moitié fermée de la porte. *On ne sait jamais qui pourrait être en train de regarder.*

Savon et Vieve la suivirent tranquillement.

En franchissant la porte, Sophronia remarqua que le motif complexe gravé dessus était composé de multiples pieuvres se tenant par les tentacules en une longue chaîne.

Elle avait bien fait de se montrer furtive, car d'autres rails démarraient de l'autre côté de cette porte et une autre mécanique sans visage attendait patiemment ; celle-ci était plus petite et portait un tablier blanc à volants et un plumeau dans ses forceps articulés. Elle était différente, plus trapue que les femmes de chambre mécaniques du pensionnat de Mlle Géraldine. Elle ne dit rien et ne réagit pas à la présence de Sophronia. Elle espéra que cela signifiait que la créature ne pouvait pas la voir dans l'ombre.

Vieve et Savon étaient sur ses talons, prêts à venir à son secours si nécessaire, ou à l'aider à se dissimuler. Ils la virent se cacher et firent face à la domestique mécanique, parlant en même temps et gesticulant.

Sophronia espéra que cela troublerait les nodules sensoriels que Vieve avait mentionnés plus tôt et en profita pour se glisser devant elle et filer en courant dans le couloir. Savon et Vieve la suivirent.

Ils s'arrêtèrent pour reprendre leur souffle sur un petit escalier sur le côté du hall.

Derrière eux, l'entrée du bâtiment se redressa à nouveau en se remplissant de vapeur blanche.

« Tu aurais dû porter des pantalons, dit Vieve à voix basse, mais sur un ton dégoûté.

– Je ne suis peut-être pas encore une dame, et de loin, dit Sophronia, très dignement de son point de vue, mais je ne suis pas un garçon non plus ! » Elle se sentait de plus en plus concernée par les vêtements, bien plus qu'avant de fréquenter le pensionnat de Mlle Géraldine.

Savon la regarda. « Vous ressemblez à une dame pour moi.

– Merci, Savon. » *Dieu merci, il fait assez sombre pour qu'il ne me voie pas rougir !*

« De rien, mademoiselle. »

Ils cheminèrent dans le couloir suivant.

Il semblait y avoir moins de femmes de chambre à Bunson, ou peut-être n'étaient-elles pas en service quand les élèves étaient dehors. Sophronia aurait pensé qu'une école pleine de garçons aurait eu besoin de plus de domestiques, pas de moins ! Tout marchait comme sur des roulettes, Vieve les conduisant sans erreur vers le haut du bâtiment.

« Tu es déjà venue ici ? murmura Sophronia.

– Souvent. Tatie a toujours quelque chose à discuter avec M. Shrimpdittle. Lady Linette ne veut jamais me laisser sans supervision à bord. Elle demande à Mlle Géraldine de me surveiller, mais je lui échappe toujours.

– Donc, tu as vu la machine de communication ?

– Pas encore. Ils me laissent dehors. "L'atelier n'est pas un endroit pour une enfant." » La voix de Vieve était pleine d'indignation quand elle répétait une phrase qu'elle n'avait que trop souvent entendue en neuf ans. « Mais je sais où elle se trouve. Sur le toit. »

Savon et Sophronia s'arrêtèrent tous les deux et s'écrièrent, choqués : « Le toit ?

– Chut ! Nous ne savons pas si tout le monde est allé au théâtre. Je ne pense pas qu'ils abandonnent l'école avec seulement des mécaniques de garde. » Vieve prit un instant pour relever les longues manches de sa chemise ; ses poignets exposés étaient petits et osseux.

« Mais pourquoi planquer un appareil délicat sur le toit ?

– Aucune idée. Intrigant, non ? » Vieve lui adressa un sourire à fossettes d'une façon qui la faisait paraître vraiment très jeune.

C'est un jeune enfant qui nous conduit en territoire ennemi, se dit tout à coup Sophronia. *C'est de la folie. Ah, bah.*

À cet instant, une porte située devant eux s'ouvrit dans le hall sombre. De la lumière, vive et fixe, comme seule pouvait l'être celle des meilleures installations au gaz, se répandit. Une tache sombre en forme de garçon s'avança dans le faisceau lumineux – pas une mécanique.

Le garçon était assez trapu et, comme Vieve, enveloppé dans des vêtements trop grands pour lui. Il était penché sur un grand livre ancien et fredonnait tout seul.

Sophronia, Savon et Vieve se figèrent sur place, horrifiés.

Le garçon leva les yeux, les vit tapis dans le couloir obscur, poussa un cri de surprise et lâcha son livre. La porte se referma en claquant dans son dos et tout fut à nouveau plongé dans le noir.

LEÇON 12

Communiquer correctement en toute situation

« Qui est là ? dit une voix geignarde dans l'obscurité. Je sais que vous êtes là, montrez-vous ! »

Sophronia fit un pas en avant. « Courage, Pillover. Ce n'est que moi. »

Pillover plissa les yeux. « Mademoiselle Sophronia ? Que faites-vous ici ? Comment êtes-vous entrée ? Est-ce ma sœur qui est avec vous ? »

Sophronia poussa une Vieve et un Savon réticents devant elle. « Non, mais j'ai de la compagnie. Pillover, puis-je te présenter Geneviève Lefoux et Phineas B. Crow ? Vieve, Savon, c'est Pillover Plumleigh-Teignmott, le frère de Mlle Dimity. »

Pillover jeta un coup d'œil des plus hautains à ses nouvelles connaissances.

« Des vauriens ?

– Seulement en surface. Ce sont tous les deux des types bien. Vieve est une intellectuelle, et Savon, est, euh... (elle s'interrompit et dut réfléchir) une sorte d'ingénieur », parvint-elle à trouver.

Savon émit un petit reniflement, mais Vieve eut l'air puérilement contente d'être décrite comme une personne éduquée.

Pillover étudia Vieve et sembla accepter son titre assez aisément, en dépit de ses neuf ans. Puis il se tourna pour lever le regard vers Savon, éclairé par un peu de lumière lunaire. « Mais, mademoiselle Sophronia, c'est une personne de couleur !

– Ce n'est pas pertinent. Ou devrais-je dire “impertinent” ?

– Vraiment ? » Pillover souleva un sourcil.

Sophronia hocha fermement la tête. « Oui. »

Pillover se pencha pour ramasser son livre. « Si vous le dites.

– Pillover, que fais-tu ici, au lieu d'être au théâtre ? »

Le garçon haussa les épaules. « J'en ai assez d'avoir affaire aux Pistons. Sacrément pénibles et huileux, tous autant qu'ils sont.

– Des Pistons ? » *Il ne peut tout de même pas parler des parties mobiles des moteurs à vapeur, non ?*

Savon se glissa entre eux. « Mademoiselle Sophronia, nous n'avons pas beaucoup de temps.

– Oh, bien sûr. Tu veux venir, Pillover ? Nous allons sur le toit voir un transmetteur.

– Plutôt ! » Le visage normalement renfrogné de Pillover s'illumina.

Le groupe d'infiltration passa donc à quatre membres, et ils repartirent au petit trot.

« Va-t-il être utile ? demanda Savon à Sophronia.

– Qui sait ? » répliqua-t-elle avec sagesse. Elle se tourna vers leur nouveau compagnon. « Et donc, ces Pistons ?

– Oh, ils se croient très spéciaux, à rôder partout en bottes de cheval, à porter des blouses noires et à se morfondre sur l'état de l'Empire. Ils cousent des engrenages inutiles sur les revers de leur veste. Vraiment, c'est juste un prétexte pour donner des ordres à tout le monde. Et personne ne fait rien, parce que la moitié d'entre eux sont censés être des fils de Vinaigriers. Je crois que c'est du chiqué, mais ils ont embobiné la plus grande partie de l'école. On aurait pensé qu'on était là pour apprendre, mais non, apparemment. »

Le bavardage de Pillover impressionna Sophronia. « Oh, je vois ce que tu veux dire. Monique de Pelouse vit avec nous. »

Pillover plissa le nez. « Ça doit être amusant.

– En effet. Elle m'a déjà mouchardée.

– Non ?

– Oh, que si.

– Et comment ma pestilence de sœur s'adapte-t-elle ?

– Mieux que moi. Bien qu'elle se soit à nouveau évanouie.

– Du sang ?

– Du sang.

– D'après ce que j'ai entendu dire de votre école, c'était à prévoir.

– Nous avons eu une leçon de combat au couteau avec un loup-garou.

– Un loup-garou ? Chouette ! Nous n'avons pas d'êtres surnaturels ici. C'est vraiment un manque de la part de la direction, à mon avis. Toute école de bonne réputation devrait avoir au moins un professeur vampire. Eton en a trois. Vous autres n'êtes que des filles et vous avez un vampire et un loup-garou. C'est sacrément injuste, vraiment. »

Ils avaient grimpé plusieurs volées de marches, et s'étaient encore rapprochés du toit, quand ils se retrouvèrent devant une femme de chambre mécanique. Vieve et Savon s'avancèrent aussitôt devant Sophronia et se mirent à sauter en tous sens.

« Que faites-vous ? demanda Pillover.

– Ils l'empêchent de deviner que je suis une fille, expliqua Sophronia.

– Oh, bien entendu, j'avais oublié. » Après un instant d'hésitation, Pillover se mit lui aussi à tourner maladroitement sur lui-même. Ils avaient tous l'air si ridicule que Sophronia dut réprimer un gloussement. Elle parvint à passer devant la domestique distraite et songea à rappeler son obstructeur à Vieve, mais les regarder danser était si amusant qu'elle décida de ne pas le faire.

Ils grimpèrent la dernière volée de marches dans l'une des nombreuses tourelles, mais se retrouvèrent face à une porte verrouillée. Sophronia secoua la poignée avec espoir. Rien.

Elle regarda autour d'elle. « Quelqu'un sait-il crocheter une serrure ?

– Tu parles d'un agent secret, se plaignit Pillover.

– Je ne suis là que depuis un mois ! Je sais faire la révérence à présent, et mes battements de cils sont presque sans équivalent.

– Eh bien, pourquoi ne t'en sers-tu pas pour ouvrir la porte, alors ? »

Sophronia l'ignora et regarda Vieve avec espoir.

« Des inventions ? »

Vieve secoua la tête.

« Écartez-vous, mesdames, dit galamment Savon. Je vais vous sauver. »

Pillover jeta un coup d'œil dégoûté à Savon en s'entendant inclure avec les « dames », mais lui fit de la place pour qu'il s'approche de la porte.

Le soutier sortit un minuscule sac de cuir d'une mystérieuse poche intérieure et le déroula pour révéler un ensemble de tiges de métal de différentes tailles. Il examina la serrure avec attention puis sélectionna l'une d'entre elles. Il la planta dans le trou et après pas mal de manœuvres, un cliquetis se produisit.

Avant qu'ils se précipitent à l'intérieur, Pillover dit : « Attention ! Elle pourrait être piégée. »

Tout le monde s'arrêta et le regarda.

« École pour génies du mal, vous vous rappelez ? Je la piégerais si j'étais eux, et je ne suis qu'un génie de niveau *discourtois*. »

Sophronia fit un pas en avant. « C'était mon idée. Je vais y aller. »

Agissant d'instinct – le programme n'avait pas encore abordé la violation de domicile, des fêtes privées et des plans de table –, Sophronia entrouvrit la porte et passa lentement le doigt le long de l'entrebâillement. À hauteur de une main du sol, elle rencontra un morceau de ficelle tendue. Elle tordit les doigts autour de la porte en la suivant, tâtant le chambranle à la recherche d'un point d'attache. Elle le trouva, non sans soulagement car le piège serait impossible à bloquer sans savoir par quel côté il était activé.

Elle sortit ses ciseaux de couture et tout en maintenant le fil tendu d'une main, le coupa de l'autre. *Est-il activé par une tension additionnelle apportée par l'ouverture de la porte, ou par un relâchement lorsque le ressort se détend ?* se demanda-t-elle. Elle rangea ses ciseaux dans son tablier et en sortit un ruban. Elle devait le reconnaître : ses professeurs avaient eu raison d'insister pour que toutes leurs élèves aient tout le temps des ciseaux, des mouchoirs, du parfum et des rubans sur elles. Elle finirait bien par apprendre pourquoi ils exigeaient aussi un napperon en dentelle rouge et un citron.

Elle attacha le ruban avec précaution au bout de la ficelle puis, en maintenant une tension aussi égale que possible, elle poussa la porte tout en retenant le ruban.

Les garçons et Vieve observèrent tout cela dans un silence impressionné.

« On te donne vraiment une bonne éducation ! » finit par dire Pillover.

Il faut le croire. À ce moment-là, Sophronia était à l'intérieur de la pièce, la main tendue, ficelle et ruban se prolongeant jusqu'à un appareil semblable à un crapaud, tapi derrière la porte.

Vieve s'en approcha avec empressement. « Bouche d'aération à compression et projectiles à base de betterave pourrie. Ingénieux ! Pas dangereux, mais cela ferait pas mal de saletés et identifierait définitivement les intrus. Un instant, laissez-moi désarmer les catapultes. »

La fillette procéda à quelques ajustements. Il y eut un triste petit bruit mouillé, et la traction exercée sur le ruban de Sophronia se relâcha. Elle le détacha de la ficelle et le rangea dans son tablier. *Je m'amuse bien !*

La pièce dans laquelle ils se retrouvèrent était bâtie en pierre grise et vide de tout meuble, y compris de chaises.

Il n'y avait que le piège et une série de télescopes et autres appareils installés pour observer le ciel. Ils étaient espacés les uns des autres, chacun faisant face aux nombreuses fenêtres hautes et étroites, dont aucune n'était pourvue de vitres. Cet endroit donnait l'impression d'être très vieux, comme s'ils avaient pénétré dans un conte de fées. *Raiponce, peut-être ?* Si Raiponce avait été fan d'observation astrale.

L'espace devant l'une des ouvertures n'était pas occupé par un appareil et on avait construit un balcon d'allure instable au-dehors.

« Nous y voilà », dit fièrement Vieve.

Ils allèrent tous à la fenêtre et regardèrent.

« Bancal », décréta Pillover.

Sophronia montra un levier et un système de poulies sur le côté. « Je pense que ça monte et descend, comme un monte-plats. Suivez-moi. » Elle passa sur la plate-forme.

« Ce n'est pas une bonne idée », dit Pillover en la suivant.

Savon se contenta de sourire et l'imita d'un bond. Vieve vint en dernier et alla aussitôt examiner les poulies.

« Ça me semble sain », décréta-t-elle.

Eh bien, Vieve ne nous a pas induits en erreur jusqu'à présent, songea Sophronia.

« Nous y allons ? »

Vieve actionna une petite manivelle. Rien ne se produisit.

« Tu n'es pas assez forte », l'accusa Savon.

Vieve eut l'air frustré et pas qu'un peu offensé. « En fait, je n'ai pas assez de masse. Être jeune est tellement gênant !

– D'un autre côté, tu n'es jeune qu'en années, la consola Sophronia, tu ne fais pas du tout ton âge. »

Vieve, ravie, devint cramoisie. « Oh, vraiment, merci beaucoup ! »

Savon alla l'aider à manœuvrer le levier. Il avait l'air dégingandé, mais avec tout le charbon qu'il devait déplacer chaque jour, Sophronia le soupçonnait d'être plutôt costaud. Ce qu'il démontra.

L'appareil les hissa jusqu'au toit, où ils débarquèrent pour se trouver enfin face à la fameuse machine de communication. Elle ressemblait à un croisement difforme entre un abri de jardin et une malle-cabine.

« C'est ça ?

– Je crois bien.

– On dirait deux toilettes », objecta Savon.

Sophronia lui donna un coup de coude. « Ne soyez pas grossier.

– Mais c'est vrai ! »

Ils s'approchèrent de la structure. Elle était, si c'était possible, encore plus bizarre de près, car elle était perchée, l'air toute gênée de son allure miteuse, sur une tourelle en pierre ancienne et créneaux. Ils ouvrirent la porte. L'abri était divisé en deux compartiments de taille humaine, chacun rempli à craquer d'un étrange assortiment de mécanismes embrouillés. Il y avait des tubes et des cadrans et ce qui ressemblait à des boîtes en verre pleines de sable noir, et ici et là, des supports vides dont il était évident qu'ils attendaient des améliorations futures.

Vieve se mit aussitôt à quatre pattes et rampa à l'intérieur, tortillant son petit corps pour passer sous diverses cases et examiner le dessous et les points d'attache.

Pillover jeta un coup d'œil terne autour de lui, tripota deux ou trois choses, puis s'éloigna, l'air morose. Sophronia et Savon s'amusèrent beaucoup plus en regardant les facéties de Vieve que la machine, qui leur était totalement incompréhensible à l'un comme à l'autre.

« Eh bien, je suis heureux que nous soyons venus jusqu'ici pour ça, finit par dire Savon.

– J'ai vraiment cru que cela nous donnerait une indication sur la nature du prototype et donc sur l'endroit où Monique pourrait l'avoir caché », expliqua Sophronia sur un ton d'excuse. Ils semblaient bien avoir perdu leur temps.

Vieve ressortit à ce moment-là, l'air très excité. « C'est extraordinaire ! Ce n'est pas du tout comme ce fichu télégraphe. Je ne crois pas du tout qu'il y ait besoin de fils sur une longue distance !

– Mais comment peut-elle communiquer d'un point à un autre, alors ? » Le front de Sophronia se plissa.

« On dirait qu'il y a un conducteur éthérique là-dedans ! » Vieve les rejoignit en essuyant ses petites mains sur ses culottes de cheval, y laissant des traces noires et graisseuses.

Sophronia fronça les sourcils et regretta de ne pas avoir lu plus de choses sur les atmosphères. « Crois-tu qu'ils essaient de faire rebondir des messages directionnels dans la sphère éthérique ?

– Cela expliquerait pourquoi l'appareil doit se trouver sur le toit – plus près de l'éther. » Vieve lui adressa un sourire à fossettes.

« Et pourquoi ils ont impliqué notre école. Nous pourrions transporter le tout dans l'éther, si nécessaire », ajouta Sophronia.

Le regard de Vieve étincela.

« Vous imaginez, pouvoir envoyer des messages d'un point à un autre à volonté, et sur de longues distances ? Ce serait une révolution mondiale. »

Savon et Sophronia échangèrent un regard. Sophronia pensait au fait qu'elle n'avait pas reçu de lettre de sa famille depuis qu'elle était à bord, et qu'elle n'avait pas pu en envoyer. En théorie, on aurait dû demander aux élèves s'ils avaient du courrier avant l'arrivée à Swiffle-on-Exe. Mais le sujet n'avait pas été abordé et Sophronia était convaincue que sa punition, comme celle de Monique, incluait une interdiction de communiquer avec le monde extérieur. Elle se demanda si Pillover avait reçu quelque chose depuis la dernière fois où elle l'avait vu. *Peut-être que les parents nous expédient loin d'eux et nous oublient, tout simplement.*

Savon était sans doute en train de songer aux applications scélérates d'un appareil de communication. Vieve, en véritable scientifique, ne voyait que le bon côté des machines. Sophronia comprenait très bien pourquoi des bandits de haut vol étaient intéressés.

« Donc, dit-elle, nous supposons que le prototype manquant est une valve qui d'une manière ou d'une autre facilite les... rebonds ? »

Vieve hocha la tête. « Ce qui explique le dodécaèdre que tu penses avoir vu. Il doit comporter de nombreuses facettes, correspondant à des directions multiples, qui favorisent la sympathie avec les humeurs éthériques, dont nous avons toujours supposé qu'elles sont trapézoïdales. »

Sophronia regarda Savon et Pillover. « Vous avez compris quelque chose ? »

Savon secoua la tête.

Pillover haussa les épaules.

« Eh bien, cela veut dire que je peux nettoyer mon gant à présent ? dit Sophronia.

– Pardon ? » Pillover la regarda, troublé.

« Une longue histoire, tu étais dedans, et ça n'a abouti à rien.

– Ça a l'air excitant.

– Uniquement si tu t'intéresses à la poste. »

Pillover donna l'impression qu'il aurait pu l'être, mais Sophronia commençait à s'inquiéter de l'heure.

Vieve était pour ainsi dire en train de vibrer. « C'est tellement excitant !

– Oui, eh bien, cela dit, nous ferions mieux de revenir au dirigeable maintenant que nous avons une meilleure idée de ce qui se passe.

– Oui, je crois », approuva Savon. Il regardait la position de la lune, l'air nettement préoccupé.

Ils retraversèrent Bunson sans encombre – ou presque. À mi-chemin environ, au détour d'un couloir, ils rentrèrent droit dans une mécanique. Littéralement. Sophronia se cogna dedans avec un « ouf » et recula en titubant, heurta Pillover et marcha sur le pied de Savon. Cela ne leur fournit pas assez de temps pour exécuter leur petite danse d'obscurcissement, ni pour que Vieve utilise son obstructeur. La femme de chambre identifia Sophronia comme étant de sexe féminin et sonna l'alarme – un sifflement aigu. Ce qui déclencha une alerte s'étendant à toute l'école.

Contrairement aux cloches du pensionnat, l'alarme de Bunson semblait imiter le son produit par une scie musicale, mais en plus fort. C'était un *woub-woub* qui vibrait dans tout l'entassement d'immeubles. Les couloirs furent aussitôt remplis de mécaniques et de un ou deux humains. Sophronia sauta vers une porte proche, l'ouvrit et plongea à l'intérieur. Les trois autres se précipitèrent derrière elle et se retrouvèrent piégés dans un placard à balais dépourvu d'issue.

« Merveilleux. Que faisons-nous à présent ? se demanda Pillover.

– Silence », dit Sophronia.

Il l'ignora et poursuivit sur un ton sinistre : « Nous sommes fichus. Ils vont me renvoyer, et je n'aurai atteint que le niveau *discourtois*. Que va dire père ? Aucun Plumleigh-Teignmott n'est jamais allé moins loin que *génie malveillant*. L'honneur de la famille est en jeu.

– Qu'est-ce que tu nous racontes ? demanda Savon. Tu as le droit de te déplacer librement, tu te souviens ?

– Oh, c'est vrai. » Pillover se redressa et s'apprêta à quitter le placard.

Sophronia lui saisit le bras. « Tu ne peux pas partir maintenant ! Tu vas trahir notre cachette.

– Ce n'est qu'une question de temps, dit Pillover, ne montrant aucune sympathie. Ils vont effectuer un balayage de toute l'école. » Puis il montra un balai avec lequel ils partageaient le placard. « Balayer. Ah ah.

– Délicieux. Maintenant, nous sommes coincés dans un placard avec de mauvais jeux de mots. » Sophronia lui lança un regard noir. « Attends, bien entendu, tu es censé être ici. Parfait. Détournez-vous tous de moi un instant. »

Les trois autres la regardèrent sans comprendre.

« Faites juste ce que je vous demande, s'il vous plaît. »

En dépit du fait qu'ils étaient tassés dans le placard, les trois autres parvinrent à lui tourner le dos.

Sophronia enleva l'un de ses jupons en se tortillant. « Je suis présentable. »

Ils se retournèrent.

Elle tendit le sous-vêtement à Pillover.

« Berk. Qu'est-ce que c'est que ça ?

– Si tu le mets et que tu sors d'ici, ils penseront que c'était une fausse alerte.

– Certainement pas !

– Oh, voyons, Pillover, s'il te plaît ? » Sophronia essaya de battre des cils.

Pillover semblait immunisé contre les battements. « C'est indigne !

– Nous pourrions trouver une explication raisonnable. Est-ce que ça aiderait ? dit Sophronia pour l'amadouer.

– Justifier le fait que je me balade avec des vêtements féminins ? Je ne vois vraiment pas comment. »

Les yeux de Savon étincelaient d'amusement et les fossettes de Vieve apparaissaient à la simple idée de voir Pillover en jupe. Pillover tenait le jupon entre le pouce et l'index comme s'il était contaminé par quelque produit chimique redoutable.

« Allez, mets-le par-dessus tes habits et sors de là, le pressa Sophronia.

– Tu pourrais dire que tu procédais à une expérience dangereuse pour tes régions inférieures, suggéra Vieve.

– Tu pourrais dire que tu testais le temps de réaction des mécaniques domestiques, suggéra Sophronia.

– Tu pourrais dire que tu aimes les vêtements de dame, suggéra Savon.

– Je suis fichu. » Pillover leva les yeux au ciel et agita le vêtement.

« Oh, vas-y, Pill », insista Sophronia.

Pillover, en grommelant, passa le jupon et le tira jusque sous ses bras, car il était trop long pour lui. Sophronia lui donna son ruban pour qu'il s'en serve de ceinture. Il était clair que Savon se retenait de rire. Pillover prit une profonde inspiration et se redressa avec un grand aplomb et une grande dignité.

Sophronia écouta à la porte, main levée pour que les autres se taisent. Puis, lorsqu'il sembla y avoir une accalmie dans les activités du couloir, elle ouvrit la porte aussi vite qu'elle put, tira Pillover vers elle, puis le poussa dehors et claqua la porte derrière lui.

Dans le couloir, le brouhaha augmenta pendant une minute, puis s'apaisa. Brisant le silence, une voix profonde tonna : « Pillover Thaddeus Plumleigh-Teignmott, qu'est-ce que vous portez là ? »

Ils entendirent Pillover répondre d'une voix geignarde. « Un jupon, monsieur le directeur.

– C'est ce que je vois. Vous feriez mieux d'avoir une excellente explication malfaisante quant à son usage.

– Eh bien, vous voyez, monsieur, commença à dire Pillover, et puis : Ouille. S'il vous plaît, monsieur, pas l'oreille.

– Venez avec moi.

– Oui, monsieur. »

On entendit des mécaniques cliqueter sur leurs rails, puis un bruit sourd de pas, et le hall retomba dans le silence.

« Qui l'eût cru ? murmura Savon à la longue. Il a vraiment été utile. »

Après cela, ils parvinrent à s'échapper de l'École polytechnique de Bunson et Lacroix sans autre incident. Tandis qu'elle courait sur le sentier de chèvres, Sophronia se retourna pour regarder l'école une seule fois. Elle trouva qu'elle ressemblait à un massacre de pièces d'échecs géantes et mal décorées.

« Notre académie est bien plus jolie », affirma-t-elle tandis qu'ils avançaient au petit trot. Les brumes de la lande ne s'étaient pas encore levées et la grande chenille de multiples dirigeables collés ensemble qui constituait le pensionnat de Mlle Géraldine flottait vaillamment devant eux, éclairée par une pittoresque lune dorée.

« Tu crois ? » Vieve pencha la tête à la manière de quelqu'un qui songe rarement à l'esthétique des bâtiments. « Eh bien, la nôtre vole.

– Je veux dire, elle est moins faite de bric et de broc.

– J'ai toujours pensé qu'elle ressemblait plutôt à un chapeau, dit Vieve. Un grand turban planant. »

Sophronia pencha la tête, mais ne le vit pas vraiment. Ils continuèrent à courir.

Sophronia était inquiète. « Est-ce que tu penses que nous avons respecté notre horaire ? »

Savon hocha la tête. « Oui, mais il se pourrait qu'il y ait un autre problème. » Il désigna une lointaine colline sur leur droite. Là, sous la lumière de la lune, se dressait la silhouette indistincte d'un loup. Qui portait un haut-de-forme.

« S'agit-il de qui je crois ? » Sophronia espérait en dépit d'elle-même que ce pouvait être un genre de gros chien.

« Tu connais d'autres loups qui se baladent sur la lande en tenue de soirée ?

– Il n'est pas censé s'approcher de la civilisation à la pleine lune ! objecta Vieve.

– J'imagine que quelqu'un quelque part a commis une erreur, dit Savon.

– Ce n'est pas bon », dit Sophronia, énonçant l'évidence. Le museau du loup était levé et il reniflait l'air. Presque au moment où elle parlait, la tête ébouriffée se tourna dans leur direction.

« Nous sommes plus près de l'école que lui, fit remarquer Savon.

– Oui, mais il est surnaturel », dit Vieve qui, c'était clair, avait de l'expérience en matière de loups-garous. Son petit visage, normalement ouvert et amical, était pâle de frayeur.

Sophronia prit les choses en main. « Assez de parlotes, vous tous : courez ! » Soulevant ses jupes, elle joignit l'action à la parole, ne ressentant aucune honte parce qu'il lui manquait un jupon et qu'elle montrait ses chevilles au monde entier.

Savon la distança rapidement. Il avait de plus longues jambes et pas de jupes pour le gêner. Lorsqu'il atteignit le dessous de la section avant du dirigeable, il se mit à sauter frénétiquement et à gesticuler en tous sens. Ce n'est qu'à ce moment-là que Sophronia se rendit compte que l'échelle de corde n'avait pas été descendue depuis la chaufferie.

Elle et Vieve arrivèrent, haletantes. « Sommes-nous en avance ?

– Possible. »

Sophronia ramassa une motte de terre et la lança contre le dessous de la coque, près de l'endroit où elle pensait que se trouvait l'écoutille. Elle rata complètement sa cible ;

le dirigeable flottait plus haut qu'elle l'avait cru. Savon et Vieve l'imitèrent. Vieve échoua aussi, mais la motte de Savon atteignit son but et s'écrasa contre l'écoutille.

Rien ne se produisit. Le loup-garou avait presque atteint leur colline.

Au tout dernier moment, l'écoutille s'ouvrit et on laissa tomber l'échelle de corde.

« Savon, passez en premier, vous êtes le plus rapide.

– Mais, mademoiselle Sophronia, vous êtes une dame. Les dames passent toujours en premier ! »

Sophronia rejeta ses épaules en arrière et le regarda dans les yeux. « On m'a formée pour ça. » Elle ne l'était pas encore, mais ça valait le coup de mentir. « Ne contestez pas un ordre direct pendant une mission de renseignement ! »

Savon fronça les sourcils, mais il était clair qu'il détestait discuter avec une dame. Surtout Sophronia. Il commença à grimper.

« Vieve, à toi.

– Mais...

– Maintenant ! »

Vieve se mit à grimper.

Sophronia passa en dernier et juste au moment où elle commençait à grimper, elle jeta un dernier regard au loup-garou.

Dans un grondement mauvais, il fut sur elle.

Pour la seconde fois cette nuit-là, Sophronia se félicita d'avoir porté des vêtements décents. Le capitaine Niall plongea sur elle en un bond gigantesque semblable à ceux décrits dans d'innombrables romans gothiques. Ses mâchoires étaient ouvertes, sa bouche était une féroce caverne de dents et de salive dégoulinante, et il mordit avec énergie, déchirant impitoyablement... son autre jupon.

Sophronia cria et se débattit.

Les dents du loup-garou étaient enfoncées dans l'ourlet renforcé. Ce jupon était sa jupe de dessous la plus amidonnée, conçue pour soutenir une robe et la faire bouffer de façon féminine.

Sophronia donna un coup de pied, qui atteignit le nez sensible de la bête.

Le capitaine Niall secoua son énorme tête échevelée, en partie à cause de la douleur et en partie pour se dégager du vêtement. Son haut-de-forme s'agitait d'avant en arrière de manière hypnotique. Le poids et le mouvement arrachèrent le sous-vêtement de Sophronia. Jupon et loup-garou tombèrent vers le sol. Sophronia, se souvenant du saut extraordinaire que le capitaine avait effectué pour les faire monter à bord du dirigeable, se mit à grimper aussi vite qu'elle le pouvait.

Le sous-jupon de Sophronia était en crin de cheval de bonne qualité, épais et très solide. Il le fallait, car il avait résisté à trois sœurs avant elle.

Mais le loup-garou, doté d'une force surnaturelle, le déchira comme s'il était en mousseline légère. Le capitaine Niall se débattit brièvement avec le vêtement avant de se dégager des lambeaux. Il s'accroupit et bondit à nouveau en direction de Sophronia.

Elle écarta son derrière et fit pivoter l'échelle de corde sur le côté, échappant au loup-garou de très peu.

« Capitaine Niall, dit-elle entre deux halètements, je vous préférais vraiment quand vous n'étiez pas en train d'essayer de me tuer ! »

Le loup-garou atterrit, secoua la tête et gémit lorsque depuis l'écoutille, quelqu'un lui lança une poignée de charbon. Un morceau particulièrement gros atteignit son museau déjà malmené.

Il rejeta la tête en arrière et hurla.

Sophronia parvint à l'écoutille et la sécurité. De multiples mains couvertes de suie se tendirent vers elle et la tirèrent à l'intérieur. Pendant ce temps, Savon jeta une nouvelle poignée de charbon sur le loup-garou. Près de lui, quelques-uns des soutiers les plus grands serraient des barres de fer utilisées pour alimenter les chaudières, l'air déterminé, prêts à repousser la bête si nécessaire.

Ce ne fut pas le cas, car dès que Sophronia eut titubé à l'intérieur, ils hissèrent l'échelle de corde après elle et claquèrent l'écoutille. Le loup sauta et s'écrasa avec rudesse contre le fond du dirigeable. Si les poutrelles de bois n'avaient pas été soutenues par des renforts métalliques, Sophronia était convaincue qu'elles auraient été fracassées.

« Mais qu'est-ce qu'il pense pouvoir faire ? s'interrogea Vieve pendant que Sophronia recouvrait son souffle et s'époussetait.

– Je crois qu'il ne pense pas du tout », répondit Sophronia en se relevant de sa position à quatre pattes en haletant et en frissonnant. Ce loup-garou sortait droit de ses cauchemars d'enfant. « Quelqu'un devrait l'enfermer ! Il est dangereux, dit-elle enfin, lorsqu'elle sentit que sa voix ne tremblerait plus.

– Et il a détruit ton autre jupon.

– Oh, bon Dieu. Comment allons-nous le récupérer ? Quelqu'un pourrait voir que c'est le mien !

– Aucune chance. Vous voyez ? » Savon pointa quelque chose à l'extérieur de l'écoutille, que les soutiers avaient entrouverte. Il pressait les yeux contre l'entrebâillement.

Sophronia alla le rejoindre. Elle regarda en bas.

Le capitaine Niall, qui s'était apparemment résigné à la perte de sa proie, était en train de réduire son jupon en très petits lambeaux.

« Vraiment, de quoi mon pauvre jupon s'est-il rendu coupable ?

– Je vois maintenant que ton insistance à porter des vêtements de dame est très utile, à sa façon », dit Vieve.

Sophronia étudia l'enfant de neuf ans. « Tu vas essayer, alors ?

– Je n'ai pas dit que c'était utile *à ce point.* »

Sophronia eut une pensée soudaine, et terrifiante. « Oh, mon Dieu, les autres élèves ! Elles ne savent pas que le capitaine Niall est ici, non ? Et si elles tombent sur lui en rentrant de la pièce ? Nous devons les avertir !

– Mais comment faire sans expliquer que vous étiez dehors ? s'interrogea Savon.

– Je prétendrai que je l'ai vu de la fenêtre de notre salon. Je dois y aller. » Sophronia se leva. Elle était couverte de suie, avait le visage sale, les jupes plates et était dépeignée.

« Mais mademoiselle Sophronia, regardez-vous !

– On n'y peut rien, je dois essayer. Des vies sont en jeu.

– Mais à qui allez-vous le dire ? Tout le monde est au théâtre.

– Pas *tout le monde*. Viens, Vieve ! La dernière chose dont j'ai besoin, c'est de me faire à nouveau attraper par des mécaniques. J'ai besoin de toi et de l'obstructeur. »

LEÇON 13

Éventail et aspersion

Sophronia et Vieve filèrent à travers le dirigeable, toujours en montant, avançant vers la section interdite des pompons. Elles s'arrêtèrent devant la porte du professeur Braithwope.

« Tu ferais mieux de disparaître, Vieve. Il n'y a pas de raison que nous ayons toutes les deux des ennuis. »

Vieve leva les yeux vers elle, puis hocha la tête. « Il faudra que nous recommencions bientôt.

– Peut-être sans l'attaque du loup-garou et le décès prématuré de jupons ?

– Peut-être. »

Sur quoi la fillette salua Sophronia de sa casquette et repartit dans le hall, une main dans sa poche, son obstructeur pointé devant elle, tout en sifflant un air français sur un ton profondément satisfait.

Eh bien, je suis ravie que quelqu'un ait passé une bonne soirée, se dit Sophronia avant de frapper fort à la porte du vampire.

Il y eut beaucoup de claquements, un bruit de langue mouillée et un grincement de caoutchouc, la porte fut alors entrouverte et le professeur Braithwope jeta un œil dehors.

« De quoi, de quoi ? » Il avait quelque chose de sombre autour de la bouche.

Oh, mon Dieu, se dit Sophronia, *l'aurais-je interrompu alors qu'il prenait le thé ?* Elle tenta de voir derrière lui et d'apercevoir la personne avec qui il était en train de souper. Mais le vampire avait beau être d'une carrure modeste, il occupait tout le champ visuel de Sophronia.

« Professeur, je suis vraiment désolée de vous déranger, mais une question urgente requiert votre attention immédiate.

– Élève, de quoi ? Bon sang de bois, comment êtes-vous arrivée dans cette section sans déclencher d'alarme ?

– Ce n'est pas important, monsieur.

– Je pense qu'au contraire ça pourrait l'être.

– Pas maintenant, monsieur. Il y a un problème, s'il vous plaît, monsieur. C'est le capitaine Niall.

– Le loup-garou, quoi ? Quel rapport avec le fait que vous ayez pénétré dans la zone interdite de l'école sans chaperon ?

– Monsieur, il est en liberté.

– Bien entendu qu'il est en liberté. Libre et loin d'ici, comme il se doit.

– Non, monsieur, il est *ici*.

– De quoi, sur le vaisseau ? Impossible. Les loups-garous ne volent pas.

– Non, monsieur, en bas. Il est ici, sur la lande, juste en dessous de nous, et les autres devraient bientôt rentrer du théâtre. Je l'ai vu de ma fenêtre.

– Imagination féminine.

– C'est possible, monsieur, mais ne vaudrait-il pas mieux vérifier et en être sûr ?

– De quoi, de quoi ? Oui, bon. Vous avez raison, j'imagine.

– Vite, monsieur. Elles ne vont pas tarder.

– Oui, oui. Où est mon chapeau ? »

Le vampire disparut l'espace d'une seconde puis se fraya un chemin dans le hall.

Il paraissait un peu débraillé, mais il avait enfilé un pardessus et l'avait boutonné pour dissimuler toute transgression vestimentaire, et il avait des bottes aux pieds, ce qui était plus qu'on pouvait en dire d'un loup-garou. Sophronia n'en était pas sûre, mais elle commençait à penser qu'elle était en train de passer du côté des vampires.

« Où est-il, ce casse-pieds ?

– Sous la chaufferie, monsieur. La dernière fois que je l'ai vu.

– Mademoiselle Temminnick. » Le vampire souleva son chapeau et fila.

Il était inutile de simplement essayer de le suivre ; il se déplaçait plus vite qu'aucun humain ne le pouvait.

Oh, super, se dit Sophronia. *Et maintenant, comment suis-je censée rentrer dans mes quartiers ?*

La tête de Vieve réapparut à un tournant. « Besoin d'un coup de main, ou devrais-je dire de poignet ? » Elle agita le bras qui portait l'obstructeur.

Sophronia sourit.

« Et donc nous voilà, dans nos belles tenues de soirée, qui montons le chemin vers le dirigeable, et vous ne devinerez jamais ce que nous avons vu ! C'était presque plus excitant que la pièce elle-même. Bien que cette représentation d'*Une baignoire idéale* fût très enthousiasmante. » Dimity avait le regard brillant, les mains serrées avec passion et elle revivait, émerveillée, la soirée qui venait de s'écouler.

Sophronia, à peine sale, portant un tablier propre et son deuxième ensemble de jupons, feignait d'être captivée.

Elles étaient assises en tête à tête sur le sofa pendant que les autres filles allaient et venaient, parlant de la richesse des toilettes, de la pièce et de la beauté de tel ou tel garçon – pas nécessairement dans cet ordre.

« Oh, qu'avez-vous vu ?

– Le professeur Braithwope, en pardessus !

– On peut supposer qu'il possède des vêtements pour sortir. »

Dimity cessa de garder les mains jointes pour tripoter quelque chose autour de son cou.

Sophronia se pencha en avant. « Dimity, est-ce que tu portes deux colliers ?

– Je n'arrivais pas à choisir. Mais ne me distrais pas. Où en étais-je ?

– Au pardessus du professeur Braithwope.

– Oh, oui. Ne crois-tu pas que les pardessus sont réservés aux loups-garous ? Sans parler du fait que les vampires ne sont pas censés ressentir le froid. Enfin bref, ou en étais-je ? Oh, oui. Le professeur Braithwope et son pardessus se battaient avec un *loup-garou* ! Le capitaine Niall !

– Oh, comme c'est horrible ! » Sophronia afficha une expression choquée, comme il convenait. Ou ce qu'elle espérait être l'expression choquée qui convenait. *Je ressemble sans doute beaucoup plus à un écureuil empaillé.*

Dimity ne parut pas le penser. « Malheureusement, je n'ai pas vu grand-chose de la confrontation.

– Est-ce que le pugilat a été si rapide ? À cause de leur vitesse surnaturelle, me semble-t-il. » Sophronia hocha sagement la tête.

« Oh, non, il y a eu du sang, alors je me suis évanouie. »

Preshea vint les rejoindre et se tint devant elles, mains sur les hanches, vêtue seulement de son corset et de sa petite culotte. *Quelle impudeur !*

« Sidheag l'a rattrapée. Quel dommage, Dimity, que tu ne te sois pas débrouillée pour t'évanouir plus tôt dans la soirée, quand le jeune Lord Dingleproops te prêtait tant d'attention. »

Dimity rougit. « Ses parents sont des amis de la famille, c'est tout ! »

Sophronia ignora Preshea et s'adressa aux autres filles pour qu'elles continuent l'histoire après que Dimity en fut sortie en s'évanouissant. « Qu'est-il arrivé pendant le pugilat ?

– Il n'y a pas eu tant de poings que ça, en fait. Plutôt des crocs et des griffes, dit Agatha.

– Très bien, qu'est-il arrivé pendant le *griffolat*, alors ?

– Oh, Sophronia, tu es tellement drôle. » Dimity lui donna un coup de poing enjoué.

Sidheag se contenta d'un sourire sec et se retira. Monique était ostensiblement plongée dans l'examen d'une petite déchirure sur le bord d'une de ses manches et Preshea se détourna pour mettre des papillotes à ses cheveux pour la nuit.

Agatha vint timidement au secours de Sophronia. « Mlle Géraldine aussi s'est évanouie. Cela a permis à Lady Linette de donner l'ordre aux filles les plus âgées de procéder à une action clandestine. Elles ont eu des cours sur les tactiques de groupe pour le rejet social coordonné. Elle leur a fait exécuter la manœuvre de l'éventail et de l'aspersion, avec succès.

– Éventail et aspersion ? »

Monique renifla. « Oh, Sophronia, tu ne connais vraiment rien ? La tactique de l'éventail et de l'aspersion est utilisée par les jeunes dames ayant à faire face à une attaque de loup-garou quand les messieurs sont absents. On a publié des *brochures* à ce sujet ! »

Sophronia se tourna vers Agatha pour avoir de plus amples explications, mais la fille boulotte avait perdu toute son énergie et s'était retirée dans un coin avec un livre sur le langage des ombrelles.

« Dimity, sais-tu de quoi il s'agit ?

– Eh bien, j'en ai entendu parler, bien entendu, esquiva Dimity, mais je ne l'ai jamais vue en application.

– Et tu ne l'as pas vue non plus ce soir. Vraiment, Dimity, tu dois apprendre à programmer tes évanouissements avec plus de précision. » Le ton de Preshea était condescendant ; partager la chambre de Monique n'améliorait pas son caractère, semblait-il.

« *Tsk tsk*, fit Monique. C'est très simple, en fait. Il faut distraire le loup-garou.

– Dans notre cas, avec un vampire bien utilisé », interrompit Preshea, au grand dam de Monique. Celle-ci continua : « Puis s'approcher à distance d'aspersion. Asperger généreusement le loup-garou, ou son environnement immédiat, avec un parfum toxique – n'importe quelle herbacée fera l'affaire, bien que le basilic soit le mieux, bien entendu – ainsi qu'avec des sels, pour encourager l'inhalation. Les loups-garous ont un odorat très développé. Puis tout le monde prend son éventail et dirige les vapeurs vers la bête. La créature se met à éternuer sans pouvoir se contrôler, permettant la fuite. Voilà !

– Et c'est ce qui s'est produit ? » Sophronia se tourna vers Preshea pour en avoir confirmation. Après tout, Monique n'avait pas pris part à l'excursion au théâtre elle non plus.

« Pour l'essentiel. Bien que le pauvre professeur Braithwope ait lui aussi reçu une grosse dose de parfum. Mais bon, cela a distrait le capitaine Niall assez longtemps pour que le professeur prenne l'avantage et l'éloigne. Nous avons pu monter à bord du dirigeable en sécurité en empruntant le grand escalier. »

L'escalier ? se dit Sophronia. *Ce navire possède un escalier ?*

« Une fin très excitante à cette soirée, conclut Preshea. Mais assez de bavardages grossiers. Est-ce que vous avez vu combien de galants m'entouraient au théâtre, mesdames ?

– Pas autant que j'aurais pu en avoir, rétorqua Monique. J'ai déjà fait en sorte que la moitié de Bunson tombe follement amoureuse de moi ; cette année, j'aurai la seconde moitié. » Elle jeta un regard magnanime autour d'elle. « Bien entendu, tu en auras quelques-uns, Preshea. Je ne suis pas un ogre. »

Preshea eut un sourire qui n'avait rien à voir avec le plaisir. « Et puis il y a Lord Dingleproops ; il est clair que Dimity l'a mis dans sa poche.

– Je sais, comme c'est bizarre. Eh bien, les goûts et les couleurs, j'imagine. Sans vouloir t'offenser, bien entendu, Dimity. »

Dimity, c'était clair, ne savait pas quoi répondre à cela. On aurait dit qu'elle avait avalé une anguille.

Monique et Preshea continuèrent à bavarder au sujet des jeunes gens que Preshea avait rencontrés au théâtre. Des garçons que Monique connaissait déjà et au sujet desquels elle se devait de donner à Preshea des précisions détaillées sur leur apparence et leur situation financière et sociale sur le ton le plus condescendant qui soit.

Les autres filles étant distraites, Sophronia se tourna vers Dimity et dit à voix basse : « Est-ce que tu apprécies ce Dingle ? »

Dimity rougit d'une façon qui pouvait indiquer que oui. Ou qu'elle ne l'appréciait pas du tout. « Il est plutôt grand pour son âge. »

Sophronia tenta de montrer de la sympathie. « C'est un bon début, j'imagine. Possède-t-il d'autres qualités notables ?

– Il a un très joli nez.

– Bien, un nez, excellent. »

Dimity, qui était rarement silencieuse, se tut à nouveau.

Sophronia tenta de penser à un autre attribut qu'un garçon intéressant Dimity pouvait posséder. « Portait-il quoi que ce soit de brillant ?

– Il avait une épingle en cuivre au ruban de son chapeau. » Dimity semblait un peu déçue, comme si cela n'était qu'une graine minusculissime face au grand arbre de ses propres ornements.

Deux colliers. Deux ! « Et, hum, est-il intelligent ?

– Oh, Sophronia, ce n'est vraiment pas une qualité désirable chez un galant !

– Non ? Est-il un galant, alors ?

– Je n'ai pas le droit d'avoir de soupirants avant mes seize ans.

– Eh bien, voilà. »

La conversation s'interrompit.

« Sais-tu, finit par dire Dimity, que mon horrible frère n'était pas là ? Il a fichu le camp du théâtre. Apparemment, les autres garçons le considèrent un peu comme une pustule. Pas que je sois surprise. Il doit passer son temps à corriger de petites fautes stupides et se rendre importun.

– Ou il se pourrait qu'ils le tyrannisent par méchanceté.

– Oh, voyons, je ne crois pas que les garçons soient comme ça.

– Oh, non ? » Sophronia, qui avait plusieurs frères, fut surprise par cette affirmation scandaleuse.

« Les filles font ça, pas les garçons. Ils sont bien plus directs.

– As-tu entendu parler des Pistons ?

– Oui. Comment as-tu pu ?... »

Sophronia haussa les épaules. « J'apprends des choses dans cette école.

– Les Pistons sont une espèce de club de Bunson, il me semble. Lord Dingleproops en est membre.

– Vraiment ?

– Oui, c'est une concentration d'ingénieurs. Ils se mettent du charbon autour des yeux. Très sombre et romantique.

– Très soutier de leur part. »

Monique, dont la propre conversation s'était interrompue et qui s'était mise à écouter la leur, ne put s'empêcher d'intervenir : « Sophronia, ne dis surtout pas ça ! Comparer des lords de haute naissance à, eh bien, les membres des classes les plus inférieures, vraiment, quelle idée.

– Les soutiers ne sont pas si mal que ça », protesta Sophronia, plus fort qu'elle aurait dû.

Preshea, Monique et Agatha la regardèrent, abasourdies et horrifiées.

Sophronia était d'humeur belliqueuse. « On ne peut pas leur reprocher leur position sociale !

– Bien sûr que si, répliqua Monique avec assurance.

– Oh, voyons, les pauvres soutiers ont seulement besoin d'un peu de réforme sociale et d'aide charitable pour leur garde-robe », dit Dimity, avec loyauté et en pensant sans le moindre doute soutenir la position progressiste inusitée de Sophronia.

Sophronia, horrifiée, ferma les yeux à l'idée que Dimity puisse essayer de réformer Savon. Ou pire, de le prendre comme œuvre de bienfaisance.

On donna un grand coup à la porte.

La voix de Lady Linette dit : « Extinction des feux bientôt, mesdames. Votre beauté a besoin de sommeil. Enfin, pour la plupart d'entre vous, les autres ne risquent rien.

– Oui, Lady Linette », répondirent en chœur toutes les filles.

Lady Linette s'en alla. La politique de l'école voulait qu'on ne dérange pas les élèves inutilement pendant leur temps libre. Même les enfants, disait Lady Linette, doivent avoir du temps pour conspirer.

Dimity se pencha vers Sophronia autant qu'elle le pouvait et murmura : « Pourquoi défends-tu les soutiers ? Et comment les connais-tu si bien, d'ailleurs ?

– Collecte d'informations, Dimity, tu te souviens ? C'est ce que nous faisons, à présent.

– Oui, mais les soutiers ? Ils ne peuvent pas être de la moindre utilité. Ils vivent dans la chaufferie. »

Sophronia trouva sa meilleure excuse. « Il faut que je nourrisse Bumbersnoot, n'est-ce pas ? »

Dimity la regarda en silence en clignant des yeux. Il était clair que le concept d'amitié avec les soutiers lui était aussi étranger que celui d'avoir à choisir entre deux colliers. « Si tu le dis. Viens, allons nous coucher. »

Mais avant qu'elles puissent quitter le salon, on frappa de nouveau, ce qui les fit sursauter. Cela ne faisait pas partie des habitudes.

Une voix masculine dit, de l'autre côté de la porte : « Mademoiselle Temminnick, j'aimerais vous parler, je vous prie, de quoi ? »

Preshea, qui était encore en sous-vêtements, poussa un petit cri et se précipita dans sa chambre.

Sophronia jeta un coup d'œil autour d'elle. « Agatha, ramasse tes gants par terre. Dimity, tu ne portes pas de chaussures. » Une fois que les autres furent présentables, Sophronia ouvrit la porte.

« En quoi puis-je vous être utile, professeur Braithwope ? »

Le vampire avait retrouvé son apparence de dandy : pas de pardessus. « Ah, bien, vous n'êtes pas encore couchée.

Une petite promenade en ma compagnie, si vous voulez bien, mademoiselle Temminnick ? »

Sophronia fit une révérence et attrapa son châle sur un portemanteau. Les autres filles l'observèrent dans un silence abasourdi. Sophronia leur jeta un regard destiné à les calmer et suivit le vampire.

Comme elle était en compagnie d'un professeur, aucune mécanique ne fut irritée par la présence de Sophronia dans le dirigeable après le couvre-feu. Le professeur Braithwope la conduisit jusqu'à un petit balcon situé entre les sections du milieu et de l'avant. Ils contemplèrent les nuages et la lune qui se couchait sur la lande.

« Monsieur ? finit par dire Sophronia.

– Vous savez, mademoiselle Temminnick, que je suis un vampire.

– Oui, monsieur, j'avais remarqué les crocs.

– Ne soyez pas impertinente, jeune fille.

– Oui, monsieur.

– Et pourtant, je suis lié à ce vaisseau mobile loin de toute vraie société.

– Oui, monsieur. Mais vous êtes descendu pour combattre le capitaine Niall.

– Je ne suis pas une reine vampire, mon rayon d'action n'est pas si court que cela.

– Je vois, monsieur. » Ce n'était pourtant pas le cas. *Pourquoi s'est-il mis sur la défensive ?*

« Ce soir, lorsque vous êtes venue dans ma chambre... »

Sophronia pencha la tête, se souvenant de ce qui devait être du sang sur sa bouche. « Je n'ai rien entendu ni vu. Bien que je me sois posé la question, monsieur, *comment* mangez-vous ? Ou devrais-je dire, *qui* ? »

Le vampire ne dit rien.

Ai-je révélé que j'en ai trop vu ? « Et la suie sur ma robe, monsieur ? ajouta doucement Sophronia.

– Je n'ai rien vu. » Le professeur Braithwope baissa la tête pour lui sourire, montrant un tout petit bout de croc.

Sophronia lui rendit son sourire. « Je suis heureuse que nous nous comprenions, monsieur. »

Le vampire plongea son regard dans la nuit. « Ce pensionnat vous convient bien, n'est-ce pas, quoi ?

– Oui, monsieur, je crois bien que c'est le cas.

– Un conseil, mademoiselle Temminnick.

– Monsieur ?

– C'est un grand don d'avoir des amis dans les sphères inférieures. Eux aussi ont des choses à nous apprendre.

– Voyons, monsieur, je croyais que vous n'aviez pas vu de suie. »

Le professeur Braithwope rit. « Bonne nuit, mademoiselle Temminnick. Je pense que vous pouvez rentrer dans votre chambre sans déclencher d'alarme ? Cela semble faire partie de vos points forts.

– En fait, monsieur, il serait utile que vous m'escortiez, ce soir.

– De quoi, de quoi ? Intéressant.

– Même un vampire peut-il être surpris, à l'occasion ?

– Pourquoi croyez-vous que je sois devenu professeur, mademoiselle ? »

Ils se retournèrent d'un même mouvement et rentrèrent dans la section résidentielle des étudiants.

Sophronia se demanda à quoi cela pouvait bien ressembler de vivre éternellement. *J'imagine qu'on doit s'ennuyer facilement. C'est une des bonnes choses du pensionnat de Mlle Géraldine. Jusqu'à présent, ça a été tout sauf morne.* « Ça ne peut pas être si terrible, d'être loin des villes, dit-elle à la place. Vous êtes l'un des rares vampires à voyager.

– Tant que nous n'allons pas trop haut.

– Vraiment ?

– De quoi, de quoi, encore votre esprit curieux, mademoiselle Temminnick. Je crois que nous en avons eu assez, pour le moment. »

Ils arrivèrent à la porte de Sophronia.

« Bonne nuit, mademoiselle Temminnick.

– Bonne nuit, professeur. »

La vie ordinaire de l'école reprit après cela, tout comme l'école elle-même, sauf qu'elle le fit dans la grisaille, pour reprendre la formulation de Lady Linette. Il s'avéra que le courrier avait été récupéré à Swiffle-on-Exe lorsqu'elles s'y étaient arrêtées pour la pièce. Le butin de Sophronia comportait un paquet de vêtements, dont sa cape d'hiver, et une lettre dépourvue d'informations de sa mère. On leur dit qu'elles ne pourraient pas envoyer de réponses. Swiffle-on-Exe était déjà à des lieues derrière eux. La date butoir donnée par les bandits de haut vol était dépassée et ils étaient dorénavant en fuite et dans la clandestinité.

Le grand dirigeable s'enfonça profondément dans la grisaille de la lande sauvage. Les brumes étaient plus courantes et duraient plus longtemps maintenant que l'automne était là. Le Pensionnat de Mlle Géraldine pour le perfectionnement des jeunes dames de qualité ne descendait plus à basse altitude ; les leçons avec le capitaine Niall étaient annulées. Ils avaient suffisamment de carburant et de provisions pour passer un bon bout de temps loin de la civilisation. Aussi voguèrent-ils, enveloppés de grisaille froide et humide, se cachant aussi bien de leurs amis que de leurs ennemis – pendant trois mois entiers.

Au bout d'un mois environ, Sophronia entendit Monique se plaindre à Preshea de l'interdiction de communiquer avec l'extérieur.

« Je n'arrive pas à croire qu'ils ne veulent pas m'autoriser, *moi* ! à envoyer un message.

– Ils ne l'autorisent à personne, Monique. J'ai entendu Sophronia s'en plaindre l'autre jour justement.

– Mais le mien est *terriblement* important.

– Oh, vraiment ? Est-ce une commande pour les chapeaux de l'été prochain ?

– Oh, oui, bien entendu. Quelque chose comme ça. » Monique détourna habilement l'intérêt de Preshea. « Des gants et quelques éventails, aussi. »

Sophronia parla de la conversation plus tard ce soir-là avec Dimity.

« Je pense vraiment que Monique espérait donner des informations à quelqu'un sur l'endroit où elle a caché le prototype. Est-ce que tu crois que les professeurs l'ont vraiment emprisonnée le soir de la sortie au théâtre pour l'en empêcher ? Je veux dire, je n'ai pas vu le moindre signe d'elle de toute la soirée. »

Le visage de porcelaine rond de Dimity se plissa, soupçonneux. « C'est une approche terriblement médiévale. Je ne peux imaginer qu'ils soient aussi stricts avec elle. »

Sophronia s'allongea. « Dimity, il nous manque quelque chose.

– À bord ? Du fromage décent, suggéra Dimity.

– Non, je veux dire, si Monique l'a caché quelque part, pourquoi ne l'avons-nous pas vue faire ? Crois-tu qu'il est toujours dans la calèche ? Avez-vous été séparés d'elle pendant le début du voyage ?

– Seulement quand elle est allée te faire passer ton entretien.

– Bien sûr ! Dimity, tu es géniale !

– Vraiment ?

– Pendant que je préparais mes bagages, elle a demandé à Mumsy si elle pouvait se promener dans le parc. Le prototype doit être caché *chez moi* !

– Bonté divine, tu dois avoir raison. Oh, Sophronia, et si les bandits y pensent ? Ou si Monique travaille pour quelqu'un d'autre d'encore plus sinistre, et qu'il le devine ? »

L'estomac de Sophronia se tordit de panique. « Alors il se pourrait que ma famille soit en danger. Je dois leur faire parvenir un message d'une manière ou d'une autre ! »

Bien entendu, Sophronia ne pouvait pas plus envoyer de lettre que Monique. Elle et Dimity firent même une tentative avortée d'élever un pigeon. Le volatile n'était pas intéressé. Sophronia commença à voir l'intérêt de cette machine de transmission et du prototype. Elle tenta de se raisonner.

Après tout, il n'y a que moi qui sais que Monique a été seule durant ce petit intervalle de temps. Et même si les bandits de haut vol le devinent, on peut espérer qu'ils utiliseront des méthodes furtives et non violentes pour récupérer le prototype, et qu'ils laisseront mes parents et mes frères et sœurs tranquilles.

LEÇON 14

Du mélange des classes

Le professeur Braithwope se chargea d'une partie de leur entraînement, leur donnant des astuces sur l'emploi comparé d'une canne et d'une ombrelle et sur l'utilisation correcte de chacune sur le crâne ou le postérieur, selon les circonstances. Comme le capitaine Niall, il sembla particulièrement apprécier les capacités de Sidheag dans ce domaine.

« L'avantage d'avoir été élevée par des soldats. » Après la leçon, Sidheag se montrait modeste face à ce surcroît d'attention.

« Quel dommage qu'il n'y en ait pas d'autre », renifla Monique.

Les épaules de Sidheag s'abaissèrent.

Sophronia et Dimity échangèrent un regard et la rattrapèrent, une de chaque côté.

« Ne laisse pas Monique t'embêter, tu sais comment elle est, dit Sophronia avec sympathie.

– C'est une bourrique », dit Dimity, plus directe.

Le regard de Sidheag alla de l'une à l'autre. Puis elle haussa les épaules. « Je n'ai pas l'intention de rester ici beaucoup plus longtemps, de toute façon. Elle peut faire ce qui lui chante. »

À cet instant-là, Sophronia décida qu'elle en avait assez de la nature récalcitrante de Sidheag. Elle la supportait depuis des mois. Preshea et Agatha étaient sans espoir. Mais Sidheag avait ce qu'il fallait pour faire une amie décente pour peu qu'elle veuille bien s'ouvrir un peu. Sophronia attrapa son aînée par le bras et, plutôt que d'aller à leur cours suivant, la guida jusqu'à un balcon.

« Qu'est-ce que ?... » Il était clair que l'Écossaise était surprise.

Tout comme Dimity, qui, avec un petit « hiii », les suivit.

Sophronia se prépara mentalement, mit ses mains sur ses hanches et fit face à Lady Kingair. Le pensionnat de Mlle Géraldine n'encourageait pas les confrontations directes, quelles que soient les circonstances. Mais Sophronia avait la sensation qu'avec Sidheag, c'était nécessaire.

« Tu dois cesser d'avoir si peur de nous », dit-elle.

De tout ce à quoi Sidheag avait pu s'attendre, cela n'en faisait pas partie. La grande fille en bredouilla. « Peur ? Peur ? finit-elle par dire.

– Sophronia, que fais-tu donc ? siffla Dimity en s'écartant d'elles.

– Sidheag, que tu le veuilles ou non, tu vas être coincée ici pendant des *années*. Te traîner comme un vieux ronchon ne te mènera nulle part. Tu ferais aussi bien d'apprendre ce qui est enseigné et d'essayer de t'entendre avec certaines d'entre nous.

– Ce ne sont que des jacasseries dans le dos des autres. Je ne sais pas comment vous faites, vous autres femelles.

– Que ça te plaise ou non, Sidheag, dit timidement Dimity, tu es vraiment une fille.

– Pour mon malheur. »

Sophronia eut une idée. *Peut-être que Sidheag veut juste faire partie d'un groupe.* Jetant un regard coupable à Dimity, elle demanda : « Comment vous débrouillez-vous en escalade, Lady Kingair ? »

Le changement de sujet surprit Sidheag. « Est-ce que tu piges que c'est justement de ça que je parle ? Pourquoi me poser une question obscure ? Pourquoi ne pas me dire franchement ce que tu penses que nous devrions faire et pourquoi ça serait utile ? »

Sophronia se demanda, en songeant à Vieve qui rôdait partout, comment elle avait échoué dans un pensionnat plein de filles qui auraient préféré être des garçons. *Enfin, sauf Dimity, bien entendu.*

« Qu'y a-t-il de mal à aimer les choses de filles ? dit Dimity, bien que le sujet ait déjà changé. J'aime les jupons et danser et le parfum et les chapeaux et les broches et les colliers et... » Son regard se perdit dans un flot de scintillements.

Elle semblait capable de continuer un moment dans cette veine, aussi Sophronia l'interrompit-elle : « Je connais quelqu'un que tu devrais rencontrer, Sidheag. Par le biais d'un fournisseur de charbon. »

Dimity cligna des yeux. « Comment cela peut-il être de la moindre aide, Sophronia ? Es-tu dérangée ?

– Fais-moi confiance, Dimity. Eh bien, Sidheag, est-ce que tu sais grimper ?

– Bien entendu.

– Ce soir, alors ? »

Et c'est ainsi que Sophronia présenta Lady Kingair à un groupe de soutiers.

« Bonsoir, mademoiselle ! » Savon lui sourit lorsqu'elle descendit dans l'écoutille. Sophronia avait essayé de lui rendre visite toutes les deux semaines depuis que l'école était entrée dans la zone grise. Savon, en conséquence, devenait de plus en plus familier, et de plus en plus fascinant. Sophronia aurait préféré ne pas apprécier sa compagnie à ce point – il était tellement sale, et tellement peu convenable, et tellement un garçon, mais voilà : on ne pouvait pas s'empêcher de l'aimer.

« Bonsoir, Savon, comment ça se passe à la chaufferie ?

– Très bien, mam'zelle, très bien ! Vous avez amené une amie. Vous n'avez jamais amené d'amie, jusqu'à présent. Je pensais que vous n'en aviez pas. Sauf nous, pour sûr. » Il gloussa.

« Voici Sidheag Maccon. Sidheag, voici Savon, et ce sont les soutiers. » Sophronia fit un grand geste pour inclure aussi bien le petit groupe qui entourait Savon que ceux qui s'affairaient derrière lui. Elle ne donna pas le titre de Sidheag, car elle craignait que Savon et les autres soient intimidés par son rang.

Sidheag n'émit pas d'objection devant cette rétrogradation. Elle était entrée en passant par l'écoutille et regardait autour d'elle, les yeux grands comme des soucoupes. « C'est quoi, cet endroit ?

– La chaufferie, mademoiselle. C'est-y pas grandiose ? L'énergie vitale du navire, c'est par ici que ça se passe. Comment qu'vous allez ? Je m'appelle Phineas B. Crow. Mais la plupart des gens m'appellent Savon. »

Sidheag lui sourit. Un vrai sourire, sans prudence ni raideur. *Voilà qui est mieux*, se dit Sophronia.

Pendant que Savon montrait fièrement les merveilles de la chaufferie à leur nouveau visiteur, Sophronia se tourna vers les autres soutiers. Elle vida ses poches des cadeaux et autres choses à grignoter qu'elle avait piqué la veille à l'heure du thé et les distribua aux garçons qui attendaient. Il lui avait fallu plusieurs visites pour se rendre compte qu'en fait, les soutiers n'étaient pas aussi bien nourris que les élèves et qu'ils consommaient essentiellement du porridge, du pain et du ragoût.

Elle fit semblant d'être très occupée à distribuer de minuscules tartelettes au citron pour que Savon laisse opérer son inexplicable charme sur Sidheag. Personne ne pouvait faire autrement qu'aimer Savon. Quiconque n'avait pas de prime abord mauvaise opinion de lui à cause de la couleur de sa peau ou de sa position sociale ne pouvait qu'apprécier sa compagnie. Et Sidheag était peut-être beaucoup de choses, mais Sophronia ne pensait pas qu'elle soit particulièrement sectaire.

Les tartelettes provenaient des idées de réforme de Dimity. Sophronia avait accepté de les distribuer aux soutiers à condition que Dimity ne tente rien d'autre d'altruiste. Dimity l'avait néanmoins regardée s'en aller, ce soir-là, avec une expression mi-effrayée, mi-jalouse. « Pourquoi emmener Sidheag et pas moi ?

– Mais Dimity, tu ne sais pas grimper.

– Je pourrais essayer !

– Et tu n'aimes pas te salir.

– Je pourrais porter ma plus vieille robe.

– Et tu ne t'intéresses pas aux chaufferies.

– Mais ils ont besoin de mon aide, c'est évident ! Si je dois être une vraie dame, je dois pratiquer les œuvres de charité dès que possible. Je veux être *bonne*.

– Sois plutôt raisonnable ! »

Dimity s'était contentée de bouder.

Et c'est ainsi que Sophronia était coincée à distribuer des tartelettes au citron. Elle prêtait tellement peu attention à Sidheag et à Savon que lorsque la bagarre démarra, elle mit un moment à réagir. Ils se battaient ! *Oh non, aurais-je mal jugé Sidheag ?*

Mais un coup d'œil rapide lui prouva que le combat n'était pas sérieux.

Sidheag et Savon se tenaient tous les deux en garde, une barre de fer en main, et l'air féroce. Ils étaient presque de la même taille, et étaient en train de causer une certaine excitation générale. Les soutiers qui les entouraient se mirent à parier les tartelettes que Sophronia avait mis tant de soin à distribuer équitablement.

« Qu'est-ce que vous trafiquez, tous les deux ?

– C'est génial, Sophronia. Savais-tu que ce garçon connaît de vraies techniques de combat de rue ? » La joie animait le visage revêche de Sidheag.

« Vraiment ? » *De rue ? Mais il vit dans les airs !*

« Du combat déloyal. C'est épatant ! Regarde-moi ça ! »

Sidheag frappa, Savon se baissa et l'atteignit à la cheville.

Sophronia fut choquée. On n'est pas censé porter des coups pendant un combat ! *Ce n'est pas digne d'un gentleman, ce n'est pas correct, ça ne se fait pas !* « Savon, c'est malhonnête ! »

Savon s'interrompit pour lui sourire. « Oui, mademoiselle, mais ça marche. »

Pendant qu'il était distrait, Sidheag lui enfonça sa barre dans le flanc.

Savon laissa échapper un « wouf » et se plia en deux.

Sidheag vint le rejoindre et passa un bras amical autour de ses épaules après qu'il fut parvenu à se redresser. Sophronia ne l'avait jamais vue si détendue. « C'est logique. Pourquoi nous battrions-nous comme des gentlemen ? Après tout, comme tu ne cesses de me le rappeler, Sophronia, nous n'en sommes pas. Nous ne sommes même pas des soldats. Nous sommes censées être des agents secrets. Nous devrions apprendre à nous battre déloyalement. Nous devrions apprendre à nous battre de toutes les manières possibles. »

Sophronia tenta de mettre ses doutes de côté. Ce fut plus difficile qu'elle l'aurait cru. « C'est raisonnable, j'imagine. Mais donner des coups de pied ?

– Eh bien, mademoiselle, excusez l'impolitesse, mais vous autres dames n'êtes pas des soutiers ou des soldats. Vous n'avez pas beaucoup de muscles dans vos bras. Vous devriez donner plus de coups de pied, vous avez plus de force dans les jambes, non ? Et la plupart du temps, vous portez vos bottes à bout pointu. »

Sophronia hocha la tête. « Bon argument. Mais nous portons aussi beaucoup de jupes.

– On pourrait se faire faire des bottes spéciales, avec des renforts en métal et des accessoires, dit Sidheag.

– Sidheag Maccon, est-ce que je viens de t'entendre parler de conception d'un accessoire de mode ? » Sophronia prit un ton exagérément horrifié, mais elle pensait : *Vieve pourrait faire quelque chose dans ce genre.*

Sidheag sourit. Un autre de ces sourires sincères qui la faisaient paraître, à défaut de jolie, moins quelconque. Ce sourire plissait ses yeux à la remarquable couleur caramel et adoucissait ses traits d'ordinaire si durs. Sophronia, en cet instant, décida que son idée d'amener Sidheag chez les soutiers était un succès retentissant.

Mais alors, une ombre menaçante apparut au-dessus d'eux et dit : « Qu'est-ce que c'est que ça ? Qu'est-ce que c'est ?

– Un graisseur ! Dispersez-vous ! » cria Savon.

Sophronia et Sidheag obéirent, courant aussi vite que les soutiers pour passer derrière l'un des tas de charbon et se glisser dans un recoin.

Savon, noble idiot qu'il était, intercepta le graisseur.

« Il ne va pas être mis à la porte pour ça, hein ? demanda Sophronia avec un pincement au cœur.

– Qui, Savon ? Pour s'être arrêté et avoir fait semblant de se battre à l'épée ? se moqua l'un des soutiers.

– Du moment qu'ils n'ont pas vu que vous étiez des Supers, le pire qu'il risque est de se faire tirer les oreilles, ajouta un autre.

– Les graisseurs l'aiment bien. Il nous fait marcher droit et il travaille plus dur que deux d'entre nous réunis », expliqua le premier.

Sophronia et Sidheag poussèrent un soupir de soulagement.

Sidheag se tourna vers elle. « C'est amusant !

– Le pensionnat n'est pas si mal, hein ? »

« Ce n'est pas juste. Je suis ta première amie ici ! Pourquoi persistes-tu à partir en douce avec Sidheag tout le temps ? » Dimity faisait un effort visible pour ne pas gémir.

« Je ne persiste pas du tout ; nous ne sortons qu'une fois par semaine environ.

– Et vous n'arrêtez pas de glousser ensemble à propos de... choses.

– Je ne glousse pas sans raison. Lady Linette dit qu'il ne faut jamais mal utiliser un gloussement. Et Sidheag ne glousse pas du tout.

– Eh bien, ce n'est vraiment pas juste. » Dimity était perchée au bord de son lit et elle regardait ses pieds d'un air triste.

« Elle m'aide pour mes techniques de combat.

– Ça me servirait, plus d'entraînement au combat.

– Dimity, tu n'as même pas envie d'apprendre. Tu m'as dit que tu avais décidé de faire totalement l'impasse sur ce sujet. Que ce que tu veux vraiment, c'est être une dame. »

Dimity soupira. « Tu as raison, j'imagine. »

Bumbersnoot, qui reniflait autour du lit à la recherche d'un morceau de charbon égaré ou peut-être d'une petite araignée qu'il aurait pu incinérer, arriva en se dandinant. Dimity lui tapota la tête et il souffla un peu de fumée par une oreille.

Sophronia, qui réfléchissait, se mordilla le bout du doigt. « Je vais te dire, et si tu m'aidais pour l'étiquette à la cour et l'organisation des bals ? Tu es bien meilleure que moi pour te souvenir de l'ordre de préséance. »

Le visage de Dimity s'éclaira.

C'est ainsi que Dimity et Sophronia finirent par s'entraîner le soir. Réticente au début, Sidheag finit par se joindre à elles. Dimity parvint à surmonter sa jalousie et bombarda l'Écossaise de ses habituelles taquineries, ce qui poussa Sidheag à surmonter sa gêne. En échange, Sidheag commença à montrer à Dimity certaines techniques de lutte au couteau les plus faciles. Pas de sang, bien entendu. Rien d'autre ne fut dit au sujet de mystérieuses balades nocturnes.

« Je n'ai pas l'impression de vraiment contribuer à notre petit groupe d'étude, dit Sophronia à Dimity un soir avant qu'elles s'endorment.

– Ne sois pas sotte, Sophronia ; tu es la meilleure d'entre nous. »

Sophronia se sentit rougir. « Mais non !

– Bien sûr que si. C'est juste que nous n'avons pas encore abordé ta matière en classe.

– Oh, vraiment, et qu'elle est ma matière ?

– Tu vois les occasions. Et tu apprends des choses et les combines différemment de nous. »

Sophronia réfléchit à cette idée. « Vraiment ?

– Je parie que tu as déjà fait un million de connexions dans ton cerveau, auxquelles je n'ai simplement jamais pensé. Tu dis des choses aux professeurs dont je sais que tu ne me les as jamais dites. Tu es allée dans des endroits sur ce navire dont je ne connais même pas l'existence. Mais bon, tu ne le fais pas toujours comme une dame. »

Sophronia demeura silencieuse.

« Par exemple, tes deux meilleurs jupons ont disparu. Ils se sont évaporés la nuit de la pièce.

– Tu as remarqué ça ? » *Comme c'est embarrassant. Si Dimity a remarqué mon absence de dessous corrects, eh bien, n'importe qui d'autre a pu le remarquer aussi, comme Monique, ou le professeur Braithwope !*

« Je remarque *toujours* les vêtements. Je n'arrive pas non plus à imaginer que tu sois restée assise toute la soirée toute seule dans cette chambre.

– Mais ! »

Dimity s'allongea sur son oreiller et prit un air satisfait. « Je sais que tu penses que je fais juste attention à l'aspect bonnes manières de notre formation, mais je ne peux pas m'empêcher d'apprendre des choses au passage. Je veux peut-être devenir une dame, mais j'apprends à être un agent secret que cela me plaise ou non. Et tu es vraiment ma meilleure amie.

– Alors, tu m'espionnes ? »

Sophronia ne vit que l'esquisse d'un haussement d'épaules sous les couvertures de Dimity. « Je ne suis pas Monique. Je ne vais pas utiliser ce que je sais contre toi.

– Elle ne m'a rien fait de direct depuis qu'elle m'a dénoncée.

– Je sais. Tu ne trouves pas ça inquiétant ?

– Si. Je crois qu'elle essaie toujours de faire sortir un message du dirigeable. Heureusement, elle est aussi coincée que moi. » L'imagination fantasque de Sophronia lui suggéra qu'ils étaient perdus pour toujours, voguant dans la brume. La temporalité avait pris une qualité presque atmosphérique.

« Est-ce que tu crois qu'elle sait que nous savons ?

– J'espère bien que non. »

Les deux filles se turent.

« Tu t'intéresses vraiment aux vêtements et à la mode, n'est-ce pas, Dimity ? finit par demander Sophronia.

– Beaucoup. C'est important. Même Lady Linette dit que c'est un moyen de manipulation. On peut diriger ce que les gens pensent de nous rien qu'en portant les bons gants, sans parler des bijoux. »

Sophronia se prit à songer à la seconde bataille avec les bandits de haut vol. « Que ferais-tu devant un homme qui prend l'air en tenue de soirée et avec un haut-de-forme orné d'un ruban vert ?

– Je courrais », répondit instantanément Dimity. Sa voix normalement emplie de joie et de moquerie était devenue totalement sérieuse.

« Pourquoi ?

– Je ne sais pas pour toi, Sophronia, mais moi je ne suis pas prête à rencontrer un Vinaigrier face à face. Pas encore.

– Ah, bien entendu. Et qu'est-ce, exactement, qu'un Vinaigrier ?

– Tu ne le sais pas ?

– Comment le saurais-je ?

– Oh, désolée. J'oublie toujours que tu es une recrue secrète. Tu sembles tellement être l'une d'entre nous.

– C'est gentil.

– Prudence – il ne faudrait pas que Monique se rende compte que tu aimes l'école. Elle ferait en sorte que tu te fasses renvoyer. Bref, les Vinaigriers sont plus ou moins à la tête de toutes sortes de choses importantes. Pas vraiment dans la légalité et rarement dans la gentillesse. Ils aiment amasser de l'argent et du pouvoir. C'est à peu près tout ce que je sais. Oh, et leur leader s'appelle le Grand Chutney. »

Les sourcils de Sophronia se soulevèrent. « Eh bien, si tu le dis. »

Dimity s'assit, l'air inquiet. « Est-ce que tu crois que Monique travaille pour eux ?

– Non, il est clair qu'ils soutiennent les bandits, ou bien qu'ils les emploient. Et souviens-toi, Monique a refusé de coopérer. Si elle travaillait avec eux, pourquoi tout ce théâtre sur la route ? Pourquoi ne pas juste leur donner le prototype ? Pourquoi l'avoir caché chez moi ?

– Donc, si elle ne travaille pas pour eux et si elle ne travaille pas pour notre école, pour qui travaille-t-elle ?

– Elle-même ? Sa famille ? Je ne sais pas – les vampires, peut-être ? Même les loups-garous. Ou peut-être que l'un des professeurs est un traître. Nous savons déjà que l'un d'entre eux la défend. »

Dimity parut nerveuse. « Es-tu sûre que nous devrions nous impliquer ? N'est-ce pas aux adultes de régler tout ça ? »

Sophronia eut un méchant petit sourire. « Je considère que c'est de l'entraînement. En outre, si le prototype est chez moi, je suis impliquée. À cause de Monique. »

Dimity se contenta de hocher la tête. « Je n'aime quand même pas ce calme. Nous devrions être sur nos gardes.

– D'accord. »

L'avertissement de Dimity n'arriva pas trop tôt, car comme elle avait enfin abandonné l'idée d'envoyer un message, Monique se dédia tout entière à son rôle d'abrutie.

Sophronia s'occupait de ses propres affaires et était en retard pour le déjeuner, comme d'habitude. Elle n'avait pas encore appris les avantages de la ponctualité. Comme elle le dit à sœur Mattie la troisième fois qu'elle arriva en retard pour le cours de potions et poisons domestiques, rien d'intéressant ne se produit jamais *avant* qu'un événement ait commencé. Sa tendance naturelle à arriver en retard était aggravée par le fait qu'elle essayait de trouver du temps pour tous ses cours ; elle avait du travail supplémentaire en langage des éventails et un repas de cinq plats à planifier, des visites à faire aux soutiers et l'entraînement avec Sidheag et Dimity quand personne ne regardait. Il semblait ne jamais y avoir assez de temps.

Aussi était-elle en retard à la salle à manger et se précipitait-elle pour passer la porte d'entrée lorsque quelqu'un étendit un pied botté, l'envoyant s'étaler.

Heureusement, elles avaient appris à faire des roulades. Sophronia roula cul par-dessus tête et se reçut accroupie sur un genou, l'autre étant plié dans ce qu'on aurait pu considérer comme une parodie de révérence de cour complète. Cela aurait pu être gracieux, sauf qu'elle déchira son ourlet en tentant de se relever, trébucha sur le côté et entra en collision avec l'une des filles plus âgées, qui ne s'y attendait pas.

À ce stade, toute l'école s'était retournée pour la regarder, et une vague de gloussements se répandait dans le hall.

Sophronia fut absolument mortifiée. Elle avait fait tant d'efforts pour au moins faire semblant d'être convenable et bien élevée.

« Mademoiselle Temminnick ! dit Mlle Géraldine. Y a-t-il un problème ?

– Non, madame la directrice. » Elle se sentit rougir furieusement. Cela lui rappela l'incident avec le monte-plats et le trifle – sauf que maintenant, ça lui importait. *Stupide pensionnat*, se dit-elle, *m'apprendre à me soucier de choses pareilles.*

« Où est votre maintien, jeune fille ?

– Il semble que je l'aie égaré sur une botte, madame la directrice. »

Le professeur Lefoux lui fit les gros yeux. « Qu'est-ce que c'est que ça ? Des explications ? Ne faites pas la maligne, jeune fille.

– Non, professeur. Veuillez m'excuser, madame la directrice.

– Mademoiselle Temminnick, ressortez et rentrez dans la pièce correctement, dit Lady Linette d'une voix calme et ferme.

– Oui, madame. » Sophronia fit demi-tour, sortit de la pièce et rentra. Cette fois, elle garda fermement les yeux sur le sol, bien qu'elle sût que tout le monde la regardait et qu'elles avaient eu il y a peu des leçons sur comment marcher le nez en l'air.

Elle vit une botte remuer comme si elle voulait la faire trébucher une deuxième fois. La botte était en chevreau couleur pêche avec des rubans roses en guise de lacets et un talon d'une hauteur choquante. La personne qui se trouvait dedans était Monique de Pelouse.

Monique adressa un beau sourire à Sophronia, puis se tourna et dit très fort : « N'est-ce pas fort intelligent de la part de Mlle Temminnick de porter du bleu ? Avec son teint, c'est vraiment la seule couleur sans danger. Quel dommage que la robe n'ait pas une coupe plus moderne, pauvre chérie. »

Sophronia, qui bouillait doucement d'exaspération, alla s'asseoir à l'autre bout de la table. *Pourquoi Monique nous impose-t-elle sa présence*, se demanda-t-elle, *juste pour nous torturer ? Je sais qu'elle a été rétrogradée, mais je suis sûre qu'elle pourrait quand même s'asseoir avec les grandes. Leur faire profiter de sa brillante conversation.*

« Ne t'inquiète pas, Sophronia, dit Monique. Je suis sûre que personne n'a vu ta bourde. » Sur quoi Preshea gloussa obligeamment.

Sophronia ne fit pas remarquer que Monique lui avait fait un croche-patte ; elle savait qu'elle aurait juste l'air d'être sur la défensive.

« Tu n'es pas aussi maladroite d'habitude, dit Dimity.

– Non, c'est mon rôle », ajouta Agatha avec un sourire timide.

Sophronia regarda Monique, au bout de la table. « Tu as raison, je ne le suis pas. »

Monique n'en avait pas terminé non plus. Après le thé, alors qu'elles étaient distraites par la perspective d'une leçon de quadrille avec Mlle Géraldine pendant laquelle Lady Linette leur avait donné pour instruction de se passer des messages secrets sans se faire prendre, Sophronia et les autres ne remarquèrent pas qu'Agatha n'était pas avec elles. La pauvre petite n'était pas *précisément* une amie, mais elles essayaient de garder l'œil sur elle, comme pour Bumbersnoot.

Lorsque Agatha les rejoignit enfin, environ dix minutes en retard pour le cours, ses yeux étaient rouges. Mlle Géraldine la réprimanda sévèrement pour son retard, ce qui la fit pleurer.

« Enfin, ma chère, il est inutile d'utiliser les larmes sur moi ; je ne suis pas un homme. Qui plus est, vous n'êtes pas le genre de jeune dame qui peut pleurer avec une quelconque grâce. Votre peau en devient toute marbrée. »

Monique se glissa avec grâce dans la pièce à ce moment-là et se plaça derrière le groupe de jeunes filles sans être observée. Elle avait l'habitude de manipuler Mlle Géraldine.

« Oui, madame la directrice, répondit Agatha en essayant d'arrêter de pleurer.

– Non, non, non, pas avec la manche. Mon Dieu, combien de fois dois-je vous le répéter ? Vous ne devez jamais essuyer aucune partie de votre visage avec votre manche. C'est à cela que sert un mouchoir. Et même avec, nous tamponnons. *Tamponnez*, mesdames ! Où est votre mouchoir ? »

Agatha fouilla désespérément dans son réticule.

« Pas de mouchoir, Agatha Woosmoss ? Quel genre de dame de *qua-li-teille* êtes-vous ?

– Je suis désolée, madame la directrice. »

Mlle Géraldine se tourna vers la classe. « Mesdames, où rangeons-nous toujours un mouchoir de secours ?

– Dans notre décolleté ! » répondirent-elles toutes en chœur.

La directrice eut un sourire éclatant, secoua ses boucles rousses et poussa son décolleté en avant comme pour montrer son approbation.

« Elle pourrait cacher toute une filature de coton dans le sien », murmura Sophronia à Dimity.

Dimity pinça les lèvres pour ne pas rire.

Mlle Géraldine poursuivit : « Montrez-moi, mesdames ! »

Toutes les filles plongèrent complaisamment la main dans leur corsage et en retirèrent des carrés de fine mousseline. Comme elles n'avaient que treize ou quatorze ans, peu d'entre elles avaient suffisamment de poitrine pour en sortir des mouchoirs, sauf Monique. Sidheag était une vraie asperge. Sophronia trouvait que la sienne n'était pas si mal. Preshea, bien entendu, était parfaite. Dimity pensait qu'elle se rembourrait. « Tu sais. Avec des sachets de romarin. » Elle-même se décrivait comme « lamentablement sous-développée ».

Sidheag semblait éprouver des difficultés à suivre les instructions de Mlle Géraldine.

« Lady Kingair, où est votre mouchoir ?

– Eh bien, zut. Je l'avais mis dedans. On dirait qu'il a glissé à l'intérieur de mon corset. » Mlle Géraldine s'éventa. « Inutile d'entrer dans les détails, Lady Kingair. Une dame de *qua-li-teille* ne parle pas d'une telle chose à voix haute.

– Quoi ? Qu'est-ce que j'ai dit ? » Sidheag était vraiment perplexe.

« Corset, siffla Sophronia.

– Mademoiselle Temminnick ! Pas vous !

– Veuillez m'excuser, madame la directrice. » Sophronia exécuta une révérence presque parfaite. Cela sembla apaiser Mlle Géraldine.

« Elle n'en a pas assez pour le faire tenir, madame la directrice, dit Monique.

– Taisez-vous, à présent, mademoiselle Pelouse. On ne parle pas des avantages des autres dames en public. Lady Kingair, ma chère, avez-vous mis le mouchoir à l'intérieur avant ou après vous être lacée ce matin ?

– Avant, sinon j'oublie, répondit aussitôt Sidheag.

– Eh bien, vous devez attendre et le mettre après. Il ne disparaîtra pas sur vous. Mademoiselle Temminnick, prêtez votre mouchoir de réserve à Mlle Woosmoss, je vous prie. Elle aura au moins quelque chose. Maintenant, mesdames, où en étais-je ? Ah, oui, le quadrille. »

Agatha prit sa place dans leur groupe avec Sidheag et Dimity. Sophronia s'avança pour être sa partenaire et lui passa son mouchoir. Agatha le fourra dans son corsage en marmonnant un « merci ».

« Mesdames, nous commençons avec le *Le Pantalon*. Et un, deux, trois, quatre. Un pas en avant, saluez votre partenaire, non, mademoiselle Buss, vous jouez le rôle de l'homme, vous vous souvenez ? Vous vous inclinez. » La directrice faisait le quatrième membre de l'autre groupe avec Monique, Preshea et un balai à franges coiffé d'un chapeau. Elles avaient beaucoup plus de mal à se faire passer des messages sans qu'elle le remarque. Le balai, bien entendu, n'était absolument d'aucune aide.

« Que s'est-il passé, Agatha ? Est-ce que tu te sens bien ? demanda Sophronia quand la danse leur permit de discuter. Laisse-moi deviner : Monique ? » Tout en parlant, Sophronia glissa un petit morceau de papier plié à Dimity. Il n'y avait rien dessus, c'était juste pour la technique.

« Je l'ai vu, dit Sidheag.

– Peut-être qu'il vaut mieux faire circuler des mots pendant *L'Été* ? murmura Dimity.

– Elle est mauvaise, vraiment mauvaise, dit Agatha, répondant à la question de Sophronia.

– Qu'a-t-elle dit ?

– Rien d'important. » Le visage d'Agatha était rouge. « Pas pour toi, en tout cas. » La façon dont elle le dit impliquait que c'était en quelque sorte la faute de Sophronia.

Elles passèrent du *Pantalon* à l'*Été.* Comme Dimity l'avait prévu, il était plus facile de se faire passer des messages, mais Agatha n'arrêtait pas de laisser tomber les siens. À chaque fois, tout le monde devait arrêter de danser pour qu'elle cherche le morceau de papier sous ses amples jupes. C'était décidément tout sauf *furtif*. Elles devaient prétendre qu'elle laçait sa botte.

À la fin de l'heure, Mlle Géraldine frappa dans ses mains pour attirer leur attention. « C'était acceptable, mesdames, mais acceptable seulement. Vous répéterez les deux premières parties du quadrille dix fois ce soir. Au cours de notre prochaine leçon, nous passerons à le *La Poule*, aussi je considérerai que vous avez mémorisé le *Le Pantalon*.

– Est-ce que tu crois, demanda Sophronia à Dimity pendant qu'elles quittaient la classe de la directrice, qu'elle se rend compte qu'elle dit "le" deux fois ? »

Dimity leva un sourcil. « Voyons, Sophronia, est-ce que tu sous-entendrais que Mlle Géraldine n'est pas vraiment française ? Quelle suggestion choquante.

– Pas plus que Lady Linette n'est une lady ? ajouta Sophronia.

– Voyons, elle pourrait en être une, on ne peut pas en être certaines. Après tout, Sidheag est une lady et personne ne l'aurait jamais deviné.

– Oh, merci beaucoup, Dimity », dit Sidheag depuis l'endroit où elle les suivait.

Dimity pencha sa tête bouclée par-dessus une épaule et regarda la grande fille avec un sourire effronté. « Ne fais pas semblant d'être offensée. J'ai compris comment tu fonctionnes, à présent. Tu le prends comme un compliment. Tu ne veux pas vraiment être une lady. C'est tout ton problème. »

Sidheag marmonna quelque chose du genre « pourquoi vouloir être une lady quand on peut être un loup-garou ? », ce que tout le monde ignora poliment. Une telle idée était de toute évidence ridicule. Tout le monde savait que les filles ne peuvent pas être des loups-garous.

Ce fut Dimity qui découvrit ce qui était arrivé à Agatha. Dimity n'était peut-être pas très bonne pour découvrir quoi que ce soit au sujet de prototypes, ou de la domination du monde, ou des gâteaux pour le thé du lendemain, mais elle savait écouter les ragots, c'était un fait.

« As-tu entendu dire que Monique a coincé Agatha dans le hall cet après-midi ? Apparemment, elle lui a dit qu'elle se demandait comment quelqu'un aux proportions aussi vulgaires avait bien pu simplement être admise au pensionnat de Mlle Géraldine. Elle a dit qu'Agatha ne serait sans doute pas admise après les vacances d'hiver, même si elle vient d'une longue lignée d'agents secrets. Elle a dit que tu prendrais la place d'Agatha, puisqu'il n'y a personne de mieux.

– Oh, mon Dieu, pas étonnant qu'Agatha était en colère après moi. Ce n'est pas vrai, n'est-ce pas ? » Dans les pensionnats normaux, on considérait en général que plus on avait d'élèves, mieux c'était, mais celui-ci était différent.

Peut-être qu'à bord d'un dirigeable on doit respecter des restrictions sur le nombre ?

Dimity se mordilla la lèvre inférieure. « C'est possible. Pas que tu prennes sa place, mais qu'elle ne reste pas. Je ne veux pas être méchante, mais elle n'est vraiment pas très bonne. Elle serait peut-être bien mieux dans un vrai pensionnat, et même là... Je veux dire, est-ce que tu l'as *vue* ? Ce n'est pas tant sa silhouette que sa confiance en elle. » Dimity secoua sa tête bouclée avec sympathie. « Si seulement sa posture s'améliorait. »

Elles entendirent un petit cri du côté de la porte, levèrent les yeux et virent le visage rond et atterré d'Agatha, qui s'échappait.

« Je croyais que tu l'avais fermée ! dit Dimity à Sophronia, horrifiée.

– Je le croyais, moi aussi. Peut-être qu'elle n'est pas si mauvaise espionne que tu le crois. »

Il était clair que Dimity était fâchée contre elle-même. Elle avait beaucoup de défauts, mais on ne pouvait pas lui reprocher d'être mesquine. « Est-ce que tu crois que je devrais la suivre ? »

Sophronia soupira.

« Nous devrions peut-être y aller toutes les deux. »

Elles allèrent frapper à sa porte. Sidheag ouvrit ; elle avait l'air maussade. *Enfin, plus que d'habitude.* « Elle ne veut pas vous parler.

– Nous sommes venues nous excuser. » Dimity semblait remplie d'espoir.

« Eh bien, c'est un peu tard pour ça. » Sidheag croisa les bras sur sa poitrine osseuse et leur jeta un regard noir.

« Oh, ne prends pas cette attitude avec nous, Sidheag Maccon. Nous savons que tu n'es pas aussi mauvaise que tu en donnes l'impression. » Sophronia passa devant la grande fille et entra dans la pièce. Dimity la suivit et ferma la porte derrière elle avec fermeté.

La chambre d'Agatha et de Sidheag avait en gros la même structure et la même disposition que celle de Sophronia et Dimity. Elle était donc petite et contenait deux lits, deux armoires et une coiffeuse avec un lavabo et pas grand-chose d'autre. Elle ne bénéficiait pas, néanmoins, de la touche spéciale de Dimity, qui consistait à draper des foulards de soie de couleurs vives sur toutes les surfaces et à y épingler des broches de verre scintillantes. Cela ne dérangeait pas Sophronia, bien qu'elle pensât que cela faisait ressembler leur chambre au boudoir d'une chanteuse d'opéra.

Dimity s'approcha du lit où Agatha était allongée, recroquevillée sur elle-même, la tête enfoncée dans son oreiller. « Je suis désolée, Agatha, je n'aurais pas dû dire ça. »

Agatha ne bougea pas.

Sophronia s'approcha d'elle et dit : « Ne pourrais-tu pas nous laisser t'aider, juste un petit peu ? Je veux dire, on essaie, avec Sidheag. »

Sidheag renifla.

« Mais si. Elle nous aide pour les trucs de garçons, et nous lui donnons des leçons pour être une fille. »

Sidheag renifla à nouveau.

Sophronia lui lança un regard noir. « Mais bien sûr que si. C'est juste que tu n'es pas douée ! »

Dimity tapota le dos d'Agatha. « Nous pourrions le faire avec toi aussi. »

Agatha renifla et se retourna. Son visage était, comme l'avait fait remarquer Mlle Géraldine, très rouge et marbré. « Mais qu'ai-je à échanger ? » demanda-t-elle d'une voix tremblante.

Sophronia et Dimity se creusèrent la cervelle pour trouver une réponse.

« Tu es douée pour les additions et le calcul en économie domestique. J'ai entendu sœur Mattie te complimenter l'autre jour. Et nous avons toutes besoin d'aide pour avoir des manières plus douces. Tu es particulièrement douée pour ça. »

Dimity vint à son aide. « Oui, je parle trop, et Sophronia est trop effrontée.

– Comme c'est gentil de ta part de dire ça, Dimity. » Sophronia haussa les sourcils.

« Et bien entendu, le cas de Sidheag est désespéré, ajouta Dimity.

– Oui, merci, Dimity.

– Mais c'est vrai ! »

Agatha se mit à produire des gloussements mouillés. « Voilà, tu parles à nouveau trop, n'est-ce pas, Dimity ?

– Tu vois, tu as pigé ! » dit Sophronia.

LEÇON 15

Comment constituer des archives correctes et comment les voler

C'est ainsi que leur petit groupe d'études privé passa de trois à quatre membres. Agatha observa peut-être les promenades occasionnelles de Sophronia et de Sidheag à la chaufferie, mais il y avait une chose pour laquelle elle était très douée, c'était tenir sa langue. Leur club privé n'aida néanmoins en rien à modifier le comportement de Monique. Plus tard dans la même semaine, une rumeur se répandit ; elle disait que Dimity était sortie avec Lord Dingleproops, seule et sans chaperon.

Dimity fut absolument atterrée. « Jamais de la vie ! Je suis une fille bien, à la grande déception de maman. Nous sommes toujours restés en compagnie. En outre, je ne pense pas qu'il m'apprécie de cette façon. »

Sophronia se mit à arpenter la pièce. « Monique a lancé la rumeur, je le sais. Il va falloir faire quelque chose.

– Je ne pense pas qu'aucune d'entre nous soit prête pour une grande opération de destruction de réputation en sous-main. Monique a quatre ans de formation de plus que nous.

Elle n'est peut-être pas un agent secret par nature, mais c'est une enquiquineuse née. » Dimity, toujours sous le coup de l'émotion, se mordillait la lèvre.

« Une fouteuse de merde née, voilà ce qu'elle est. » Sidheag s'était prise d'amitié pour Dimity. *Dimity est comme ça ; elle vous a à l'usure en fin de compte.*

« Sidheag, sois polie ! » Dimity hoqueta, puis se tourna vers Sophronia. « Que suggères-tu ?

– Je ne sais pas encore, mais il vaudrait mieux que ce soit efficace. Et quelque chose qui ne me fasse pas prendre et dénoncer. »

Dimity, qui était sur le lit de Sidheag, se tourna sur le dos et contempla le plafond. « Tu veux dire, qui ne *nous* fasse pas prendre.

– Nous ?

– Je vais t'aider, dit Dimity.

– Moi aussi, bien que je ne sois probablement pas bonne à grand-chose, dit Agatha.

– Et il y a Bumbersnoot, il va nous aider, ajouta Dimity.

– Vraiment ? Quel est le problème de Bumbersnoot avec Monique ? »

Dimity songea à la question avec sérieux. « Je ne sais pas, mais je parie qu'il en a un. Oh, elle l'a cabossé, une fois. N'est-ce pas, mon Snooty chéri ? »

Sophronia prit une profonde inspiration. « Nous pourrions nous attaquer au prototype. Ils verraient, alors, tous autant qu'ils sont. Et elle ne pourrait pas le faire passer à son employeur, qui qu'il puisse être. »

Sidheag et Agatha, qui jusqu'à présent n'avaient pas vraiment été impliquées dans son enquête secrète, eurent l'air de faire un gros effort pour comprendre de quoi elle parlait.

« Quel est le plan, alors ? demanda Sidheag.

– Tu ne vas pas l'aimer.

– Pourquoi ?

– Il y a un bal. »

Sidheag et Agatha pâlirent à cette simple idée.

« Je ne suis pas prête pour un bal ! dit la grande fille avec une expression paniquée qui ne lui ressemblait pas.

– Ooooh, un bal ! » Dimity applaudit.

« Eh bien, il y en aura un le jour de mon retour à la maison. C'est un bon prétexte pour vous inviter. Je ne peux pas écrire pour demander la permission, bien entendu. Mais ce sera une excellente couverture pour fouiller la maison et le parc pendant que Frowbritcher et les autres mécaniques seront occupées.

– Mais ce sera le début des vacances d'hiver. Comment allons-nous mettre le prototype dans les mains appropriées ? voulut savoir Dimity. En supposant que nous parvenions à le trouver.

– C'est l'autre partie du plan. Quelqu'un a suggéré à l'école de me recruter. Nous devons découvrir qui a parlé de moi à Lady Linette. Si nous découvrons qui est cette personne, nous pourrons lui remettre le prototype.

– Je suppose que tu n'as pas une idée de qui ça pourrait être ? »

Sophronia sourit à nouveau.

« Non, mais...

– Je connais cette expression, dit Dimity. C'est celle qu'elle a juste avant de partir en exploration.

– Mais ? dit Sidheag.

– Mais nous pourrions fouiller dans les registres de l'école pour le découvrir.

– Sophronia, c'est une idée abominable ! s'écria Dimity

– Tu es folle », ajouta Sidheag.

Agatha avait juste l'air fascinée.

« Ah, mais j'ai un atout secret.

– Vraiment ?

– Oh, oui. Je vais emprunter un obstructeur et du savon. »

« Je pourrais, mais ça prendrait beaucoup de temps. J'ai mis des années à apprendre. Je crois que vous en avez besoin pour avant les vacances ? »

Savon et Sophronia étaient assis et regardaient Sidheag affronter une petite troupe de soutiers au cours d'une partie passionnée de dés pendant une pause de l'équipe de nuit. Les deux filles étaient venues chercher du charbon et étaient restées pour discuter et, pour Sidheag, jouer. Son cas était vraiment désespéré. Sophronia espérait pouvoir amener Savon à lui apprendre son super truc pour franchir les portes verrouillées.

Elle hocha la tête, l'air lugubre.

« Pourquoi voulez-vous savoir comment crocheter les serrures, de toute façon ? demanda Savon.

– J'ai besoin de savoir qui parmi les agents affiliés à l'école dans la région où je vis a pu me recruter pour le pensionnat.

– Vous allez avoir besoin d'entrer dans les archives.

– Ça revient à ça, oui.

– Ça a l'air marrant.

– Savon, et si tu te fais prendre en haut ?

– Voyons, mademoiselle, vous pensez que nous ne courons pas de risque à chaque fois que vous nous rendez visite ? Heureusement qu'il y a tant de soutiers et tant d'endroits où se cacher. Et que vous nous soudoyez tous avec vos petits gâteaux. Parce que sinon, quelqu'un aurait depuis longtemps mis le holà à vos petites visites. »

Sophronia se contenta de lui jeter un regard lourd de sens. Elle n'aimait pas que Savon prenne trop de risques pour elle.

Il lui sourit, se glissa vers elle et lui cogna l'épaule.

« Ne vous inquiétez pas. Je peux me débrouiller. Et puis, comment vous allez faire sans moi ? »

Sophronia se sentit un peu étourdie en dépit de son inquiétude. « Oh, très bien ! Mais tout cela est en train de se transformer en véritable expédition. »

La planification de leur raid sur la salle des archives leur prit une semaine. Vieve accepta de prêter l'obstructeur à Sophronia sans faire beaucoup de difficultés. Elle s'occupait d'une nouvelle invention et cela lui prenait la plus grande partie de son temps – même la tentation d'une pénétration par effraction de nuit dans les archives ne put l'en détourner. Elle leur expliqua également où se trouvait la pièce. « Bien sûr que je le sais. Pour qui vous me prenez, une amatrice ? Ils y conservent aussi les archives des inventions. » Après quoi il y eut beaucoup de discussions pour savoir qui allait venir et qui resterait en arrière.

Sophronia ne dit à personne que Savon les accompagnerait ; elle dit juste qu'elle avait un moyen de pénétrer à l'intérieur une fois sur place.

Dimity se défendit avec le plus de vigueur. « Je veux venir ! je n'ai encore participé à aucune excursion.

– Ce sera ou toi, ou Sidheag. Nous devons limiter notre nombre. » *Et il est clair qu'Agatha n'est pas intéressée.*

Dimity jeta un regard implorant à Sidheag qui, sans surprise, haussa les épaules.

Dimity prit cela pour un oui et battit des mains, tout excitée.

« Il se pourrait que tu sois obligée de limiter les paillettes, tu sais. Le but, c'est de *ne pas* être vues. »

Dimity, tout à fait à contrecœur, enleva tous ses bijoux et passa sa robe la plus sombre, une robe de marche bleu roi.

« Est-ce que ça conviendra ?

– Admirablement. »

Comme prévu, Savon les attendait sur le pont à l'extérieur de la salle de sœur Mattie, caché parmi ses plantes en pot. Il sortit de l'obscurité et de derrière une grande digitale. *Bon poison à forte dose, ou pour les problèmes respiratoires en petite quantité*, se rappela Sophronia.

« Bonsoir, mesdames.

– Bonsoir, Savon. Tout est prêt ? » Il semblait plus propre que d'ordinaire, et ses vêtements lui allaient presque. *Il a mis sa tenue du dimanche pour moi.* Sophronia était super contente.

« Bien entendu. Vous avez l'obstructeur ?

– Oui, je l'ai. » Sophronia lui montra son poignet.

Dimity restait silencieuse, sa bouche dessinant un impeccable O de stupéfaction tandis qu'elle regardait Savon.

« Dimity, je te présente Savon. Enfin, Phineas B. Crow est son vrai nom. »

Savon esquissa son sourire parfait et souleva son chapeau pour Dimity, toujours ébahie. « Comment allez-vous, mam'zelle ?

– Dimity Plumleigh-Teignmott. »

Dimity fit une révérence et retrouva sa voix en se souvenant, heureusement, de parler doucement. « Enchantée de faire votre connaissance, monsieur Savon.

– Oh, Savon suffira, mademoiselle. »

Dimity leva le regard vers lui, yeux écarquillés. « Vous savez que nous avons un garçon d'étable juste comme vous. Pour la couleur, vous savez. Peut-être que vous le connaissez, il s'appelle Jim et...

– Je répugne à écourter les présentations, mais nous devons vraiment y aller », dit Sophronia, surtout pour empêcher Dimity de trouver autre chose à dire.

Tous trois progressèrent avec précaution en direction de la section des professeurs. Ils passèrent pas mal de temps à faire des pauses pour que l'obstructeur opère sa magie invisible, puis à se précipiter pour éviter une mécanique figée avant d'avancer à nouveau.

Heureusement, la salle des archives se trouvait exactement là où Vieve avait dit qu'elle était : à l'étage supérieur de la section avant du dirigeable.

Y parvenir fut moins facile que cela aurait pu l'être. Dimity ne savait pas grimper et elle n'arrêta pas de vaciller et de piailler au sujet de la distance qui la séparait du sol – immense – et de la difficulté à franchir les trous – gigantesque. Ils finirent par monter un escalier en spirale branlant qui s'enroulait autour de la coque extérieure depuis le balcon du professeur Lefoux, jusqu'à une petite porte qui ressemblait à celle d'un placard.

Le pont des canards avant était situé juste au-dessus, à l'endroit où Sophronia était allée le premier jour et où elle avait trouvé Bumbersnoot. Au-dessous se trouvaient les niveaux des quartiers privés des professeurs ; encore au-dessous, c'était la gigantesque chaufferie. La section avant abritait tout ce qui était *important*, et le niveau du grenier était l'un des rares que Sophronia n'avait jamais visités. En conséquence, elle mourait de curiosité.

Dimity leur fit signe de parler à voix basse. « N'oubliez pas le professeur Braithwope ! Il est encore réveillé et il n'est qu'à un niveau ou deux au-dessous de nous, avec une ouïe de vampire. »

J'aurais aimé qu'elle y pense pendant qu'elle couinait, se dit Sophronia.

Ils avancèrent en silence. Le niveau était un peu aplati. Même Sophronia se sentait à l'étroit et elle était de loin la plus petite des trois. L'éclairage au gaz n'avait pas été installé. Ils devaient tâtonner dans le noir.

Ils trouvèrent la pièce où était écrit, en grandes lettres dorées : BIBLIOTHÈQUE DES ARCHIVES – DOCUMENTS IMPORTANTS.

Un soldat mécanique se trouvait juste devant la porte. Il les détecta lorsqu'ils approchèrent et prit vie en bourdonnant, soufflant de la fumée de sous sa tête avec humeur. Avant que Sophronia puisse simplement lever l'obstructeur, la mécanique leva un bras en forme de canon et leur tira dessus.

Savon plongea d'instinct. Sophronia et Dimity sursautèrent.

Ils se retrouvèrent couverts d'un filet fait d'un matériau spongieux et collant, ressemblant à des tripes, mais qui n'en était pas moins très solide. La mécanique avança vers eux en sifflant, menaçante.

J'ai l'impression d'être une perdrix enveloppée dans du bacon, songea Sophronia. *Très déplaisant.* Elle ne pouvait pas lever le bras pour pointer l'obstructeur, car le filet le maintenait fermement contre son flanc. « Dimity, peux-tu atteindre tes ciseaux ?

– Je ne peux pas bouger, pépia Dimity, et elle émit un "pfft" lorsque le filet collant pénétra dans sa bouche.

– Savon ? » Sophronia essayait de regarder autour d'elle pour voir le soutier.

« Je m'en sors mieux que vous, mademoiselle. Mais c'est un peu embarrassant. »

Sophronia baissa les yeux. En plongeant pour éviter le tir, Savon avait été en partie protégé par le bas de sa robe. Un seul côté de son corps était piégé au sol par le filet ; l'autre partie se trouvait sous ses jupons.

La mécanique était sur eux et elle avait apparemment reçu pour instruction d'essayer de capturer tout intrus, mais en avoir attrapé trois à la fois la plongeait dans la confusion. Elle émettait des bourdonnements perplexes et se balançait d'un côté à l'autre sur son rail tout en passant en revue ses protocoles pour déterminer la bonne méthode à adopter.

« Est-ce que vous avez des ciseaux de couture ? demanda Sophronia à Savon.

– Non, mademoiselle, mais j'ai un couteau.

– Pouvez-vous l'atteindre et essayer de libérer mon poignet ? »

Savon se tortilla, faisant bouffer les jupons tout en remuant son bras libre. Dimity émit un couinement étouffé devant cette situation indigne pour la personne de Sophronia. Savon accomplit presque sa tâche, coupant suffisamment de fils pour permettre à Sophronia de lever le bras et de le pointer sur la mécanique. Malheureusement, les fils étaient à présent collés sur son couteau.

Le soldat mécanique sembla être parvenu à une décision. Il se pencha en arrière et leva son autre bras, qui cracha de la fumée.

« Il va nous brûler vifs ! » hoqueta Dimity.

Avant que la mécanique puisse aller plus loin, Sophronia la frappa avec l'émission invisible de l'obstructeur. La mécanique se figea, mais il leur restait à s'extraire du filet. Savon continua à couper par en dessous avec son couteau, en se servant de l'ourlet de la robe de Sophronia pour le nettoyer. Sophronia parvint à accéder à son réticule de sa main libre et en sortit ses ciseaux. Elle coupa le filet autour de Dimity jusqu'à ce qu'elle aussi puisse atteindre les siens.

« Cette chose est tellement collante. Je suis sûre que c'est de la nourriture, à la base. Devrions-nous manipuler de la nourriture crue ? Ma robe est complètement fichue et même l'utiliser pour s'essuyer n'est pas très efficace. » Dimity n'était pas contente.

Sophronia testa l'adhérence du filet entre deux doigts. *Je me demande si de l'huile fonctionnerait.* Elle prit de l'huile parfumée dans son réticule – parfumée à la rose. Elle nettoya ses ciseaux de son mieux, puis badigeonna les lames avec l'huile. Ça marchait au poil.

« Vous avez vu ça ? » Savon était impressionné. Sophronia lui fit passer le flacon. Il recouvrit son couteau d'huile, puis passa le flacon à Dimity. Les choses allèrent bien plus vite après ça, bien qu'ils finissent tous par être parfumés à la rose.

Pendant qu'ils s'affairaient à se libérer, Sophronia dut s'interrompre pour arroser la mécanique avec l'obstructeur. Lorsqu'ils se furent débarrassés du matériau collant, ils ne purent pas déplacer l'énorme et lourde mécanique, car elle était bloquée sur place.

Savon ne pouvait pas crocheter la serrure dans le temps laissé par une impulsion de l'obstructeur. Sophronia fut donc obligée de se tenir devant la sentinelle et de la désactiver avec l'obstructeur toutes les six secondes pendant que Savon travaillait diligemment derrière.

Sophronia se demandait si le gadget n'allait pas cesser de fonctionner, ou si son efficacité n'allait pas diminuer. Vieve n'avait pas vraiment expliqué comment il fonctionnait et Sophronia avait du mal à croire qu'il puisse être indéfiniment actif, mais il ne montrait aucun signe de fatigue.

Savon finit par ouvrir la porte. Sophronia envoya une dernière impulsion à la mécanique et ils se glissèrent dans la pièce avant qu'elle se réveille. Ils refermèrent fermement la porte derrière eux.

Et se retrouvèrent face à un problème totalement nouveau.

Les archives ressemblaient à une petite usine, ou à une filature : des machines et des tapis roulants et des courroies couraient le long des murs et remplissaient les coins de la pièce.

« Levez les yeux », souffla Sophronia.

Dimity et Savon obéirent.

Les archives pendaient au-dessus d'eux. Elles étaient attachées à des tapis roulants fixés au plafond, comme une version inversée et pendouillante de rails mécaniques. Les documents eux-mêmes ressemblaient essentiellement à du linge accroché à une corde. Ils étaient bien trop hauts pour qu'on les attrape et il ne semblait pas y avoir de moyen de savoir où se trouvait un document précis. Il y en avait des centaines ici, sinon des milliers – un cauchemar.

« Il doit y avoir un moyen de faire des recherches et des demandes ». dit Sophronia en regardant autour d'elle avec désespoir.

Il y avait trois bureaux dans la pièce, chacun avec un petit siège en cuir, une lampe à huile et un bloc-notes. Chacun était aussi équipé d'un gros bouton en cuivre d'où sortait un levier. Autour de la base du bouton, occupant une bonne partie de l'espace du bureau, se trouvait un morceau de parchemin circulaire avec des choses écrites dessus.

Savon s'approcha d'un bureau, Sophronia de l'autre et Dimity du troisième. Chacun d'entre eux se pencha pour allumer la lampe à huile et examiner ce qui était écrit sur le parchemin rond.

« Essayez de ne rien toucher, nous sommes encore tout collants », les avertit Sophronia.

Au moment où elle le disait, une plume adhéra à la poitrine de Dimity qui se penchait en avant. Dimity ne remarqua rien. « Le mien est étiqueté avec des lieux. » Elle tendit le cou sur le côté pour lire en cercle. « Des villes, des comtés, quelques quartiers et même quelques circonscriptions. Voilà Londres. Et le Devonshire. »

Sophronia observa le sien. « Le mien semble comporter des capacités. Couteau, séduction, ombrelle blindée, flirt. Que dit le vôtre, Savon ? »

Savon était debout, tête baissée, et ne prenait même pas la peine de regarder le papier.

Ils n'avaient pas beaucoup de temps. « Qu'est-ce que ça dit, Savon ? »

Savon leva la tête, il était clair qu'il était gêné. « Désolé, mademoiselle, je ne peux pas le dire.

– Et pourquoi, bonté divine ? Est-ce que c'est quelque chose d'horrible et d'indigne d'une dame ? » Savon avait souvent démontré qu'il était bien plus concerné par la dignité de Sophronia que Sophronia elle-même.

Savon se contenta de secouer la tête.

« Vous ne savez pas lire, n'est-ce pas, monsieur Savon ? dit Dimity.

– Non, mademoiselle. Désolé, mademoiselle. » Sa voix était presque un murmure.

Sophronia cligna des yeux. Pauvre Savon ! Traverser la vie sans livres. « Oh, d'accord. » Elle alla le rejoindre. « C'est l'alphabet. » Elle le montra du doigt. « Voyez, A, B, C, D et ainsi de suite. »

Savon se contenta de reculer un peu, l'air terriblement embarrassé. Sophronia se cogna contre son flanc, un peu comme il l'avait déjà fait, et lui fit un petit sourire. Cela sembla le gêner encore plus. « Oh, mademoiselle.

– Que signifient-elles ? » demanda Dimity.

Sophronia haussa les épaules. « Il n'y a qu'un seul moyen de le découvrir. »

Elle saisit le levier du bureau de Savon et le poussa vers le A.

Tout autour d'eux, dans ce qui sembla être une énorme quantité de bruit, la machinerie des archives prit vie. De la vapeur jaillit en sifflant des pistons et des mécanismes de rotation qui montaient en tourbillonnant, en grondant, vibrant et en gémissant. Au-dessus d'eux, les documents se déplaçaient sur les rails, allant d'une partie de la pièce à l'autre, se séparant et se regroupant. Ils filaient les uns autour des autres, leur parchemin claquant et craquant. Une énorme grappe finit par se déplacer intentionnellement dans la direction de Savon et de Sophronia et par s'arrêter juste au-dessus du bureau.

« Et maintenant ? » s'interrogea Savon.

Sophronia chercha un autre mécanisme ou interrupteur autour du bureau.

« C'est là que je regrette que Vieve ne soit pas avec nous », dit-elle en fronçant les sourcils. Elle revint au premier levier et après l'avoir tapoté et tripoté, elle appuya fortement sur le nodule de cuivre situé à la base.

Dans un grand claquement, les documents au-dessus d'elle tombèrent.

Savon et elle s'écartèrent et manquèrent de peu être frappés par des papiers lorsque l'ensemble au-dessus du bureau descendit vers eux puis s'arrêta, d'une façon qui était sans le moindre doute pratique pour quiconque était assis au bureau.

Sophronia détacha et examina l'un des morceaux de papier en faisant attention de ne rien coller. Elle en lut des passages à haute voix pour Savon et pour Dimity qui était toujours à son bureau, non loin de là.

« Comtesse d'Andeluquais, Henrietta, née Kipplewit, c'est ce qui est indiqué en haut du dossier. » En dessous se trouvait une esquisse d'une jeune femme agréable, ainsi que des informations personnelles vitales, telles que la couleur de ses cheveux, de ses yeux, sa position sociale et ses préférences en matière de mode. Puis venait une série de lieux et de dates, qui commençait avec ce que Sophronia supposa être son lieu de naissance et s'achevait avec ce qui devait être le lieu de résidence actuel de la comtesse en France. Au-dessous, se trouvait une liste de capacités particulières, qui dans le cas d'Henrietta semblaient être : « Manipulation d'ombrelle, coiffures à cachettes, balistique, marche silencieuse, valse rapide et gâteau de riz. »

Il y avait une quantité considérable d'autres papiers couverts d'une écriture précise. Sophronia essaya de résumer pour son auditoire : « Des rapports sur diverses missions, je pense. Oui, ça dit ici qu'elle a infiltré les bureaux de la diplomatie française. Et ici, c'est un rapport sur son mariage avec le comte. » Sophronia regarda Dimity. « Ça veut dire que nous allons devoir épouser quiconque l'école choisira ? »

Dimity n'était pas inquiète. « Dans les limites du raisonnable. C'est un pensionnat de jeunes filles, après tout. C'est ce que font toutes les filles diplômées, un bon mariage. En outre, comment pourrions-nous infiltrer des lieux de pouvoir sans cela ? »

Sophronia décida de repousser ses protestations à une date ultérieure et reporta son attention sur le problème présent. Elle rangea les papiers d'Henrietta, enfonça le bouton en cuivre du levier et le dossier remonta au plafond.

« Quel bureau gère les lieux ? »

Dimity montra le sien.

Savon et Sophronia la rejoignirent.

« Nous avons besoin d'un endroit près de chez moi. C'est près de Wootton Bassett, Wiltshire. » Sophronia commença à lire les noms. « Ah ah, Swindon devrait convenir. » Elle saisit le levier et tira dessus.

Les dossiers bougèrent et tournèrent à toute allure, se réorganisant jusqu'à ce qu'une grappe se forme et vienne planer au-dessus du bureau. Cette fois, les documents étaient bien moins nombreux – il y en avait précisément trois. Sophronia appuya sur le nodule et les dossiers dégringolèrent.

Ils étaient tous prêts cette fois et ils ne se baissèrent pas, ni ne tressaillirent.

Lire les noms des trois femmes dans la région où habitait Sophronia, qui avaient elles aussi fréquenté le pensionnat de Mlle Géraldine, ne prit qu'un instant. Des trois, l'une était morte, l'autre n'avait habité dans la région que brièvement en 1847 et la troisième était… eh bien, la troisième était…

« Mme Barnaclegoose ! s'écria Sophronia.

– J'en déduis que tu la connais ? dit Dimity.

– Oui, effectivement.

– Alors, nous avons ce pour quoi vous êtes venue, mademoiselle ? » dit Savon.

Sophronia avait terriblement envie de lire tout le dossier sur la chère amie et habituelle compagne de thé de sa mère. Elle n'avait jamais pensé à Mme Barnaclegoose autrement que comme à une fouineuse invétérée dont les penchants stylistiques étaient en contradiction avec son tour de taille en augmentation constante. « S'il vous plaît, attendez !

– Voyons, mademoiselle, nous devrions y aller. Ces machines font assez de bruit pour effrayer un poltergeist et on ne doit pas oublier l'ouïe de notre vampire. Il vaut mieux remettre les archives comme elles étaient et nous en aller. » Il semblait très nerveux. Sophronia se demanda si c'était à cause de toute cette paperasse.

« Inutile d'essayer de rendre l'effraction invisible.

– Non ? » Dimity était troublée.

« Non. Ça empeste l'huile de rose ici, et il y a un filet collant partout dans le couloir. Nous allons devoir tenter de faire porter le chapeau à quelqu'un d'autre. Je vais mettre tout ça en haut et demander quelque chose au hasard. Au moins, ça les égarera. »

Sophronia appuya sur le nodule et ils regardèrent les trois dossiers de Swindon remonter au plafond. Puis elle se précipita sur le dernier bureau et poussa le levier vers « chiffrement sur feuilles de thé ». Un nouvel ensemble de feuilles arriva à ce bureau. Sophronia les laissa en place. Ils mouchèrent les lampes à huile et sortirent de la salle des archives.

Ils parvinrent à arroser le soldat mécanique avec l'obstructeur puis à se glisser devant lui ; désorienté, il se balançait d'avant en arrière. Le fait d'avoir piégé un intrus qui s'était révélé en être plusieurs puis avait disparu avait mis ses protocoles en boucle. *La chance*, se dit Sophronia. *Est-ce sur cela qu'un agent secret doit compter ?*

Ils retraversèrent le dirigeable, utilisant l'obstructeur lorsqu'ils en avaient besoin et se séparant de Savon sur le balcon de Lady Linette.

« Je vous remercie beaucoup de votre aide, dit Sophronia, maladroitement cérémonieuse.

– De rien, mam'zelle », dit Savon, en s'approchant bien trop près et en remettant une mèche de cheveux derrière son oreille avant de sauter par-dessus la rambarde et de dégringoler.

Dimity jeta un long regard chargé de soupçons à Sophronia.

Sophronia fit semblant de n'avoir rien vu et dit : « Tourne-toi. Je vais m'occuper de tes boutons.

– Mais nous sommes dehors, bredouilla Dimity. La nuit ! Sur un balcon !

– Oui, mais parfois la décence doit être sacrifiée sur l'autel de la non-découverte par les professeurs parce que nous sentons l'huile de rose et que nous sommes couvertes d'un machin collant ! Maintenant, s'il te plaît, Dimity. »

Elles s'aidèrent mutuellement pour enlever leurs robes. Dimity jeta la sienne par-dessus bord avec une certaine tristesse. « Je l'aimais bien, cette robe bleue.

– Espérons que le capitaine Niall ne les trouvera pas. » Sophronia jeta la sienne après celle de Dimity sans trop s'en soucier. Elle avait fini par comprendre qu'elle devait apprendre à être à la mode, mais cela ne signifiait pas qu'elle s'était investie émotionnellement dans ses vêtements. « Je vais nous voler du vinaigre à la cuisine demain matin ; nous pourrons y faire tremper nos sous-vêtements. Cela devrait chasser l'odeur. » Elle se mordit la lèvre en réfléchissant. « Et de la graisse de bœuf, pour nettoyer nos ciseaux. »

Dimity parut se sentir un peu mal à cette idée. « Adieu le parfum de rose. »

LEÇON 16

Effraction, cambriolage et un bon petit déjeuner

En dépit du fait que Lady Linette devait l'avoir découverte, l'infiltration dans la salle des archives ne fut pas annoncée au petit déjeuner. Sans nul doute pour que Mlle Géraldine ne soit pas mise au courant. La directrice ne savait sans doute même pas qu'il y avait une salle des archives. Cependant, une sorte d'aura sinistre plana sur le repas, qui empêcha même les machinations de Monique.

Elle parvint néanmoins à coincer Sophronia dans le hall plus tard dans la journée, alors qu'elles se rendaient au cours de Lady Linette.

« J'ai cru comprendre qu'on donne bientôt un bal pour les débuts dans le monde de ta sœur. Dommage que ta famille ne puisse pas faire la saison à Londres. À moins qu'il y ait une autre raison plus urgente aux débuts de ta sœur ? »

Sophronia fit la moue. « Au moins, Pétunia a une vraie entrée dans le monde. J'ai cru comprendre que tu n'as pas encore été présentée. Et tu as quoi, dix-huit ans révolus ? Quel gâchis !

– Oh, ne t'inquiète pas pour moi. *Mama* a prévu une saison spectaculaire pour moi dès que j'aurai eu mon examen final. Et nous n'aurons pas déjà dépensé la fortune familiale pour une sœur aînée.

– Pourquoi parlons-nous de cela maintenant ?

– Oh, aurais-je oublié ? J'ai une invitation.

– Quoi ?

– Eh oui. J'ai écrit à papa peu de temps après notre arrivée. Papa connaît des gens. »

Mais comment a-t-elle fait sortir ce message du navire ? se demanda Sophronia. *Je croyais qu'elle ne pouvait pas. J'ai raté quelque chose. Qu'est-ce que j'ai raté ?*

« Comment as-tu ?... », commença-t-elle avant de se souvenir. L'*ami* de Monique.

C'est un professeur ou l'équivalent, qui travaille avec elle, bien entendu ! Ils ont dû envoyer le message pour elle, depuis Bunson. Peut-être que je peux utiliser ça, la suivre. « Ça va être un événement très intéressant », dit Sophronia, sournoisement. Vraiment très intéressant.

L'expression de Monique s'aviva. « Est-ce que tu es en train de fourrer ton nez dans mes affaires, petite fille ? Je ne me mêlerais pas de choses qui ne te concernent pas, à ta place.

– N'est-ce pas précisément ce que nous apprenons à faire ? »

Monique s'approcha et Sophronia sentit un picotement au niveau de sa gorge. Se dissimulant sous des manches bouffantes et des rubans de chapeau, Monique pressait une épingle à cheveux très pointue dans le cou de Sophronia. « Il y a parfois des accidents. »

Sophronia n'était pas d'humeur à se laisser intimider. Elle s'écarta d'un bond. « De même que des découvertes, siffla-t-elle avant de se hâter d'entrer dans la classe de Lady Linette. Monique la suivit. Elle n'était plus inquiète pour sa famille : Monique ne parlerait de la cachette à personne. *Elle veut récupérer le prototype elle-même. Elle veut garder le contrôle de l'opération. C'est ce que je voudrais aussi.*

Les autres filles étaient déjà assises. Sophronia prit conscience du fait qu'elles avaient meilleure allure qu'en septembre. Les boucles de Dimity étaient mieux contrôlées. L'expression de Preshea n'était plus aussi aigre et Agatha avait de la belle dentelle autour du cou. Même Sidheag avait amélioré sa posture. Sophronia se demanda quels changements avaient été apportés à sa propre apparence.

Lady Linette entra quelques minutes après Monique, presque en retard pour son propre cours. Elle paraissait stressée sous ses nombreux volants et couches de maquillage. « Mesdames, nous avons appris que quelqu'un a touché à la salle des archives la nuit dernière. Certaines d'entre vous auraient-elles des informations à communiquer ? »

Les filles s'entre-regardèrent toutes.

Monique leva la main. « Sophronia, Dimity, Sidheag et Agatha ont été très subversives ces derniers temps. »

Lady Linette tourna son regard bleu sur Monique. « Vraiment, mademoiselle Pelouse ? Avez-vous entendu quoi que ce soit de concret ?

– Non, Lady Linette. » Monique remua sur son siège.

Lady Linette dirigea son attention vers Sophronia. « Avez-vous comploté, mesdames ? » Sophronia ne voyait pas du tout pourquoi elle devait être choisie pour représenter le groupe, mais elle supposa que ce n'était que justice. C'était elle qui organisait tout, en général.

« Je souhaiterais les faire inviter au bal de ma sœur, dit-elle. C'est pour cela que j'essaie d'envoyer un message chez moi.

– Bien entendu. Mais pas Mlle Buss ou Mlle Pelouse ? » Sophronia haussa les épaules. « Mumsy ne me permettra pas d'inviter *tout le monde*. Je veux dire, qu'est-ce que ce sera ensuite, toute l'école ? »

Monique minauda. « J'ai déjà une invitation. Je n'ai pas besoin de l'aide de Sophronia. »

Dimity jeta un regard très inquiet à Sophronia.

Elle demeura impassible. « Ah oui ? Je ne savais pas que tu connaissais ma sœur.

– Moi non plus, interrompit Lady Linette. Si on considère que le dernier séjour de Mlle Pelouse était frauduleux, elle va devoir préparer sa tenue avec grand soin. Et vous autres dames, croyez-vous que vous êtes prêtes pour un bal si tôt dans vos carrières ? »

Sidheag haussa les épaules. Dimity hocha la tête avec enthousiasme. Agatha fixa ses mains.

Lady Linette poussa un soupir. « Rien à voir avec la salle des archives, alors, mesdames ? » De façon inattendue, elle dirigea alors toute son attention sur Sidheag. « Êtes-vous certaine de n'avoir rien vu de spécial ? »

Sidheag jeta un regard vaguement contrit à Sophronia et haussa les épaules. Sophronia fronça les sourcils. *De quoi Sidheag peut-elle bien se sentir coupable ?*

« Quelque chose manque-t-il dans la salle des archives ? demanda Sophronia.

– Une plume, rien d'autre. » Lady Linette transforma la question en séance d'enseignement. « Donc, qu'est-ce qu'un agent infiltré pouvait donc bien chercher, mesdames ?

– Des informations, répondit aussitôt Preshea. C'est une salle des archives.

– Exactement, mademoiselle Buss. Très bien.

– Le coupable doit être déjà à bord de l'école, ajouta Sophronia. À moins que les agents infiltrés ne puissent monter et descendre sans que les mécaniques les remarquent.

– Bien, Sophronia.

– C'est pourquoi vous interrogez les élèves.

– Lady Linette. » Dimity se redressa. « Les dossiers des étudiantes se trouvent-ils dans cette pièce ? »

Lady Linette hocha la tête.

Sophronia, voyant où Dimity voulait probablement en venir, dit : « Donc, le coupable voulait voir, modifier ou voler des informations. Ce qui signifie qu'il y avait un intérêt. Une étudiante des classes supérieures, peut-être, qui serait assez expérimentée pour entrer et qui aurait quelque chose à cacher ? »

Sophronia s'arrêta là ; elle ne voulait pas jouer avec la chance et elle prit bien soin de ne pas regarder Monique. Jeter le blâme sur quelqu'un d'autre était une tactique classique, mais elle devait être employée avec précaution. Surtout dans la mesure où c'était Lady Linette qui lui avait expliqué la technique.

« Donc, est-ce qu'Agatha, Sidheag et Dimity peuvent venir avec moi au bal de ma sœur ? Sont-elles suffisamment habiles pour paraître en public ? demanda Sophronia en espérant pouvoir changer de sujet maintenant qu'elle avait planté la graine du soupçon.

– Si leurs parents sont d'accord. Vous devrez attendre que nous soyons sortis de la zone grise. Maintenant, qu'enseignons-nous aujourd'hui ? Oh, oui. *Le maintien.* »

Ce soir-là, Monique de Pelouse et quelques-unes des élèves les plus âgées furent convoquées pour être interrogées par Lady Linette, le professeur Lefoux et le professeur Braithwope. Une nouvelle rumeur naquit aussitôt, qui disait que Monique avait pénétré par effraction dans la salle des archives, censément pour trafiquer la partie de son dossier consacrée à son échec à l'examen final.

« C'est une belle rumeur, dit fièrement Dimity quand elles furent en sécurité dans leur chambre, en train de se changer pour les leçons de danse. Est-ce que tu as mis un peu de cette huile parfumée à la rose dans sa chambre ? »

Sophronia sourit. « Bien entendu.

– Ça fait du bien de pouvoir lui rendre la monnaie de sa pièce. » Dimity était en train de rincer leurs sous-vêtements, maintenant parfumés au vinaigre, dans le lavabo.

« Comment crois-tu que Monique s'est débrouillée pour se faire inviter au bal de ma sœur ?

– Des relations. Ton père est membre d'un club de gentlemen, non ?

– Comme tous les pères. » Sophronia finit d'utiliser la graisse de bacon sur les ciseaux de couture et donna ce qui restait à Bumbersnoot qui, reconnaissant, rota de la fumée noire.

« Un mot de Monique à son cher petit papa juste après notre arrivée ici et ta mère a envoyé une invitation de plus à une blonde osseuse.

– Non, je veux dire, comment a-t-elle fait sortir le mot du navire ?

– Oooh, c'est une bonne question. On l'a aidée ?

– On l'a aidée.

– Qui ?

– Eh bien, ça, Dimity, c'est une très bonne question. »

Sophronia alla la rejoindre pour l'aider à tordre les vêtements. Il était clair que Dimity n'avait jamais observé une lessive et encore moins frotté du linge elle-même ; elle manipulait les sous-vêtements avec tant de précautions qu'on aurait pu croire que le tissu, rétif, avait l'intention de lui flanquer une claque mouillée au visage.

« Ça pourrait être une bonne chose, dit Sophronia.

– Comment ça ? Monique va sans nul doute être mieux habillée que nous et elle aura plus d'invitations à danser.

– Elle pourrait nous conduire directement à l'endroit où elle a caché le prototype.

– Nous allons devoir garder l'œil sur elle pendant toute la durée du bal.

– Quelle idée désagréable ! Mais nous sommes quatre et elle est toute seule.

– Avec bien plus d'années de formation. »

Sophronia prit un ton assuré. « Nous nous sommes plutôt bien débrouillées hier soir. »

Dimity hocha la tête. « Bien que j'aie cru, pendant le cours de Lady Linette, que Sidheag allait craquer. »

Sophronia hocha la tête. « Je sais. Ça ne lui ressemble pas. Qu'est-ce qui lui est arrivé, selon toi ? »

Dimity secoua la tête.

Sophronia se tassa sur son lit. Ou, plus précisément, elle se tassa dans son corset, qui ne permettait pas grand-chose en matière de tassement. Puis, après quelques instants de réflexion, elle se leva et quitta leur chambre pour se diriger vers celle de Sidheag et Agatha.

Sidheag n'était pas là, mais Agatha la fit entrer.

« Sophronia ?

– Puis-je jeter un petit coup d'œil par votre fenêtre, s'il te plaît, Agatha ?

– Hum, oui, si tu veux. »

Sophronia s'approcha de la fenêtre. Elle dut monter sur le lit de Sidheag pour voir à travers. C'était un de ces petits hublots comme on en voit sur les navires à vapeur.

« Sophronia, que fais-tu sur mon lit ? demanda une voix tranchante

– Bonjour, Sidheag. Je peux voir jusqu'au balcon extérieur, d'ici, comme c'est intéressant.

– Tu trouves ?

– Ce balcon, vois-tu, que j'aime utiliser à l'occasion pour me promener. Toi aussi, maintenant que tu m'as rejointe dans mes excursions.

– Vraiment ?

– Oui. » Sophronia considéra la grande Écossaise en fronçant les sourcils.

« Agatha, pourrais-tu nous laisser seules un instant, je te prie ?

– Vous n'allez pas vous disputer, n'est-ce pas ? C'est ce que papa dit toujours avant de crier sur maman. S'il vous plaît, ne vous disputez pas. Nous nous entendions tous si bien.

– Agatha ! » dit Sidheag sur un ton sévère.

Agatha sortit de la chambre et referma doucement la porte derrière elle.

« Je sais que tu n'es pas heureuse ici, Sidheag, dit Sophronia, mais je n'aurais jamais cru que tu retournerais ta veste. »

Sidheag eut l'air mal à l'aise. « J'ai pensé que tu nierais et que ça serait vite terminé.

– Je n'étais pas encore assez formée pour savoir que nier était la meilleure chose à faire.

– Alors tu as eu des ennuis. Désolée.

– Désolée ? C'est tout ?

– Tu viens juste de faire la même chose à Monique. Pire, vu qu'elle n'a rien fait.

– Elle l'a mérité.

– À ce moment-là, j'ai cru que toi, tu le méritais. Pourquoi est-ce que tu irais grimper à pas d'heure pendant que nous étions toutes coincées dans nos chambres ?

– J'aurais préféré que tu admettes que c'était toi plus tôt. Peut-être que Monique n'est pas aussi mauvaise que je le croyais.

– Oh que si. »

Sophronia soupira. Elle n'était pas vraiment en colère contre Sidheag. Elle était plus préoccupée par ce que cela disait sur la personnalité de sa nouvelle amie.

L'expression de Sidheag passa d'agressive à défensive puis à un peu honteuse. Elle s'assit sur l'autre lit, face à Sophronia. Sidheag n'était pas Dimity, qui s'affalait avec affection contre son épaule.

« Je ne voulais pas que tu saches que c'était moi. Je pensais que tu me détesterais.

– Pourquoi l'as-tu fait, alors, Sidheag ?

– J'ai cru que cela leur montrerait que je ne suis vraiment pas faite pour cette école. Un établissement de ce genre devrait punir les colporteuses de ragots. À la place, ils ont eu l'air déçu et ont mis quelque chose dans mon dossier. J'ai vraiment cru que tu nierais. Ça aurait été ta parole contre la mienne et il n'en serait rien sorti. Je ne savais pas que j'en viendrais à t'apprécier.

– Tu ne vas pas y arriver, hein, Sidheag ? Je veux dire, tu es plutôt coriace, mais...

– Je suis pas assez intéressée. Je dois m'inquiéter de ce qui se passe à la maison.

– Des problèmes avec ta meute ?

– En quelque sorte. » Il était clair que Sidheag ne voulait pas donner de détails.

« J'en conclus que tu n'as pas vraiment envie de venir au bal de ma sœur ? »

Sidheag hocha la tête, peut-être avec un peu trop d'enthousiasme. « Je devrais rentrer chez moi.

– Hum », fit une voix hésitante. La porte s'entrouvrit. Agatha avait écouté toute la conversation, c'était évident. *La vie peut vraiment devenir compliquée dans une école d'espionnage*, songea Sophronia.

« Oui, Agatha ? dit-elle d'un air pincé.

– Est-ce que je peux ne pas y aller, alors ? Je veux dire, c'est très gentil de ta part de m'avoir demandé et tout, mais je ne sais pas si je suis prête et si Sidheag ne vient pas... » Elle laissa sa phrase en suspens, pleine d'espoir.

« Je suis sûre que toi et Dimity pouvez vous charger de tout », dit Sidheag, s'efforçant d'être positive.

Sophronia n'était pas convaincue, mais elle n'avait pas été formée à élever des objections. « Une fois qu'une invitation a été déclinée, cela ne se fait pas d'insister. C'est aussi malvenu qu'un amoureux repoussé qui continue à faire sa cour », avait dit Mlle Géraldine. Aussi Sophronia quitta-t-elle la pièce avec un au revoir poli.

« Sidheag et Agatha ne viendront pas avec nous au bal de Pétunia, dit-elle à Dimity en rentrant dans leur chambre.

– Oh, et pourquoi ?

– Elles ne se sentent pas prêtes.

– Bondé divine, imagine un peu, laisser passer l'occasion de s'habiller et de danser toute la nuit.

– Ou, plus précisément, de s'habiller et de suivre Monique toute la nuit.

– Nous ne serons que nous deux, alors, dit Dimity. Ça ne va pas être facile. »

La fin de l'année s'abattit sur elles comme des bandits de haut vol surgissent dans un ciel bleu. Une semaine elles étaient en train d'apprendre les dernières leçons de manipulation de mouchoir pour le profit et la distraction et elles avaient une session spéciale sur le langage des éventails dans la perspective de diverses fêtes de vacances, et la suivante les grandes hélices de l'école se mirent à tourner et ils ne dérivèrent plus avec les brumes. Ils quittèrent leur havre de sécurité grise et se hâtèrent en direction de Swiffle-on-Exe.

Les professeurs étaient nerveux. À peine étaient-ils sortis de la couverture nuageuse qu'ils virent les petits vaisseaux aériens qui les suivaient sur l'horizon. L'école se dirigea vers la ville et la protection relative de l'École polytechnique pour garçons Bunson et Lacroix.

Pendant deux jours, des messages furent largués, sans doute pour le capitaine Niall et de là pour la poste la plus proche. Sophronia envoya une missive rédigée avec circonspection pour avertir sa famille de l'arrivée possible de bandits de haut vol et pour leur demander de ne pas inviter Monique, tout en étant assez certaine qu'ils seraient ignorés. Elle les informa également qu'elle amenait Dimity avec elle.

Bunson était en vacances le même jour que le pensionnat de Mlle Géraldine, en partie à cause de leur système de partage d'informations et en partie par mesure de sécurité – selon les suppositions de Sophronia. Les bandits n'oseraient sans doute pas affronter les défenses d'une école de génies du mal, sans parler des parents de haut rang et d'aspect menaçant. Le Pensionnat de Mlle Géraldine pour le perfectionnement des jeunes dames de qualité plana à basse altitude au-dessus de la ville et jeta l'ancre – ce qui apparemment signifiait attacher plusieurs cordes d'amarrage à un bouquet d'arbres – à un quart de mile des murs de Bunson. On était au milieu de la matinée, aussi était-il impossible d'utiliser le capitaine Niall et la plate-forme de verre pour le débarquement. Sophronia soupçonnait que peu de gens étaient au courant de l'existence des échelles de corde ; elle se posait des questions quant aux modalités d'un débarquement digne. *Est-ce que je vais voir l'escalier ?*

Elle et les autres débutantes n'avaient préparé que le strict nécessaire, sachant que des armoires pleines et des achats les attendaient à la maison. Elles se dirigèrent avec les autres élèves vers l'un des ponts principaux, situé au milieu du dirigeable. Le pont ne tarda pas à être rempli de filles gloussantes et de grandes jupes et autres frivolités, sans parler des cartons à chapeau, des sacs de tapisserie et des paquets. Sophronia se fraya un chemin jusqu'au premier rang et regarda avec intérêt l'école descendre si bas qu'un long escalier mécanique se déploya depuis son pont intermédiaire. Elle se plia en deux et manqua passer pardessus le bastingage pour tenter de voir comment cela fonctionnait. Sophronia remarqua trois soutiers qui actionnaient une manivelle et leur adressa un signe discret de la main.

Des calèches attendant les élèves étaient rassemblées sur une grande esplanade de lande brune entre les deux écoles. Certaines contenaient des parents impatients, mais la plupart étaient des membres du personnel attendant leur charge. Il y avait aussi une voiture à quatre chevaux qui devait emmener une douzaine de filles à la gare la plus proche.

Sophronia tenta de voir les armes de sa famille – un hérisson sur le champ de bataille – sur le côté d'une calèche. Il n'était nulle part en vue, même avec des jumelles. Vieve les lui avait prêtées de manière semi-permanente, en guise de prix de consolation de la part de la jeune polissonne lorsqu'elle avait repris l'obstructeur. « Pour sûr, avait dit la fillette, j'en aurai plus besoin que toi, coincée toute seule sur ce navire pendant les deux prochaines semaines. Tiens, prends ça à la place.

– Mademoiselle Temminnick, quittez immédiatement cette position inconvenante ! » La voix de Lady Linette résonna de l'autre côté de la foule agitée.

Sophronia s'écarta de la rambarde. Dans un nuage de vapeur et un cliquetis mécanique, celle-ci se replia, laissant les élèves face à un engin long et plutôt grandiose, à mi-chemin entre un escalier et une échelle.

La descente était dangereuse pour les filles, surtout pour les premières années, qui durent affronter un escalier tanguant avec leurs sacs de voyage et l'allure qui convenait, mais elles s'en sortirent sans dommage – même Agatha.

Ce ne fut qu'une fois à terre et en sécurité au milieu de la foule grouillante des flamboyants moyens de transport en attente que Sophronia aperçut le leur.

« Par ici, mademoiselle Sophronia ! » Son vieux copain Roger le garçon d'écurie agita la main depuis sa place dans la charrette tirée par un poney de la famille. C'était terriblement embarrassant ; elles allaient devoir faire environ soixante-dix kilomètres en charrette. Et s'il pleuvait ?

Dimity, qui était un amour et une crème de fille, ne dit néanmoins rien de désobligeant. Elle déclara d'une voix tremblante que ce serait enthousiasmant de voyager si loin en calèche ouverte.

« Vous êtes mademoiselle Dimity ? demanda Roger. Je dois également prendre une mademoiselle Pelouse. Elle est là ?

– Oh, c'est obligé ? Ne pourriez-vous pas oublier, Roger, s'il vous plaît ? » demanda Sophronia, pleine d'espoir.

– Ça ne vaut pas mon travail, mademoiselle. Madame a donné des instructions très claires. »

À ce moment-là, Monique arriva derrière eux et fit une scène. « Ta mère nous a envoyé *ça* ? Nous sommes invitées à un bal et nous devons voyager toute la journée *là-dedans* ?

– C'est toi qui t'es invitée, Monique. Tu aurais pu prévoir ton propre moyen de transport. J'imagine qu'on avait besoin de notre calèche pour des invités plus importants qui arrivaient de la ville à la gare. »

Monique postillonna et, après beaucoup de comédie, laissa Roger la hisser dans la charrette où elle s'assit en tournant ostensiblement le dos à tout le monde.

Sophronia observa l'école à l'aide des jumelles. Elle put tout juste apercevoir, sortant d'une écoutille de la partie avant, deux petits visages, l'un noir et l'autre celui d'un enfant crasseux, accompagnés par des bras qui s'agitaient follement – Savon et Vieve lui disaient au revoir à leur façon inimitable. Bien consciente qu'ils ne pouvaient probablement pas la distinguer dans la foule, elle leur répondit tout de même vaillamment.

Sophronia regarda ensuite au-delà du dirigeable. Elle était certaine que les taches s'étaient rapprochées et tout aussi sûre qu'il s'agissait des bandits de haut vol.

« Prête, mademoiselle ?

– Tout à fait, Roger.

– Oh, attendez, cria Dimity, j'oubliais ! Pillover. Pouvons-nous l'emmener ? Il se pourrait que maman ait oublié qu'il a besoin d'un moyen de transport. Elle peut être très distraite quand elle est méchante. »

Sophronia haussa les épaules. « Il est petit. Si c'est bon pour vous, Roger ? »

Roger était pour. « La patronne a dit de vous ramener toutes, pas qu'il ne fallait pas arriver avec des gens en plus. »

Dimity fouillait du regard la foule à la recherche de son frère. « Oh, où est ce furoncle ?

– Cherche une foule de Pistons, suggéra Sophronia.

– Oh, Pillover n'en est pas membre. Il n'est pas assez chic.

– Est-ce que j'ai dit que ce pourrait être le cas ? Là ! » Sophronia pointa le doigt sur le côté, où un groupe de garçons se tenait, l'air indolent et sombre. Ils portaient tous du brun et du noir, leurs cheveux étaient peignés en arrière et bien trop pommadés, et il y avait des hauts-de-forme de soirée sur leur tête – bien qu'ils n'aient pas encore fait leur entrée dans le monde et qu'il ne soit pas l'heure du thé.

« Pour qui se prennent-ils ? s'interrogea Sophronia.

– Des Pistons, bien entendu », répliqua Dimity.

Chaque garçon portait un ruban couleur cuivre autour de son chapeau et avait une roue dentée épinglée à son gilet. Un ou deux d'entre eux avaient également des sortes de protections oculaires décoratives perchées sur le bord de leur couvre-chef. Ils portaient tous des bottes d'équitation, alors que pas un seul cheval de selle n'était en vue.

« On dit que certains d'entre eux portent du maquillage, dit Sophronia, quelque peu choquée.

– Du khôl, autour des yeux, expliqua Dimity.

– Roger, dirigez-vous vers ces garçons, là-bas, voulez-vous ?

– Les tapettes, mademoiselle ? demanda Roger.

– Je ne dirais pas ça à portée de leurs oreilles, si j'étais vous. »

Roger guida le poney vers le groupe en question, sans dissimuler une expression de mépris.

Pillover se trouvait effectivement au centre. Il était assis sur une petite malle, enveloppé dans son manteau huilé trop grand et coiffé de son melon cabossé ; il lisait un livre crasseux pendant que les garçons qui l'entouraient le haranguaient comme s'il était un émeu dans un zoo.

Leur comportement changea toutefois complètement lorsqu'une charrette pleine de filles s'arrêta à côté d'eux.

« Lord Dingleproops ? dit Dimity sur un ton des plus hautains. Que faites-vous à mon frère ? »

Un jeune homme efflanqué aux cheveux roux et au menton moins que voyant souleva son chapeau en direction de Dimity et dit, avec un sourire effronté : « On s'amuse un peu, c'est tout, mademoiselle Plumleigh-Teignmott. »

Il examina la charrette, son regard s'arrêtant un instant sur Sophronia, qui le lui rendit sans frémir, d'une façon très peu féminine, puis passa à Monique. Monique, à la manière de toutes les filles plus âgées lorsqu'elles ont affaire à des garçons plus jeunes, fit comme si tout le groupe de Pistons n'existait pas. Son attention demeura fixée sur la route devant eux, une attitude qui soulignait ses traits fins et la minceur de son cou.

Sophronia se souvint de ce que Pillover avait dit des Pistons. *Des sales types.* Un ou deux d'entre eux, hélas, étaient charmants. Elle échangea des coups d'œil avec un garçon à la chevelure sombre, au visage pâle, aux lèvres boudeuses et à l'expression agressive. Il rencontra son regard puis regarda ailleurs, nerveusement, comme une créature sauvage. Sophronia le trouva beau. Son allure presque dégingandée lui rappelait le capitaine Niall. Était-il ce que les journaux à scandale appelaient de la chair à loup-garou ? Elle ne dit rien à aucun d'entre eux. Ils n'avaient pas été présentés. À la place, elle adressa son plus joli sourire à Pillover.

Ce que Sophronia ne savait pas, et ce qu'il lui restait encore à apprendre à contrôler, c'était que son sourire était plutôt plus puissant que la moyenne. Le visage qu'elle voyait dans le miroir tous les matins était assez joli, bien que pas très enthousiasmant, mais lorsqu'elle souriait en y mettant toute la force de sa personnalité, elle devenait pleine de vie et sortait de l'ordinaire. C'était l'une des raisons pour lesquelles Monique la détestait tant.

Pillover ferma son livre et lui rendit son sourire. Sa propre expression lugubre, qui était de toute évidence un masque destiné à cacher son inquiétude, se dissipa.

« Vous venez au bal, monsieur Plumleigh-Teignmott ?

– Un bal ? Si vous insistez. » Pillover glissa de sa malle et Roger descendit l'aider à la charger dans la charrette.

« Un bal ? dit l'un des Pistons, intéressé. Nous aimons les bals. »

Dimity lui jeta son meilleur regard hautain. « Oui, mais êtes-vous certain qu'ils vous aiment ?

– Qu'est-ce que tu veux donc dire ? » lui murmura Sophronia.

Pillover les rejoignit, aussi sûr de lui dans cette nouvelle situation que s'il s'était toujours attendu à partir avec sa sœur et deux autres filles dans une charrette de ferme.

« Je ne sais pas, répliqua Dimity pendant qu'ils démarraient. Ça m'a semblé bien. »

Pillover feignit de s'intéresser à son livre pendant les dix premières minutes du voyage. « Où allons-nous ?

– Chez moi, répliqua aussitôt Sophronia.

– Au poil, alors. »

Le voyage commença assez agréablement. Durant les deux premières heures, Sophronia et Dimity papotèrent de leurs tenues éventuelles et de comment elles allaient les porter. Pillover leva les yeux au ciel et essaya de rester aussi digne que possible en supportant des bavardages de filles et un moyen de transport découvert. Monique les ignorait. Roger regardait la route.

Sophronia crut voir un véhicule les suivre, un cabriolet. Mais il resta loin d'eux et aurait simplement pu rouler sur les mêmes routes secondaires.

L'aspect plaisant du voyage ne fut gâché que par Bumbersnoot. Après réflexion, Sophronia avait rangé son animal mécanique dans un carton à chapeau pour le transporter. Elle lui avait donné un petit morceau de charbon en guise de collation ainsi que l'ordre de ne pas tacher l'intérieur avec de la fumée, ni de le brûler ou d'y mettre le feu. Il fit les trois, en fait, mais ce ne fut pas cela qui gêna le voyage.

Sophronia n'eut pas conscience que quelque chose clochait jusqu'à ce qu'elle lève les yeux au milieu d'une distrayante conversation avec Dimity sur les mérites relatifs des perles et des diamants pour un bal et vit que les yeux bleus de Monique étaient fixés, horrifiés, sur la pile de bagages. Le regard de Sophronia suivit le sien, et arriva sur son carton à chapeau au motif *paisley*, qui vibrait plus que tout autre bagage.

Sophronia posa le carton près d'elle sur le banc et posa une main ferme dessus.

Mais Bumbersnoot avait peut-être essayé de lui dire quelque chose, car quelques instants plus tard, ils aperçurent un canot aérien qui sortait de derrière la haie.

« Oh, mon Dieu, regardez, murmura Sophronia. Des bandits de haut vol ! »

Dimity laissa échapper un petit cri.

Pillover referma son livre avec un claquement. « Qu'est-ce qu'il y a maintenant ? » Il regarda ce qu'elles indiquaient et ajouta : « C'est reparti », d'une voix de martyr.

Les bandits, quant à eux, se contentèrent de rester à leur hauteur pendant un long moment, se satisfaisant apparemment de les observer à quelques mètres de là pour déterminer si cela valait la peine d'approcher. Sophronia suspectait que c'était le poney et la charrette qui les désorientaient. De manière générale, un tel moyen de transport ne valait pas la peine d'être attaqué étant donné la qualité supposée de la marchandise à l'intérieur. À moins, bien entendu, qu'ils sachent que c'était Monique qu'il fallait suivre pour récupérer le prototype.

Roger, avachi et qui fixait la route devant eux, remarqua enfin qu'ils avaient de la compagnie. Il arrêta le poney.

« Ne faites pas ça, dit Sophronia.

– Mademoiselle ?

– S'ils nous laissent tranquilles pour le moment, il est inutile de nous retarder. Ils viendront nous voir s'ils veulent quelque chose. Continuez à conduire. Je crois que d'autres personnes nous suivent également. » Elle indiqua le véhicule qui se trouvait derrière eux.

– Si vous le dites, mademoiselle. » Roger lui jeta un regard qui signifiait qu'il pensait qu'elle avait beaucoup changé à l'école – et pas en mieux.

Sophronia se tourna à nouveau vers Dimity et Pillover. « Quelles défenses avons-nous cette fois ? »

Dimity fit le compte de leurs options. « Mouchoirs, éventails, deux ombrelles, divers cartons à chapeau, chapeaux, gants et bijoux – bien que je préférerais ne pas les utiliser.

– Nous sommes bien mieux équipés qu'avant. »

Dimity sourit. « Et plus à même d'utiliser ce que nous avons. »

Pillover prit un air résigné. Puis il plongea la main dans la poche de son pardessus et sortit la Loupe dépravée de magnification active. « J'ai toujours ça. »

Dimity jeta un coup d'œil plein d'espoir vers Sophronia. « Alors, quel est le plan ? »

Sophronia observa le canot à l'aide de ses jumelles.

« Ils sont deux. Nous sommes quatre. Cinq, si on compte Monique. À moins que le véhicule qui nous suit transporte aussi des bandits.

– Plutôt des Pistons, dit Pillover, résigné. Vous leur avez parlé du bal. Ils aiment s'inviter à des événements, mettre du gin dans le punch et voler toutes les cuillères. Des combines pleines de style dans ce genre.

– Charmant, dit Sophronia.

– Pas Lord Dingleproops », protesta Dimity.

Pillover jeta un regard dégoûté à sa sœur.

Monique s'était enroulée dans un châle en velours ; elle observait la campagne, les ignorant, eux, les Pistons et les bandits de haut vol. Elle semblait sûre de son propre plan, ou avoir confiance en la capacité de Sophronia à affronter la situation, ou simplement indifférente.

Sophronia continua à réfléchir à haute voix. « Roger doit vraiment conserver son attention sur la route. C'est dommage que nous n'ayons pas de bons projectiles.

– Ils n'ont encore rien fait contre nous. Souviens-toi de ce que Lady Linette dit : ne jamais attaquer en premier sauf si c'est absolument nécessaire, protesta Dimity.

– Je dirais qu'ils ont commencé en nous attaquant la dernière fois, dit Sophronia. Sans parler des deux fois où ils ont menacé l'école. » Monique pensait sans doute qu'ils la suivaient sans envisager d'engager le combat. Une confrontation ouverte n'avait rien apporté de substantiel la première fois, après tout. Sophronia, néanmoins, n'avait pas l'intention de les laisser, eux ou Monique, se balader tranquillement derrière eux sans interférer.

Les bandits de haut vol continuèrent à les suivre pendant une heure, donnant à Sophronia et Dimity tout le temps de discuter de manœuvres défensives, jusqu'à ce qu'un trou dans la haie offre au canot aérien un point d'ancrage et un accès facile à la route. Ayant de toute évidence décidé que la charrette était bien digne de leur attention maintenant qu'ils avaient passé la plus grande partie de l'après-midi à ses côtés, les bandits firent descendre leur canot, l'attachèrent à un arbre et sautèrent sur la route, devant eux.

LEÇON 17

Comment se comporter correctement à un bal

Les bandits de haut vol s'approchèrent avec des sourires avenants et des pistolets à demi armés, à la manière habituelle des bandits gentlemen depuis l'aube des temps, ou en tout cas depuis le Moyen Âge. Ils semblaient, comme la première fois, surtout intéressés par la destruction des bagages. Cette fois, néanmoins, les filles n'étaient pas d'humeur à se laisser faire. Dès que les deux bandits furent assez proches, Sophronia donna le signal et elle, Dimity et Pillover leur lancèrent des cartons à chapeau dessus.

Au même moment, Roger fouetta le pauvre poney pour qu'il charge droit sur les deux bandits surpris, qui bondirent de côté. Avant qu'ils aient pu se retourner, Roger plaça la charrette le long de leur canot. Sophronia et Dimity sortirent aussitôt du véhicule et grimpèrent dans la nacelle.

Les bandits, qui avaient sans doute prévu de s'en aller rapidement, avaient vaguement attaché leur mode de transport à un petit arbre. Sophronia tira sur la corde. Le canot s'élança dans les airs. Abandonnant l'idée d'attaquer la charrette pour venir à la rescousse de leur propre véhicule, les bandits se précipitèrent et sautèrent en essayant de s'accrocher à la nacelle.

En vain. Peut-être parce qu'il transportait à présent deux filles et non plus deux hommes pas tout à fait adultes, ou peut-être de sa propre volonté, le canot prit rapidement une altitude considérable. Sophronia et Dimity jetèrent un coup d'œil par-dessus bord à leurs poursuivants, sourire aux lèvres. Les bandits leur tirèrent dessus. Sophronia et Dimity plongèrent dans la nacelle en gloussant.

Ce n'est qu'à ce moment-là qu'elles réalisèrent qu'elles n'avaient pas la moindre idée de comment on dirigeait le canot.

« Oh, mon Dieu, nous aurions pu utiliser Pillover et toutes ses connaissances livresques. » Sophronia, perplexe, regardait les nombreuses ficelles qui pendaient aux quatre coins du ballon, sans parler du gréement au milieu et des leviers pour l'hélice en dessous.

« Nous aurions pu, mais mon frère se préoccupe rarement de sujets pratiques comme les ballons ; il est tellement philosophe. Il embarrasse tout le monde. » Dimity tira sur l'une des cordes.

Elles décidèrent de tirer ici et là et de voir ce qui se passait. L'une des cordes fit tourner le canot dans un sens, et l'autre le fit monter et descendre de manière alarmante. Un système rappelant une toile d'araignée ouvrait des orifices dans les quatre ballons en même temps, ce qui les fit s'aplatir. Sophronia se hâta de lâcher cette corde et elles cessèrent de tomber.

Elles passèrent une demi-heure à faire des embardées de-ci de-là. Le canot monta, descendit et décrivit des cercles pendant que Roger, Pillover, Monique et le poney roulaient joyeusement sur la route, suivis à distance respectable par les Pistons. Les bandits bondirent et crièrent pendant un moment avant de quitter la route et de courir en se prenant les pieds dans les joncs et les champs, chassant le canot par la campagne et faisant connaissance avec bien trop de haies et avec un peu de chance un chardon ou deux.

Finalement, plus ou moins sur un coup de chance, Sophronia et Dimity parvinrent à piéger une brise dans la voile et suivirent le poney et la charrette d'un train de sénateur, les rattrapant en un peu moins d'une heure. À ce moment-là Dimity lança la corde, que Pillover, après quelques tentatives ratées, parvint à attacher à la charrette. Ainsi ancrés, ils avancèrent rapidement, planant tranquillement jusqu'à Wootton Basset, qu'ils traversèrent avant d'aborder les terres des Temminnick. Ils firent sensation dans la ville, déjà en ébullition à cause du bal. Le poney, étant un animal endurant, sembla à peine remarquer qu'il tirait une charrette qui lévitait un peu.

Mme Temminnick, qui s'entretenait avec le jardinier des fleurs à couper pour le bal, leva les yeux. Elle vit Sophronia et Dimity passer, sans élégance, du bord de la nacelle à la charrette. Les canots aériens ne sont pas faits pour l'abondance de jupes. Elle eut l'expression d'une mère de famille nombreuse que plus rien ne peut étonner venant de ses enfants, pas même arriver à la maison par la voie des airs.

« N'as-tu rien appris à ton école ? demanda-t-elle en marchant vers les filles. Qu'as-tu donc rapporté ? Un ballon ? Mon Dieu, Sophronia, et puis quoi encore ?

– Mumsy, puis-je le garder ? *S'il te plaît ?* » Sophronia sauta de la charrette à terre, tituba avec élégance jusqu'à sa mère et exécuta une révérence parfaite. « Les ballons allègent toujours un événement, ne trouves-tu pas ? Nous pourrions organiser de petites sorties au-dessus du potager.

– Oh, Sophronia, vraiment ! Et qui le pilotera ? Nous avons l'intention d'organiser une fête digne, pas un carnaval ! » Mme Temminnick était distraite, car il lui fallait diriger le commis du marchand de fruits et légumes et son panier vers l'entrée du personnel. « Frowbritcher vous dira quoi faire », lui expliqua-t-elle. Les commis du boulanger, du fromager et du fruitier furent accueillis avec la même exaspération et les mêmes ordres sévères.

Lorsque Mme Temminnick reporta son attention sur sa plus jeune fille, Sophronia avait réussi à renvoyer Roger, avec le poney, la charrette et le ballon. « Il sera très bien dans l'étable pour le moment. »

Roger fit remarquer que la taille de l'étable et celle du canot pouvaient se révéler incompatibles.

« Mettez-le dans la grange s'il le faut, répondit Sophronia.

– Oh, bonté divine, ma fille, comment y entrera-t-il ? » Les mains de Mme Temminnick voletaient en tous sens.

« Roger se débrouillera. » Sophronia devait parler assez fort pour couvrir les cris de ses deux plus jeunes frères, qui étaient arrivés sur les lieux et étaient bien plus excités par le ballon que par le retour de Sophronia. « Mumsy, s'il te plaît, empêche-les de le toucher ! Ils pourraient l'abîmer.

– Voyons, ma chérie, ne fais pas d'histoires. »

Sophronia espérait que Roger parviendrait à garder le cap et que ses frères ne causeraient pas de gros dégâts. « Mumsy, j'aimerais beaucoup te présenter mes amis. »

Mme Temminnick fit une pause dans ses préparatifs frénétiques, se souvint de ses bonnes manières et dit : « Oh, mon Dieu, oui.

– Voici Dimity Plumleigh-Teignmott et son frère, Pillover. Et Monique de Pelouse. Il me semble qu'elle est ici de ton fait, pas du mien.

– Oh, mademoiselle Pelouse, bien entendu ! Votre père et mon mari sont en affaires, je crois. Soyez la bienvenue. Sophronia, pourrais-tu montrer à Mlle Pelouse où elle pourrait se rafraîchir ? Et bien entendu, je suis certaine que tes petits amis sont adorables. »

Monique fit la révérence en gardant son chapeau baissé et son visage bien dans l'ombre. Cela sembla fonctionner, car la mère de Sophronia ne la reconnut pas. Mme Temminnick se contenta d'un vague sourire et s'en alla. Sophronia lui courut après. « Mumsy, as-tu reçu mon avertissement ?

– Avertissement ? Quel avertissement, ma chérie ? Oh, ton drôle de petit message ? Oui, mais ma chérie, les bandits de haut vol ne sont qu'un mythe.

– Oh, Mumsy ! Bien sûr que non. Où crois-tu que j'ai eu le canot ?

– Eh bien, ma chérie, tu sais... quelque part. » Mme Temminnick agita une main désinvolte dans les airs et consulta sa liste de livraisons. « Voyons, où est le commis du confiseur ? J'ai commandé trois douzaines de violettes et deux sacs de citron candi et ils sont absolument vitaux pour le succès de cette soirée.

– Mais Mumsy, je crois que ça pourrait être pire que cela. Des Vinaigriers pourraient être impliqués. »

Mme Temminnick laissa échapper un petit cri qui était moitié un rire, moitié une exclamation choquée. « Enfin, Sophronia, pourquoi encombrer ta jolie tête de telles choses ? Laisse ton père s'en occuper. Je suis tout à fait sûre qu'aucun d'entre eux n'honorerait notre ridicule petit bal de campagne de leur présence. À présent, ma chérie, je dois y retourner. Va avec tes petits amis et fais-toi belle. »

Sophronia ne fut pas surprise de cette fin de non-recevoir. Frustrée, oui, mais pas surprise. Elle allait tout simplement devoir tout prendre en main. Elle pirouetta sur elle-même et repartit au trot en direction des autres, Pillover et Dimity encadrant Monique avec toute l'agressivité embarrassée de deux caniches petits, mais dévoués. Sophronia s'empara du carton à chapeau qui contenait Bumbersnoot et coinça l'un des valets pour qu'il les aide à porter les autres bagages, puis les conduisit jusqu'à la nursery du dernier étage, une pièce dont elle savait qu'elle ne possédait pas d'issue. Elle fit néanmoins monter la garde à Pillover dans le couloir pendant que les trois filles, ensemble malgré les protestations de Monique, se lavaient et se changeaient pour le bal.

Sophronia était face à un dilemme quant à ses habits. Au cours des derniers mois, elle avait trop grandi pour la plupart de ses belles tenues – les rares qu'elle avait. Ce n'était pas qu'elle était spécialement intéressée par une robe de bal correcte, mais elle comprenait qu'il était utile de s'intégrer à un événement, surtout en cas de prototype égaré. Laissant Monique sous la surveillance des Plumleigh-Teignmott, elle alla trouver ses sœurs.

Elle localisa Pétunia, ses sœurs plus âgées n'étant pas encore là.

Pétunia était au paradis. Si le paradis consistait en une robe de bal de tulle rose resplendissante de nœuds et de volants, avec de très chères amies gloussantes. Elle ne fut pas contente de voir arriver sa cadette rebelle.

« Sophronia, tu es rentrée ?

– Mumsy a dit que c'était envisageable. »

Pétunia lui jeta un regard critique. « Tu ne me parais pas parfaite. »

Sophronia exécuta une de ses révérences nouvellement acquises. « Je t'assure que je possède beaucoup des compétences nécessaires. » Elle leva les yeux et dit, sans trace de moquerie : « Tu es très jolie, Pétunia. » En fait, sa sœur ressemblait beaucoup à une meringue à la fraise, mais Sophronia était déterminée à mettre le plus possible en application l'éducation qu'elle avait reçue. Pétunia n'était qu'un cobaye.

Pétunia et ses chères amies, toutes semblables avec leurs boucles et leurs rubans, s'efforcèrent de ne pas être impressionnées.

« Eh bien, dans ce cas, c'est un plaisir de t'avoir à nouveau à la maison.

– Pétunia, Mumsy a négligé de se rendre compte que je continue à grandir. Puis-je t'emprunter une robe ? »

Pétunia n'avait pas le cœur si dur que cela. « Bien entendu. L'une de celles de la saison dernière devrait t'aller assez bien. Tu devras peut-être rembourrer ton corset. Mais, attends deux minutes, laisse-moi te regarder... peut-être pas. Tu as vraiment grandi ! »

Pétunia passa en revue sa garde-robe et en sortit une robe bleue, pourvue d'une jupe large dans un tissu léger et beaucoup de dentelle blanche.

« Merci beaucoup, Pétunia ! » Sophronia fila, laissant une Pétunia un peu stupéfaite par les changements de sa sœur, jusqu'à ce qu'elle soit à nouveau distraite par l'excitation de son bal et l'importance de ne mettre que la plus légère trace de rouge sur ses joues.

Sophronia revint à la nursery. Monique bouillait dans un coin, vêtue d'une élégante robe couleur d'or pâle et Dimity expliquait les mérites relatifs de certains accessoires à son frère, que cela n'intéressait pas.

« Oh, quelle belle robe », s'exclama Dimity, qui aimait bien les grandes jupes bouffantes. La sienne était pourpre – une teinte qui ne convenait pas du tout à une fille de son âge, sans parler du large collier de perles autour de son cou.

« Elle date de la saison dernière ! » dit Monique, comme incapable de s'en empêcher.

Sophronia hocha la tête. « Je sais, mais c'est le mieux que j'aie pu faire. Mumsy a oublié de m'en commander une. En fait, je ne crois pas qu'elle s'attendait à ce que je fasse vraiment une apparition. Ça conviendra.

– Imaginez un peu ça, aller à son premier bal dans une robe d'emprunt de la *saison dernière* ! » Monique secoua la tête devant cette idée grotesque.

Sophronia passa la robe, et son aspect démodé fut compensé par le fait qu'elle lui allait à merveille. Dimity lui boutonna le dos. Après avoir bien réfléchi à la question, Sophronia décida que Bumbersnoot serait plus une aide qu'une gêne et le ramassa.

« Tu ne peux pas transporter un méchanimal en guise d'accessoire ! » siffla Dimity.

Ce qui donna une idée à Sophronia. Elle enveloppa le corps en forme de saucisse de Bumbersnoot dans un fichu de velours et l'attacha avec un morceau de dentelle, si bien que seule sa petite tête, ses pieds et sa queue mécanique dépassaient. Elle enveloppa chaque patte dans de la dentelle et les attacha avec un nœud. Puis elle fixa une autre longueur de dentelle entre son cou et sa queue, le transformant en un réticule en forme de chien dont la tête était en cuivre.

« Oh, merveilleux ! Ça a l'air si scandaleusement à la mode que c'est pour ainsi dire italien ! » dit Dimity.

Sophronia suspendit Bumbersnoot à une épaule et lui ordonna de ne pas se tortiller, ni de roter de la vapeur ou de déposer des cendres pendant les trois prochaines heures. Bumbersnoot remua la queue très lentement, comme s'il comprenait la gravité de la situation.

Les filles et Pillover, qui avait sorti d'on ne savait où un costume qui lui allait, suivirent Monique de près. Ils mangèrent un repas léger dans le grand salon, à l'écart des préparatifs, et burent du thé pendant que le soleil se couchait et que les invités arrivaient. Personne n'avait envie d'aller nulle part jusqu'à ce que Monique le fasse. Et Monique n'allait pas participer à une fête tant qu'elle n'avait pas vraiment commencé. Rien n'est pire que d'être disponible trop tôt pour un bal ! Elle finit par se lever dans un froufrou, imitée par Dimity, Sophronia et Pillover.

Pillover, bien qu'il fût plus petit qu'elle, offrit néanmoins galamment son bras à Sophronia, qui le prit avec solennité. Il l'escorta avec toute la dignité d'un croque-mort. Puis vint Monique de Pelouse, suivie de Dimity. Dimity plissait les yeux et faisait un effort visible pour se concentrer sur Monique. Elle était sur le point d'entrer dans une salle de bal qui ne pouvait que contenir des quantités d'articles de mode propres à la distraire et autres bidules tentants et scintillants.

Pillover et Sophronia ne furent pas annoncés. Monique le fut et tous les regards se tournèrent vers elle avec intérêt lorsqu'elle fit son entrée. Personne ne fut déçu : elle était sensationnelle. Elle éclipsait complètement la pauvre Pétunia. Les gentlemen se précipitèrent sur son carnet de bal et les yeux de Pétunia se remplirent de larmes. Dimity avança derrière elle, sans être annoncée elle non plus et se joignit à son frère et à Sophronia. Tous trois se mirent à rôder aux abords du groupe de courtisans qui entouraient à présent leur Némésis.

Lorsque Monique dansa, ils dansèrent les uns avec les autres. Ils avaient bien conscience qu'il était malséant de danser avec son frère – ou avec le frère de son amie, en fait – à un bal. Dimity rougit furieusement et traîna les pieds. Mais Sophronia s'adapta aisément à la nouvelle situation et n'eut aucun mal à sacrifier sa dignité sur l'autel de l'excitation de la chasse. Lorsque Monique but une gorgée de punch, Sophronia but une gorgée de punch et feignit d'avoir des conversations idiotes avec Dimity. Dimity fut distraite par les bijoux. Pillover trouva le chemin du buffet un peu trop souvent. Sophronia ne pensait qu'à Monique et à ses admirateurs sans prêter la moindre attention aux quelques jeunes gens qui les approchèrent, elle et Dimity, avec hésitation. Dimity était enjouée, à sa façon gaie et agréable, tout en sourires et en couleurs. Le côté terne de Sophronia avait été teinté par le pensionnat d'un air de mystère et d'assurance tranquille. Elle portait également un réticule en forme de chien des plus remarquables, dont certains disaient qu'il ne pouvait que devenir à la pointe de la mode l'été suivant.

Un jeune homme, un petit lord roux au menton atypique, s'en retourna, très déçu, quand il fut clair que Dimity était plus concentrée sur la jolie blonde qu'elle le serait jamais sur lui. Un autre, un garçon à la chevelure sombre et au teint pâle, avec une expression agressive, passa pas mal de temps à tenter d'attirer l'attention de Sophronia tout en s'efforçant de faire comme si peu lui importait qu'elle était en fait ailleurs.

Sophronia finit par le remarquer, tout en maintenant fermement sa vision périphérique sur Monique. « Dimity, je crois que Pillover a raison. La fête de ma sœur a effectivement été envahie par des Pistons. J'en ai vu deux jusqu'à présent.

– Oh, mon Dieu, est-ce que Lord Dingleproops est avec eux ? »

Sophronia désigna la table du buffet d'une inclinaison de tête. Au même moment, le garçon aux cheveux noirs se glissa jusqu'à Sophronia et lui saisit la main.

« Une danse ? »

Sophronia fut tout à fait surprise, aussi bien par cette approche franche que par l'apparition soudaine du garçon si près d'elle. Par inadvertance, elle se laissa entraîner dans un quadrille avec le jeune homme, un *Piston* à qui elle n'avait pas été présentée ! Tant de manquements aux bonnes manières à la fois ! Sophronia s'était choquée elle-même. Cela dit, elle exécuta les pas du quadrille à la perfection sans y penser du tout, ce qui était un hommage à l'éducation du pensionnat, une moitié de son attention étant concentrée sur son morose partenaire et l'autre sur Monique.

Et puis, tout à coup, elle fut distraite par un tohu-bohu. Pillover semblait être en train de tenter d'empêcher Lord Dingleproops de verser une flasque de liquide dans le punch. Le partenaire de Sophronia vit son regard et fit mine de se concentrer de nouveau sur le quadrille. Sophronia le regarda en plissant les yeux et quitta la danse. Il ne méritait sans doute pas une telle fin de non-recevoir, mais il se tramait quelque chose.

Au même moment, Monique en profita pour filer.

« 'ttention ! » siffla Sophronia en saisissant le bras de Dimity. Elle allait partir lorsqu'elle vit autre chose qui l'arrêta net l'espace d'une seconde. Rôdant dans l'ombre derrière le remue-ménage se trouvait un homme plus âgé, en tenue de soirée parfaite et portant un tuyau de poêle orné d'un ruban vert.

Leurs regards se rencontrèrent. Sophronia frémit et se tourna vivement vers Dimity. « Tu vas devoir rester ici. Garde l'œil sur cet homme, là. Tu le vois ? »

Dimity poussa un petit cri. « Le Vinaigrier ?

– Oui. Monique est à moi.

– D'accord ! » Dimity hocha la tête une fois, rejeta les épaules en arrière et s'insinua en direction de l'altercation autour du punch pour donner le change.

Sophronia s'élança après Monique qui avait gracieusement quitté sa foule d'admirateurs au bras d'un gentleman impressionnant et était sortie dans le jardin de derrière. Sophronia suivit le couple aussi discrètement que possible, à distance, en empruntant un chemin peu fréquenté réservé aux jardiniers, entre deux rangées de rhododendrons. Les larges jupons de sa robe balayaient doucement les buissons, mais ses pas étaient silencieux. Elle marchait avec précaution, sur la pointe des pieds, dans ses chaussures de bal en chevreau, exactement comme Lady Linette le leur avait enseigné. Le sentier de terre était bien moins bruyant que la paille sèche sur laquelle elles avaient dû s'entraîner.

Monique et son compagnon cheminaient sur le sentier de brique et traversèrent un bosquet jusqu'à un bassin pour oiseaux situé au centre d'un belvédère couvert de glycine et entouré d'énormes buissons de lilas. C'était le genre de bassin qui se mettait en mouvement, actionnant une minuscule roue qui faisait monter et descendre un petit vol d'oiseaux mécaniques lorsque les vrais étaient occupés ailleurs. Il était immobile.

« Très bien, mademoiselle Pelouse. Westminster a reçu votre message. Vous avez la marchandise ? » dit le gentleman après être demeuré un instant silencieux.

Westminster ? Monique travaille-t-elle pour le Parlement ? Sophronia se rapprocha, utilisant les lilas pour se dissimuler et resserrant ses amples jupes bleues autour d'elle pour tenter de rester invisible.

Le gentleman était remarquablement beau – bien habillé, bien coiffé, et lui était bien assorti. L'esprit de Sophronia se référa immédiatement aux leçons du professeur Braithwope. Détectait-elle la touche caractéristique du vampire ? Était-il assez chic ? Il n'y avait pas de ruches près de chez elle, du moins ses parents n'en avaient jamais parlé, et il ne semblait pas avoir de crocs. Elle réévalua sa tenue. *Juste un représentant du gouvernement bien habillé ou un drone ?*

Jetant un regard furtif autour d'elle, Monique fit basculer le bassin du bout de sa botte et plongea la main dans le piédestal creux pour en sortir une ombrelle de papier brun. Elle avait environ la taille de son poing, paraissait très inoffensive et était attachée avec de la ficelle.

Elle la fourra dans son réticule et se redressa en s'essuyant les mains avant de remettre ses gants. Elle se tourna avec un sourire satisfait, détacha l'objet de sa châtelaine et le balança juste hors de portée du gentleman.

« Mon paiement, je vous prie ? »

Le dandy sortit une petite bourse. « Comme convenu, moins une amende pour la gêne causée par plusieurs mois de retard. »

La lèvre de Monique se retroussa. « Combien pour l'amende ?

– Voyons, mademoiselle Pelouse, une dame ne parle jamais ouvertement d'argent. »

Monique, tenant toujours le réticule et le prototype, commença à reculer.

Un gentleman coiffé d'un haut-de-forme orné d'un ruban vert émergea des ombres avant qu'elle puisse aller très loin.

« Bonsoir, mademoiselle Pelouse. Je crois que vous avez quelque chose qui m'appartient ? »

Monique pirouetta pour faire face à cette nouvelle menace. « Je crois que non.

– Ah, disons que je pense que vous détenez quelque chose que je *veux.* » Le Vinaigrier souleva son chapeau en direction du dandy. « Westminster est ici ? J'aurais dû m'en douter. »

L'homme pencha la tête en arrière. « Votre grâce. » Dans le même mouvement, il sortit un petit pistolet, qu'il pointa d'abord sur Monique, puis sur le Vinaigrier. « Donnez-le-moi, mademoiselle Pelouse. Maintenant. »

Sophronia regardait, les yeux écarquillés. Son attention était fixée sur le prototype, qui pendouillait de la main de Monique. *La clé est d'essayer de se faufiler pendant que les autres sont distraits et de le ramener en sécurité dans la salle de bal bondée. Il est clair que personne ne veut de scandale public, ni le Vinaigrier ni Monique ni l'homme de Westminster.*

Le Vinaigrier leva un sifflet à ses lèvres et souffla dedans avec force. Au poignet de Sophronia, Bumbersnoot le réticule se réveilla et se mit à s'agiter en tous sens en crachant de la vapeur, ses petites pattes pédalèrent et se prirent dans le tissu de sa jupe. Comme il était suspendu à une bande de dentelle, il ne pouvait aller nulle part, mais il faisait un bruit horrible et remuait beaucoup.

Heureusement, il n'était pas seul. Quelque chose de bien plus gros et de bien plus bruyant produisait encore plus de boucan. On entendit des sifflements, des claquements tandis qu'un grand objet mécanique avançait en écrasant les bosquets, ravageant le jardin de Mme Temminnick. Il émergea des lilas derrière le Vinaigrier et fonça sur l'un des côtés du belvédère.

C'était un énorme méchanimal en forme de bouledogue et aussi haut qu'un homme. Il rotait de la fumée par les oreilles ; ses quatre pattes courtaudes étaient aussi épaisses que des bouleaux ; sa gueule était une caverne de flammes grande ouverte. Contrairement à Bumbersnoot, ce méchanimal n'était pas conçu pour le transport, mais pour la destruction.

Le Vinaigrier tenait un petit objet dans une main et menaçait de le lancer sur Monique. Elle affrontait à présent le méchanimal d'un côté et le dandy et son arme de l'autre.

Considérant que sa Némésis était distraite, Sophronia avança dans les lilas pour se placer derrière elle. Bumbersnoot se calma une fois que le bruit du sifflet s'évanouit. Tout à coup, le buisson situé devant Sophronia s'agita tout seul. Elle parvint tout juste à retenir un cri de surprise.

Dimity jaillit du lilas.

« Où est Pillover ? » murmura Sophronia, sa voix couverte en partie par le bruit du gros méchanimal.

« Il s'occupe des Pistons. Il a dit qu'il allait les attacher aussi proprement qu'une cravate. » Dimity ne semblait pas optimiste. « Oh, mon Dieu, qu'est-ce que c'est que ça ?

– Monique, un Vinaigrier en colère, un dandy du gouvernement, je pense, et un très gros méchanimal. »

Elle vit Dimity blêmir, bien qu'il fît nuit. « Je croyais qu'ils ne devaient pas en construire des gros. Et il n'est pas sur rails. Est-ce légal ?

– Je crois qu'il y a fort peu de légalité dans tout ça. » Sophronia examina leurs options. « Nous devons détourner leur attention. Est-ce que toi et Pillover vous pourriez faire en sorte que les Pistons sortent et provoquent une échauffourée ? Ça semble faire partie de leurs spécialités. »

Dimity fronça le nez. « Il le faut vraiment ? Je déteste les bagarres.

– C'est la meilleure solution que je puisse trouver en si peu de temps. Et s'il te plaît, amène-moi l'une de ces tourtes que le fromager a livrées ce matin. Tu te souviens, celles enveloppées dans du papier brun ? Je sais que Mumsy ne les a pas toutes sorties pour le bal. Elle adore les tourtes au fromage et elle a dû en garder en réserve.

– Si tu penses que c'est le mieux. » Sans plus discuter, Dimity retourna avec précaution dans la maison.

Sophronia revint à la conversation qui se déroulait devant elle.

« À la place, je vous offre… votre vie », disait le Vinaigrier, mélodramatique, à Monique.

Monique n'était pas impressionnée, même piégée comme elle l'était entre un pistolet et une mécanique. « Ajoutez des fiançailles avec votre fils aîné et nous pourrons faire affaire. »

Le dandy n'aimait pas que Monique négocie avec le Vinaigrier. « Voyons, voyons, mademoiselle Pelouse ! Nous avions un accord. » Il arma son revolver.

Le Vinaigrier rit. « Ce n'est pas que vous ne feriez pas une femme admirable pour lui, convenablement rusée et bien formée, sans doute, mais non. » Il fit rouler l'arme dans sa main de façon menaçante. Sophronia soupçonna qu'elle fonctionnait comme l'arbalète du professeur Braithwope – la personne visée était attaquée par le méchanimal.

Dimity réapparut à côté de Sophronia, haletante, et lui donna une tourte au fromage enveloppée de papier brun.

« Merci », dit poliment Sophronia.

Courant après Pillover, Lord Dingleproops, le garçon à la chevelure sombre qui avait dansé le quadrille avec Sophronia et les deux autres Pistons arrivèrent, l'air irrité, mais néanmoins excités par la poursuite. Lord Dingleproops saisit Pillover et se mit à le bombarder de claques. Pillover tomba instantanément à terre au milieu du belvédère et se roula en boule autour de la flasque, comme un asticot. Le dandy pointa son arme sur eux au lieu de Monique. Le Vinaigrier avait l'air d'avoir envie de lâcher le méchanimal sur les garçons.

« À mon signal, tu prends la flasque de Pillover. Essaie de la vider sur ce méchanimal. Je vais viser le prototype. »

Dimity émit un petit cri anxieux, mais hocha la tête.

Sophronia releva ses jupes. « Maintenant ! »

Dimity fonça sur son frère, surgissant des buissons avec un cri de guerre aigu. Elle plongea, surprenant les Pistons de sa présence vaporeuse de *femme*.

Sophronia se précipita sur Monique. « Oh, Monique, ma pauvre chérie, est-ce que ces messieurs se conduisent autrement que comme des gentlemen avec toi ? Devrais-tu être dans le jardin sans chaperon avec toutes ces bagarres ? Laisse-moi te raccompagner à l'intérieur. Tu rates le meilleur du bal. »

Sophronia fit semblant de trébucher en contournant les garçons en train de se battre. Elle chancela sur le côté, faisant tomber le revolver de la main du dandy surpris. « Oh, mon Dieu, désolée, monsieur. Oups – oh ! » Dans le même mouvement, elle pivota, tout en feignant de chanceler – Lady Linette aurait été fière d'elle.

Se cognant contre Monique, elle tendit une main et déchira le devant de sa robe, faisant sauter les boutons décoratifs et s'assurant d'exposer une grande quantité de sous-vêtements. « Il est assez vrai, avait dit Mlle Géraldine en indiquant son propre décolleté haletant, qu'une dame accorde beaucoup trop d'attention à l'état, à la condition et au caractère sacré de ses propres atouts. »

Monique poussa un cri aigu en plaquant ses deux mains sur son corset découvert et lâcha son réticule.

Sophronia resta à terre, faisant rouler aussi bien le haut de son corps que le réticule sous les amples jupes de Monique. Protégée par ces copieux jupons, elle sortit le prototype du réticule. Dans le même mouvement, elle le remplaça par la tourte au fromage enveloppée de papier que Dimity venait à peine de lui donner.

Monique assena un coup de pied féroce, mais Sophronia roulait déjà à l'écart, sa robe de bal d'emprunt atténuant la force du coup. Elle se releva à temps pour voir Dimity arracher la flasque à Pillover et aux Pistons et verser son contenu sur la tête de l'énorme bouledogue mécanique.

Monique se pencha et ramassa son réticule, triomphante, puis fit mine de partir en courant, désireuse sans doute de profiter du chaos. Le Vinaigrier, pas aussi distrait que les autres, lança son marqueur de cible sur la fuyarde. Le méchanimal s'anima en rugissant et chargea Monique. Pour accélérer, la créature devait utiliser sa chaudière interne afin d'envoyer de l'énergie supplémentaire à ses membres. Il suffit d'une étincelle pour que le plan de Sophronia fonctionne. Le contenu de la flasque était, comme elle l'avait deviné, alcoolisé, et donc hautement inflammable.

Le méchanimal prit feu ; de même que l'un des buissons de lilas de Mme Temminnick, une partie du belvédère et l'ourlet de la robe de Monique, pendant que la créature lui courait après. Monique tomba dans le sentier et se roula par terre pour éteindre les flammes tout en arrachant ce qui restait de sa robe. Le marqueur devait y adhérer, car, Monique ne portant plus sa robe dorée, le méchanimal se mit à la réduire en miettes de ses dents pointues et chauffées à blanc. Le dandy et le Vinaigrier arrivèrent en courant.

L'attention des Pistons fut en partie détournée par cette courte mais intensément excitante poursuite, et en partie par une nouvelle menace, sous la forme d'une Dimity petite mais enragée. Dimity, bénie soit-elle, était en train de réciter l'un des plus longs cours de Mlle Géraldine sur le comportement correct à avoir lors d'un bal tout en agitant un doigt d'autocrate furieuse en dépit de la présence de Lord Dingleproops.

Toujours assise par terre, Sophronia donna le paquet du prototype à manger à Bumbersnoot en supposant qu'il n'était pas vraiment comestible, mais en se disant qu'il valait mieux qu'il soit détruit plutôt qu'il tombe dans les mauvaises mains. Bumbersnoot immola le papier et la ficelle et avala le contenu tout rond. Il émit une bouffée de vapeur et prit un air contemplatif. On entendit un cliquètement cristallin dans son ventre de métal. Heureusement, il y avait toujours tant de bruit que personne n'entendit rien.

Sophronia se leva en ajustant son réticule en forme de Bumbersnoot. Personne ne la remarqua. Les Pistons criaient et se bagarraient avec Pillover, qui poussait des cris aigus pendant que Dimity leur criait de partir de là parce que le belvédère était vraiment en train de brûler et pouvait s'effondrer sur eux à tout instant. Un peu plus loin, Monique gisait dans l'allée, à demi déshabillée et hurlante, tandis que le méchanimal en flammes se rapprochait de plus en plus d'elle à pas lourds. La grosse bête avait posé une patte ferme sur ses jupons, l'immobilisant pour de bon. Le Vinaigrier donnait des coups de pardessus à son méchanimal pour l'éteindre. Penché sur Monique, le dandy agitait son arme en lui ordonnant de lui donner le prototype, dont Monique pensait toujours qu'il était dans son réticule, qu'elle serrait fermement contre sa poitrine.

« Braves toutous », murmura Sophronia aux deux méchanimaux.

Mettre le prototype en sécurité était d'une importance primordiale. Le dandy ou le Vinaigrier pouvaient s'emparer du réticule de Monique à tout instant et découvrir qu'il ne contenait aucune valve, mais une tourte au fromage.

Au milieu des Pistons en train de se bagarrer, le jeune homme au teint pâle fit une pause indolente et jeta un coup d'œil à Sophronia. Il écarta une mèche de cheveux de son œil d'un mouvement de tête désinvolte. Un coin de sa bouche se souleva en un adorable sourire à vous fendre le cœur. *Un apprenti débauché*, décida Sophronia.

Elle secoua la tête dans sa direction, puis s'élança vers la maison à toute vitesse. « Dimity, Pillover, dispersion ! » cria-t-elle, utilisant le terme favori de Savon.

Dimity et Pillover comprirent l'instruction. Pillover parvint à s'extraire d'une torsion rapide et Dimity abandonna sa conférence criée. Sophronia les entendit haleter derrière elle.

Elle atteignit la sécurité relative de la salle de bal bondée avec la sensation d'avoir traversé une petite guerre. Personne ne remarqua son entrée. Dimity et Pillover arrivèrent peu après. Pas les Pistons. Ils avaient pris à cœur le discours de Dimity, ou ils s'amusaient encore avec le belvédère en feu, ou ils avaient compris qu'ils étaient tombés sur quelque chose de plus sérieux que leurs singeries habituelles d'intrus et avaient battu en retraite vers leur calèche.

Sophronia, Dimity et Pillover avaient l'air de s'être roulés par terre dans leurs beaux habits – ce qu'ils avaient fait. Ils se repeignèrent vite les uns les autres, rectifièrent leur visage à l'aide de leurs mouchoirs, époussetèrent la terre et redevinrent globalement respectables. Sophronia redevint juste la Sophronia d'*avant* le pensionnat : la plus jeune sœur débraillée qui vous faisait un peu honte. Son apparence ne lui valut que quelques regards désobligeants de la part des plus vieilles matrones présentes.

Le tout en partie parce que Pétunia, la reine du bal, faisait une crise d'hystérie dans un coin de la pièce. Apparemment, quelqu'un avait décoloré son punch. Au départ d'un rose joyeux, il était à présent d'un vert marécageux. Mme Temminnick était en train de commander de l'orgeat et de la limonade, mais Pétunia considérait que c'était des boissons d'été et donc, embarras suprême, hors de saison. Pourquoi ne pouvaient-ils pas avoir du vin chaud ?

Dimity, Sophronia et Pillover se glissèrent dans la foule et cherchèrent Mme Barnaclegoose. Enfin, Sophronia la chercha ; les deux autres, qui n'avaient jamais rencontré cette brave femme, n'arrêtaient pas de demander : « C'est elle ? C'est elle ? » d'une façon plutôt irritante.

La crise d'hystérie de Pétunia touchait à sa fin lorsque Monique de Pelouse entra dans la salle de bal. Son apparition provoqua plus d'agitation que celle de Sophronia. L'attention collective s'éloigna de Pétunia et du punch à problème et passa à ce nouveau spectacle.

Mlle Pelouse était *vraiment* indécente : sa belle robe couleur or avait entièrement disparu et elle était folle de rage, vêtue uniquement de sous-vêtements brûlés et en lambeaux.

Derrière elle, Sophronia aurait juré qu'elle avait vu le dandy et le Vinaigrier rôder dans les ombres du jardin. Si leur cervelle fonctionnait comme il le fallait, ils allaient soupçonner l'un des Pistons de s'être sauvé avec le prototype. S'ils croyaient qu'on l'avait volé à Monique et qu'elle ne le cachait plus sur sa personne, bien entendu.

Monique, cependant, se faisait une idée assez claire de qui l'avait piqué. Elle était échevelée, son regard étincelait et ses jupons en lambeaux flottaient autour d'elle. Elle ressemblait à une déesse vengeresse sortie d'un antique mythe érotique. Elle traversa la pièce au pas de charge, furibarde, et fonça dans un groupe de valseurs sans enthousiasme.

Sophronia fit semblant de ne pas l'avoir remarquée. La foule s'écarta. *Fais comme si rien ne sortait de l'ordinaire*, se dit-elle. *Cacher des inventions extrêmement désirables dans mon faux réticule, je fais ça tous les jours.*

Monique, bras écartés, s'arrêta à six ou sept pas de Sophronia et, poussant un cri de pure colère, lui lança une tourte au fromage à la tête.

Tous ceux qui y avaient assisté déclarèrent que le bal de Pétunia Temminnick avait été un succès retentissant. Il y avait un punch des plus grisants, des danses variées, de la bonne musique et des entractes distrayants. Personne ne savait pourquoi la belle Mlle Pelouse s'était déshabillée pour se rouler partout dans le jardin, puis avait jeté une tourte au fromage sur la plus jeune fille Temminnick avant d'être emmenée en larmes, mais ç'avait été le point culminant d'une plaisante soirée.

Sophronia, couverte de tourte, fut emmenée hors de la pièce par sa mère, où elle détourna ses jacassements embarrassés à l'aide d'une requête des plus étranges.

« Mumsy, dit-elle, il faut impérativement que je parle à Mme Barnaclegoose, tout de suite ! Je l'ai cherchée toute la soirée. N'est-elle pas venue ? »

Mme Temminnick n'était pas en train de passer une bonne soirée. Sa fille aînée était bouleversée, le chaos régnait dans les boissons et le tout avait été couronné par des comportements indécents et d'inexplicables lancers de tourte. Elle n'était pas du tout d'humeur à prendre en compte les souhaits irrationnels de Sophronia.

« Oh, vraiment, Sophronia, pourquoi faut-il que tu sois si problématique ?

– Il le faut, j'en ai peur. Elle est là, n'est-ce pas ? »

Mme Temminnick agita une main arbitraire. « Je crois qu'elle s'est repliée vers le grand salon. Si seulement je pouvais faire pareil. Vas-y, si tu le dois. » Elle prit une expression nostalgique. Puis elle s'en alla à la recherche de Frowbritcher pour qu'il puisse s'occuper des restes de la tourte au fromage.

Sophronia chemina jusqu'au salon et fut ravie de trouver Mme Barnaclegoose seule, en train de déguster du thé et de regarder les invités arriver et partir depuis la fenêtre. Elle leva les yeux au moment où Sophronia entra.

« Mademoiselle Sophronia ? Que vous est-il arrivé ? Vous êtes couverte de fromage et d'oignons. N'avez-vous rien appris au pensionnat ?

– J'ai beaucoup appris, en réalité.

– Il est clair que non.

– Et une partie vous concernait.

– Excusez-moi, jeune fille !

– Nous n'avons pas le temps de tourner autour du pot avec des mondanités, madame Barnaclegoose. Bien que je me souvienne très bien de la leçon. Monique peut remarquer à tout instant que je suis partie, à présent. Ou le Vinaigrier. Ou l'homme de Westminster. Nous devons faire en sorte que votre couverture demeure intacte. »

Elle s'approcha de la dame dodue. Ce soir, Mme Barnaclegoose portait une robe en filet aile de corbeau dont les divers volants étaient brodés de roses et dont le cou et les manches étaient ornés de franges roses. C'était le genre de tenue qu'une jeune veuve de la moitié de l'âge de Mme Barnaclegoose pas très pieuse aurait pu porter. *Elle se déguise en étant ridicule*, comprit Sophronia. *Belle tactique.*

Mme Barnaclegoose regarda Sophronia comme si elle portait du tissu écossais et dansait une gigue irlandaise.

Sophronia lui tendit le réticule en forme de Bumbersnoot. « Prenez ce méchanimal, s'il vous plaît. Je viens de lui donner le vous-savez-quoi, ce que tout le monde veut. Il devrait, hem, l'expulser sous peu. Il vaudrait mieux que vous vous trouviez loin d'ici lorsque cela se produira. Vous devrez ensuite le donner soit à Lady Linette, soit aux autorités compétentes. Je m'en remets à votre discrétion. Soyez prudente : des tonnes de bandits de haut vol, un Vinaigrier et sans doute le gouvernement ou les vampires courent tous après. »

Les yeux de Mme Barnaclegoose s'étrécirent. « Jeune demoiselle, je n'ai pas la moindre idée de ce dont vous parlez.

– Non, j'imagine que non. Néanmoins, il s'agit d'une question d'examen final, dans l'autre sens du terme.

– Ah. » Mme Barnaclegoose examina Sophronia de haut en bas. « J'en déduis que le fromage est la conséquence de votre entrée en possession de cet objet ?

– Exactement.

– Donc, vous apprenez bien. » Elle commençait à avoir l'air moins offensé et un peu plus satisfait d'elle-même.

« Oh, madame Barnaclegoose, j'apprends beaucoup de choses. Merci de m'avoir recommandée au pensionnat.

– Ah, bien, bon. Je pensais que cela vous conviendrait admirablement. » Mme Barnaclegoose donna l'impression qu'elle était en train de rougir de plaisir pour de bon.

« Vous êtes très sage, madame Barnaclegoose. » *Comment ai-je fait pour ne pas remarquer qu'il suffisait de la complimenter pour qu'elle me trouve acceptable ?* se demanda Sophronia, sans vraiment se rendre compte que cela était aussi une conséquence de sa nouvelle éducation. Nombreuses sont les dames qui ne font confiance au jugement des autres que si elles ont été jugées favorablement elles-mêmes.

Son aînée sourit véritablement à Sophronia.

Sophronia sourit du sourire que Lady Linette qualifiait d'« engageant » et hocha la tête en direction du réticule, que Mme Barnaclegoose avait à présent fourré sous l'ourlet de ses copieux jupons.

« Ma chère enfant, il est à présent entièrement sous mon contrôle. »

Sophronia fit la révérence.

Mme Barnaclegoose approuva la manœuvre. « Quelle excellente éducation. »

Sophronia refit une révérence puis se hâta de sortir de la pièce pour se précipiter à l'étage et changer de robe. C'était une excuse aussi valable qu'une autre pour s'absenter un moment du bal.

Elle confisqua une autre des robes de sa sœur en se disant que la soirée de Pétunia était fichue de toute façon, et la passa aussi bien qu'elle le pouvait sans femme de chambre, en finissant par jeter un châle sur ses épaules pour dissimuler les boutons qu'elle n'avait pu atteindre dans son dos. La robe était vert sauge avec des galons fuchsia, ce qui ne convenait pas du tout à son teint, mais elle devrait faire l'affaire.

Le reste de la soirée fut plutôt décevant. Ni le Vinaigrier ni le dandy gouvernemental ni les Pistons ne revinrent. Sophronia espérait qu'elle avait organisé les choses de manière que les deux hommes partiraient à la poursuite des Pistons et que les Pistons, étant des jeunes gens dissipés partis pour une nuit de pitreries, les tiendraient en haleine jusqu'au matin. Mme Barnaclegoose, en femme respectable, s'excusa tôt dans la soirée et personne, pas même Dimity qui l'observait, ne remarqua qu'elle avait un basset mécanique en guise de sac à main. Pétunia dansa jusqu'à la fin du bal avec une série de jeunes gens convenables. Pillover dansa avec Sophronia et Dimity avec gravité, sinon avec savoir-faire, bien qu'il fût plus petit qu'elles d'une tête au moins. On décréta que la limonade était meilleure que le punch et la tourte au fromage ne manqua à personne.

Monique de Pelouse passa le reste de la soirée dans la meilleure chambre d'amis et insista pour qu'on lui apprête une calèche au petit matin. Dans l'intérêt de ses affaires, un M. Temminnick très inquiet prêta son véhicule personnel afin qu'elle attrape l'express du matin pour Londres.

Ayant découvert le belvédère incendié et les lilas écrasés, Mme Temminnick déclara catégoriquement que sa plus jeune fille devait être la responsable et avait donc encore besoin du pensionnat et ne pouvait rentrer à la maison. Elle avait remarqué que Sophronia en était sortie plus polie, plus élégante et avec de meilleures manières, mais également couverte de tourte au fromage. Il était clair que Mlle Géraldine avait encore du travail et comme elle consentait à garder Sophronia, elle était quant à elle d'accord pour se séparer de sa plus jeune fille.

Sophronia feignit d'être bouleversée à l'idée d'être maintenue en exil, bien qu'elle fût secrètement ravie. Elle fit ses bagages avec bien plus de soin cette fois, glissant sa cravache, trois boulons en acier et un petit couteau à dissection dans les robes de seconde main que sa mère tint à y inclure, et au sujet desquelles Dimity ne cessa de répéter qu'on pouvait les « retailler ». Sophronia envisagea de prendre le canot. Il était impossible de le garder à l'école, même si elle pensait que les soutiers pouvaient trouver une solution. À la place, Dimity et elle dégonflèrent les ballons, amenèrent la voile et convainquirent l'entrepreneur d'utiliser la nacelle et le mât restants en guise d'éléments décoratifs sur le toit du nouveau belvédère. Ils s'y fondirent impeccablement, cachés à la vue de tous.

Dimity et Pillover restèrent pendant toutes les vacances d'hiver. Il y avait tant d'enfants Temminnick que Sophronia soupçonnait à part elle sa mère de ne pas remarquer les éléments surnuméraires. Mme Temminnick était occupée par la préparation de la saison londonienne de Pétunia, son petit bal de campagne ayant reçu assez d'attention pour être mentionné par le *Morning Post*. Ce fut un soulagement de renvoyer sa plus jeune fille et ses camarades vers un pensionnat qu'elle pensait respectable et qui, espérait-elle, débarrasserait Sophronia de ses nombreux défauts manifestes.

Elle était loin de se douter de la vérité.

Sophronia retourna au pensionnat de Mlle Géraldine et apprit que le prototype se trouvait en sécurité à Bunson, où il était déjà en cours de reproduction, ce qui était à porter au crédit de son école et de sa réputation dans le domaine des opérations travesties inutiles, mais bien exécutées. Elle découvrit également que Bumbersnoot l'attendait dans le salon, un mot épinglé sur son arrière-train.

« La prochaine fois, disait le mot, utilisez s'il vous plaît une méthode plus convenable de transfert. Il y a de la cendre sur tout le bas de ma robe de soirée. Votre, etc., Mme B. »

Sophronia tapota la tête du méchanimal. « Bon travail, Bumbersnoot. »

Satisfait, il rota une bouffée de vapeur et agita sa queue mécanique – *tic toc, tic toc.*

Remerciements

Ma reconnaissance éternelle à tous ceux qui m'ont perfectionnée, à chaque époque de ma vie et de la meilleure manière qui soit : Kathy, Carol, Harriet, James, Anne, Joe, Timi, Judith et Tom.

Il n'y a pas de travail plus difficile que l'enseignement et quant à y exceller – c'est de l'héroïsme.

Et pour Willow, qui représente la nouvelle génération.

Retrouvez en

orbit

Rachel Aaron
LA LÉGENDE D'ELI MONPRESS
Le Voleur aux esprits
La Rebellion des esprits

Iain Banks
Transition

Max Brooks
L'Intégrale

Gail Carriger
LE PROTECTORAT DE L'OMBRELLE
Sans âme
Sans forme
Sans honte
Sans cœur
Sans âge

Kristin Cashore
Graceling
Rouge
Bitterblue

Mark Chadbourn
L'ÂGE DU CHAOS
1. *La Nuit sans fin*
2. *Aux heures les plus sombres*
3. *Pour l'éternité*

Melissa de la Cruz
Les Sorcières de North Hampton
Le Doux Baiser du serpent

Amanda Downum
CHRONIQUES D'ISYLLT AUX MORTS
1. *La Cité des Eaux*

Deborah Harkness
Le Livre perdu des sortilèges
L'École de la nuit

Brian Herbert et Kevin J. Anderson
LA CONSTELLATION DU DIADÈME
1. *Olium*

N. K. Jemisin
LA TRILOGIE DE L'HÉRITAGE
1. *Les Cent Mille Royaumes*
2. *Les Royaumes déchus*
3. *Le Royaume des dieux*

J. V. Jones
L'ÉPÉE DES OMBRES
1. *Le Piège de glace blanche*
2. *La Caverne de glace noire*
3. *La Piste des glaces*
4. *La Forteresse de glace grise*
5. *L'Épée dans la glace rouge*
6. *Le Veilleur des morts*

Paul Kearney
10 000 au cœur de l'Empire
Corvus

Celine Kiernan
LES MOOREHAWKE
1. *Le Royaume empoisonné*
2. *Les Loups cachés*
3. *Le Prince Rebelle*

Stephen R. Lawhead
LE ROI CORBEAU
1. *Robin*
2. *Will*
3. *Tuck*

Tom Lloyd
UNE ÈRE DE PÉNOMBRE
1. *Isak le blanc-regard*
2. *La Cité en flammes*

Kate Locke
God Save the Queen

Helen Lowe
LE MUR DE LA NUIT
1. *L'Héritière de la nuit*

Bee Ridgway
La Rivière du temps

Lilith Saintcrow
LES AVENTURES DE DANNY VALENTINE
Le Baiser du démon
Par-delà les cendres

À la droite du Diable
Terminus Saintcity
LES AVENTURES DE JILL KISMET
Mission nocturne
La Prière du chasseur

Brandon Sanderson
Warbreaker
ELANTRIS
1. *Chute*
2. *Rédemption*

FILS-DES-BRUMES
1. *L'Empire ultime*
2. *Le Puits de l'Ascension*
3. *Le Héros des siècles*

L'Alliage de la justice

Jaye Wells
UNE AVENTURE DE SABINA KANE
Métisse
Rouge sang, noir magie
Le Démon de la vengeance
La Tentation des ombres

Daniel H. Wilson
Survivre à une invasion Robot

V. M. Zito
L'Homme des morts

Et en

orbit — Le Livre de Poche

Poul & Karen Anderson
LE ROI D'YS
1. *Roma Mater*
2. *Les Neuf Sorcières*

Marion Zimmer Bradley, Julian May & Andre Norton
LE CYCLE DU TRILLIUM
1. *Les Trois Amazones*
2. *Le Talisman écarlate*
3. *La Fleur d'or*
4. *La Dame blanche*
5. *La Guilde de l'étoile*

Amanda Carlson
JESSICA MCLAIN
1. *Sang nouveau*

Gail Carriger
LE PROTECTORAT DE L'OMBRELLE
Sans âme
Sans forme
Sans honte

Kristin Cashore
Graceling
Rouge
Bitterblue

Mark Chadbourn
L'ÂGE DU CHAOS
1. *La Nuit sans fin*
2. *Aux heures les plus sombres*

Catherine Dufour
Blanche Neige et les lance-missiles
Blanche Neige contre Merlin l'enchanteur

Pierre Grimbert & Michel Robert
LA MALERUNE
1. *Les Armes des Garamont*
2. *Le Dire des Sylfes*
3. *La Belle Arcane*

Deborah Harkness
Le Livre perdu des sortilèges
L'École de la nuit

Nora K. Jemisin
LA TRILOGIE DE L'HÉRITAGE
1. *Les Cent Mille*
2. *Les Royaumes déchus*

J. V. Jones
LA RONCE D'OR
1. *Les Motifs de l'ombre*
2. *La Peinture de sang*
LE LIVRE DES MOTS
1. *L'Enfant de la prophétie*
2. *Le Temps des trahisons*
3. *Frères d'ombre et de lumière*
L'ÉPÉE DES OMBRES
1. *Le Piège de glace blanche*
2. *La Caverne de glace noire*
3. *L'Épée dans la glace rouge*
4. *Le Veilleur des morts*

Paul Kearney
10 000 au cœur de l'Empire
Corvus
LES MENDIANTS DES MERS
1. *Le Sceau de Ran*

Celine Kiernan
LA TRILOGIE DES MOOREHAWKE
1. *Le Royaume empoisonné*
2. *Les Loups cachés*
3. *Le Prince rebelle*

Stephen R. Lawhead
LE CYCLE DE PENDRAGON
1. *Taliesin*
2. *Merlin*
3. *Arthur*
4. *Pendragon*
5. *Le Graal*
LE ROI CORBEAU
1. *Robin*
2. *Will*
3. *Tuck*

Megan Lindholm alias Robin Hobb
Le Dieu dans l'ombre

Kai Meyer
La Fille de l'alchimiste

Den Patrick
Les Elfes : l'art de la guerre
Les Orcs : la voie du saccage
Les Nains : manuel de campagne

Lilith Saintcrow

LES AVENTURES DE DANNY VALENTINE

Le Baiser du démon

Par-delà les cendres

À la droite du Diable

Terminus Saintcity

Brandon Sanderson

ALCATRAZ

1. *Alcatraz contre les infâmes bibliothécaires*
2. *Alcatraz contre les Ossements du Scribe*
3. *Alcatraz contre les traîtres de Nalhalla*
4. *Alcatraz contre l'ordre du verre brisé*

ELANTRIS

1. *Chute*
2. *Rédemption*

FILS-DES-BRUMES

1. *L'Empire ultime*
2. *Le Puits de l'ascension*
3. *Le Héros des siècles*
4. *L'Alliage de la justice*

Caroline Stevermer

Le Collège de magie

L'Étudiant de magie

Jaye Wells

SABINA KANE

Métisse

Rouge sang, noir magie

Le Démon de la vengeance

Gene Wolfe

LE CHEVALIER-MAGE

1. *Le Chevalier*
2. *Le Mage*

Photocomposition
Nord Compo

Cet ouvrage a été imprimé en France
par CPI Bussière
à Saint-Amand-Montrond (Cher)
pour le compte des éditions Calmann-Lévy
31, rue de Fleurus 75006 Paris
en février 2014

N° d'édition : 5100763/01.
N° d'impression : 2007926.
Dépôt légal : mars 2014.